AF539939

जहाँगीर की स्वर्णमुद्रा

जहाँगीर की स्वर्णमुद्रा

सत्यजित राय

अनुवाद
चंद्रकिरण राठी

राजकमल प्रकाशन

ISBN : 978-81-7178-677-0

मूल्य : ₹495

पहला संस्करण : 1990
पाँचवाँ संस्करण : 2023

प्रकाशक : राजकमल प्रकाशन प्रा.लि.
1-बी, नेताजी सुभाष मार्ग, दरियागंज
नई दिल्ली-110 002
शाखाएँ : अशोक राजपथ, साइंस कॉलेज के सामने, पटना-800 006
पहली मंजिल, दरबारी बिल्डिंग, महात्मा गांधी मार्ग, प्रयागराज-211 001
वेबसाइट : www.rajkamalprakashan.com
ई-मेल : info@rajkamalprakashan.com

मुद्रक : बी.के. ऑफसेट
नवीन शाहदरा, दिल्ली-110 032

JAHANGIR KI SWARNAMUDRA
Stories by Satyajit Ray

भूमिका

पहले-पहल सन 60 या 61 में सत्यजित राय की फिल्म 'पाथेर पांचाली' देखी थी। उसके बाद उनके द्वारा निर्देशित दूसरी कई फिल्में देखीं। हर फिल्म का अपना एक अलग अंदाज।

जीवन की बारीकियाँ जो सत्यजित राय कैमरे के माध्यम से दिखाते हैं, वह उनकी इन कहानियों में कलम के माध्यम से और भी अधिक सजीव हो उठी हैं। इसीलिए इस संग्रह *एबारो बारो* की कहानियों का अनुवाद करने की इच्छा हुई।

श्री सत्यजित राय से संपर्क कर अनुवाद की अनुमति दिलाने में श्री अशोक सेक्सरिया ने जो मदद की उसके लिए तथा उनकी सद्भावना के लिए हृदय से कृतज्ञ हूँ।

दिल्ली के रामकृष्ण शारदा मिशन की गौरी दी निर्भरप्राणा ने बांग्ला के देशज शब्दों को समझने में मुझे जो सहयोग दिया, उसके बिना यह अनुवाद कर पाना कठिन होता।

अपने पति गिरधर राठी और अपने दोनों बच्चों के प्रति भी मैं विनत हूँ, जिन्होंने मुझे अनुवाद करने के समय और प्रेरणा दी।

अंत में राजकमल प्रकाशन के श्री मोहन गुप्त के प्रति मैं आभार व्यक्त करती हूँ, जिन्होंने इन कहानियों को पुस्तकाकार प्रकाशित करने की तत्परता से व्यवस्था की।

7.11.88   **चंद्रकिरण राठी**

नई दिल्ली

क्रम

साधन बाबू का शक

एक शाम दफ्तर से घर लौटकर साधन बाबू ने देखा कि उनके कमरे के फर्श पर एक पतले-से पेड़ की बड़ी भारी डाल पड़ी है।

साधन बाबू चिड़चिड़े स्वभाव के आदमी हैं। घर में जो थोड़ा-बहुत सामान है—खाट, अलमारी, आलना, सुराही रखने की मेज—उस पर धूल देखकर उन्हें चिढ़ होने लगती है। बिस्तर की चादर, तकिए का गिलाफ हर चीज एकदम साफ चकाचक होनी चाहिए। इससे धोबी का खर्च तो बढ़ता है लेकिन साधन बाबू को उसकी परवाह नहीं—आज घर में घुसते ही फर्श पर पड़ी पेड़ की डाल देखकर उन्हें गुस्सा आ गया।

''पौचा!''

मालिक की पुकार सुन नौकर पौचा हाजिर हुआ।

''बुला रहे थे बाबू?''

''क्यों तुम्हें कोई शक है।''

''नहीं बाबू, नहीं, शक क्यों होगा।''

''फर्श पर पेड़ की यह डाल कैसे पड़ी है?''

''यह तो मालूम नहीं बाबू कौओं और चिड़ियों ने लाकर डाली होगी।''

''कौआ, चिड़िया क्यों डालेंगे। कौआ, चिड़िया घोंसला बनाने के लिए डाल लाएँगे। वे फर्श पर डाल क्यों डालेंगे? झाड़ू देते समय इसे देखा नहीं या आज तूने झाड़ू ही नहीं लगाई?''

''झाड़ू तो मैं रोज लगाता हूँ बाबू। जिस समय झाड़ू लगाई थी उस समय डाल यहाँ नहीं थी।''

''सच कह रहे हो?''

"हाँ जी बाबू।"

"ताज्जुब की बात है!"

अगले दिन सुबह दफ्तर जाने से कुछ पहले उन्होंने एक चिड़िया को खिड़की पर बैठते देखा। साधन बाबू को लगा कि चिड़िया यहाँ घोंसला बनाने की जगह देख रही है। लेकिन बनाएगी कहाँ? घर में जगह ही कहाँ है। रोशनदान में बनाएगी क्या? यही होगा।

इतनी बड़ी तीन मंजिला फ्लैटवाली इमारत में चिड़िया उनके ही फ्लैट में घोंसला क्यों बनाना चाहती है। इतनी-सी बात से साधन बाबू परेशान थे। उनके घर में ऐसा क्या है जो चिड़िया को आकर्षित कर रहा है?

बहुत देर सोचने के बाद साधन बाबू को शक हुआ कि यह जो नया आयुर्वेदिक तेल उन्होंने इस्तेमाल करना शुरू किया है शायद उसकी तेज गंध पाकर ही चिड़ियों ने यहाँ आना शुरू किया है। दूसरी मंजिलवाले नीलमणि बाबू का कहना है कि यह तेल खुश्की की महाऔषधि है। वे बड़े शौकीन आदमी हैं। उन्होंने इस तेल का इतना गुणगान शायद इसीलिए किया हो, वे साधन बाबू के घर को चिड़ियाघर बनाना चाहते हों, हो सकता है यह नीलमणि बाबू की ही शैतानी हो।

असल में 17/2 मिर्जापुर स्ट्रीट की इस फ्लैटवाली इमारत में साधन बाबू के शक के बारे में सब जानते थे। उनके पीछे उनका मजाक भी उड़ाया करते थे। "आज आपके मन में कौन-कौन-सी शंकाओं ने जन्म लिया?" साधन बाबू से यह प्रश्न शाम को लोग अकसर किया करते।

सिर्फ प्रश्न ही पूछकर नहीं रह जाते बल्कि और भी कई तरह से लोग उनकी शराफत का नाजायज फायदा उठाया करते। पहली मंजिल के नवेंदु चटर्जी के घर में शाम को अकसर ताश चौकड़ी जमा होती। उस दिन जाते ही नवेंदु बाबू ने उन्हें एक मुड़ा-तुड़ा कागज दिखाकर कहा, "जरा इसे देखिए, इसे देखकर आपको कोई शक तो नहीं हो रहा। कोई खिड़की से फेंक गया यह कागज।"

असल में वह कागज नवेंदु की बेटी मिनी की गणित की कापी का एक फटा हुआ पन्ना था। साधन बाबू कागज खोलकर कुछ देर देखते रहे फिर बोले, "इसमें तो संख्याएँ लिखी हैं। कोई सांकेतिक भाषा लगती है।"

नवेंदु बाबू चुपचाप साधन बाबू की ओर देखते रहे।

"लेकिन इसका तो अर्थ लगाना चाहिए," साधन बाबू ने कहा। "मान लीजिए किसी ने कोई धमकी दी हो, तब…"

सांकेतिक भाषा का अर्थ नहीं लगाया जा सका। लेकिन यह तो कोई खास बात नहीं थी। असल बात यह समझने की है कि साधन बाबू किस-किस तरह की शंकाएँ कर सकते थे। उनकी कल्पना कहाँ-कहाँ दौड़ सकती थी। साधन बाबू का विश्वास है कि पूरा कलकत्ता शहर ठगों, फंदीबाजों, जुआखोरों और गप्पबाजों का डिपो है। किसी का भरोसा नहीं किया जा सकता। किसी का विश्वास करने पर काम नहीं चल सकता। ऐसी स्थिति में केवल शक के सहारे आदमी जी सकता है। शक के सहारे टटोल-टटोलकर जिंदगी बिताई जा सकती है।

एक शाम दफ्तर से लौटने पर इन्हीं साधन बाबू को अपनी मेज पर एक बड़ा भारी पैकेट दिखा। पहले तो उन्हें शक हुआ कि किसी और का पैकेट गलती से यहाँ पहुँच गया है। ऐसा पैकेट उन्हें कौन भेजेगा ? उन्हें तो ऐसा कोई पैकेट मिलने की आशा नहीं थी।

पास जाकर देखा पैकेट पर उनका नाम नहीं है तब तो उनका शक और पक्का हो गया। "इसे कौन रख गया है ?" नौकर पौचा को बुलाकर उन्होंने जानना चाहा।

"जी, आज दोपहर में एक आदमी धनंजय को दे गया। आपका नाम पूछकर आपके लिए दे गया।"

धनंजय पहली मंजिल के षोडशी बाबू का नौकर है।

"इसमें क्या है ? किसने भेजा ? कुछ बताया ?"

"जी, कुछ नहीं बताया।"

"पूछो!"

कंधे पर रखी चादर आलने में डालकर साधन बाबू खाट पर बैठ गए। पैकेट काफी बड़ा है। पाँच नंबर का फुटबॉल चला जाए इसके भीतर। लेकिन किसने भेजा, इसे जानने का कोई तरीका नहीं।

साधन बाबू खाट से उठकर मेज के पास तक गए और पैकेट हाथ में उठाकर वजन का अनुमान लगाने लगे। खूब भारी है। कम से कम पाँच किलो का तो होगा ही।

साधन बाबू सोचने लगे, पिछली बार कब उन्हें इस तरह का पैकेट मिला था। हाँ, याद आ गया। खड़दा में उनकी एक मौसी रहती थी। तीनेक साल पहले उन्होंने आमपापड़ भेजा था। उसके छः महीने बाद ही वे स्वर्ग सिधार गईं।

अब साधन बाबू का कोई आत्मीय स्वजन नहीं है। पार्सल की तो बात ही दूर, तीनेक महीने में चिट्ठियाँ भी उनके पास एक या दो ही आती हैं। इस पैकेट के साथ कम-से-कम एक चिट्ठी तो होनी ही चाहिए थी। लेकिन चिट्ठी तक नहीं थी।

हो सकता है रही हो। धनंजय की असावधानी से चिट्ठी खो गई हो। साधन बाबू को शक होने लगा।

धनंजय से कम-से-कम एक बार तो पूछ लेना चाहिए।

बुलाकर पूछना ठीक नहीं। यह सोचकर साधन बाबू खुद ही नीचे चले गए। धनंजय आँगन में बैठा इमामदस्ते में कुछ कूट रहा था। साधन बाबू की पुकार सुनकर दौड़ा आया।

''सुनो, आज तुम्हें कोई पार्सल दे गया, मेरे लिए?''

''जी हाँ।''

''चिट्ठी भी थी?''

''नहीं तो।''

''कहाँ से आया था कुछ बताया?''

''मदन ऐसा ही कोई नाम बता रहा था।''

''मदन?''

''हाँ, यही तो बता रहा था।''

मदन नाम के किसी व्यक्ति से साधन बाबू का कोई परिचय नहीं है, उन्हें याद नहीं आ रहा। उस आदमी ने क्या कहा कौन जाने। धनंजय महामूर्ख है, इसमें तो साधन बाबू को कोई शक नहीं।

''चिट्ठी-पत्री, कागज-वागज कुछ नहीं दे गया?''

''एक कागज था उस पर बाबू ने दस्तखत कर दिए।''

''किसने? षोडशी बाबू ने।''

''जी हाँ।''

लेकिन षोडशी बाबू से पूछने पर कोई फायदा नहीं हुआ। एक छोटे-से कागज पर षोडशी बाबू ने साधन बाबू की तरफ से दस्तखत कर दिए। लेकिन वह कहाँ से आया इस पर कोई ध्यान नहीं दिया।

साधन बाबू अपने कमरे में लौट आए। कार्तिक का महीना था। इस महीने में काफी जाड़ा पड़ता है। काली पूजा आनेवाली है, उसी की तैयारियाँ चल रही हैं, बीच-बीच में बम फटने और पटाखे फूटने की आवाज आ रही है।

"धड़ाम!"

पड़ोस में ही एक बम फटा और साधन बाबू के दिमाग में बिजली की तरह एक खयाल कौंध गया।

"टाइम बम।"

इस पैकेट में कहीं टाइम बम तो नहीं है। निर्दिष्ट समय पर फटकर कहीं उनकी जीवनलीला तो समाप्त नहीं कर देगा?

हाल ही में इस तरह के टाइम बम की खबरें बहुत सुनी हैं! समूचे विश्व के आतंकवादियों का सबसे बड़ा अस्त्र। लेकिन उन्हें बम कौन भेजेगा, क्यों भेजेगा?

प्रश्न मन में आते ही साधन बाबू को जवाब सूझने लगे। व्यापारी हैं, इसलिए उनके दुश्मनों की तो कोई कमी नहीं होगी। ठेका लेने के लिए खुशामद उन्हें भी करनी पड़ती है, उनके प्रतिद्वंद्वियों को भी करनी पड़ती है। जिस ठेके को लेने के लिए दूसरे व्यापारी जी जान लगा देते हैं अगर वह ठेका उन्हें मिल जाता है तो वे सब उनके दुश्मन बन जाते हैं और ऐसा तो हमेशा होता ही रहता है।

"पौचा!"

पुकारते ही उन्हें समझ में आ गया कि उनके गले से साफ आवाज नहीं निकल पा रही, गला सूखकर लकड़ी हो गया है।

लेकिन पौचा फिर भी हाजिर हुआ।

"बाबू, बुला रहे थे?"

"हाँ।"

लेकिन इससे कुछ कहना ठीक होगा क्या? साधन बाबू ने सोचा था कि पौचा को बुलाकर कहेंगे कि पार्सल कान के पास ले जाकर देखो इससे टिक-टिक

की आवाज तो नहीं आ रही। टाइम बम में कल-पुर्जे लगे होते हैं। इसी कारण टिकटिक सुन पड़ती है। यही टिकटिक की आवाज पूर्व निर्धारित समय पर प्रचंड विस्फोट करके शांत हो जाती है। पौचा जब कान से लगाए तभी अगर···

साधन बाबू और अधिक नहीं सोच सके। पौचा अपने बाबू के इंतजार में खड़ा-खड़ा बाबू की ओर देख रहा था। साधन बाबू को कहना ही पड़ा कि उन्होंने भूल से बुला लिया, उन्हें कोई काम नहीं है।

यह रात साधन बाबू कभी नहीं भुला पाएँगे। बीमारी-आरामी में नींद न आना तो कोई बड़ी बात नहीं लेकिन आज की यह रात साधन बाबू ने भयंकर आतंक में बिताई। इतनी सर्दी में भी वे पसीने से तर-बतर हो रहे थे।

लेकिन सबेरे तक भी जब बम फटा नहीं तब साधन बाबू कुछ आश्वस्त हुए। साधन बाबू ने निश्चय किया आज शाम को ही पैकेट खोलकर देखेंगे इसमें क्या है। उनको लगने लगा उनका शक बेकार है।

लेकिन शाम को एक ऐसी घटना घटी जिसके कारण वे पैकेट नहीं खोल सके।

बहुत से ऐसे लोग होते हैं जिन्हें पूरा अखबार पढ़े बगैर चैन नहीं मिलता। साधन बाबू ऐसा नहीं करते। पहले और बीच के पन्ने पर वे एक नजर डाल लेते हैं। बस इतना ही काफी होता है। इसीलिए उत्तर कलकत्ता के एक खून की खबर उन्होंने नहीं पढ़ी थी। दफ्तर से लौटकर उन्हें पता लगा कि पहली मंजिल के नवेंदु चटर्जी के घर काफी भीड़ इकट्ठा है। कारण पूछने पर उन्हें घटना का पता लगा।

पटुआ टोला लेन में खून हो गया, जिस व्यक्ति की हत्या की गई थी उसका नाम था शिवदास मल्लिक। बात सुनते ही साधन बाबू की सुप्त स्मृति एकाएक जाग उठी।

एक मल्लिक को तो वे खूब अच्छी तरह जानते थे। उसका नाम क्या शिवदास था? हो भी सकता है। साधन बाबू तब उसी पटुआ टोला लेन में रहते थे। मल्लिक उनका प्रतिद्वंद्वी था। रोज शाम मल्लिक के घर ताश-चौकड़ी जमा होती। मालूम नहीं क्यों लेकिन मल्लिक को सब मल्लिक सरकार ही बुलाया करते। और भी दो लोग ताश खेला करते—सूखेन दत्त और मधुसूदन माईति। मधुसूदन माईति जैसा भयंकर व्यक्ति साधन बाबू को फिर कभी नहीं

मिला। ताश के पत्ते बदलने में, जुआ-चोरी में एकदम पक्का। साधन बाबू को शुरू से ही शक था। एक दिन जब नहीं रहा गया तब साधन बाबू ने कह ही डाला। इस पर मधु माईति ने विकराल रूप धारण कर लिया। जेब से चाकू निकाल लिया। तभी साधन बाबू को पता लगा कि उसकी जेब में हमेशा चाकू रहता है। उस दिन तो उन्हें मल्लिक और सूखेन दत्त ने बचा लिया। व्यापार जब ठीक चलने लगा तब पटुआ टोला लेन की कोठरी छोड़कर साधन बाबू मिर्जापुर स्ट्रीट के इस फ्लैट में चले आए और तब से मल्लिक एंड कंपनी से उनका संबंध नहीं रहा। संबंध तो बिछुड़ गया लेकिन ताश का नशा और अपना शक्की स्वभाव साधन बाबू नहीं बदल पाए थे। फिर भी दूसरी बातों में उनमें बहुत बदलाव आ गया था—पोशाक पहनने के तौर-तरीके, बीड़ी पीना छोड़कर विल्स सिगरेट पीने लगे थे और नीलाधर की दुकान से अकसर सजावटी चीजें लाकर घर में सजाया करते—पेंटिंग, फूलदानी, एशट्रे—यह सब पिछले पाँच सात सालों की बात है।

यदि इस हत्या की खबर उसी मल्लिक की हत्या की खबर है तब तो खूनी मधु माईति ही होगा, इसमें कोई संदेह नहीं।

''खून कैसे हुआ?'' साधन बाबू ने पूछा।

''नृशंस'', नवेंदु चटर्जी बोले, ''लाश की शिनाख्त तक नहीं हो पा रही थी। पॉकेट में एक डायरी थी उसी से नाम पता लगा।''

''क्यों? क्यों? शिनाख्त क्यों नहीं हो पा रही थी?''

''धड़ था, सिर नहीं, शिनाख्त कैसे होती?''

''सिर नहीं, मतलब।''

''सिर काटकर फेंक दिया था।'' दोनों हाथ सिर के पास लाकर सिर झुकाकर नवेंदु चटर्जी ने सिर काटकर फेंकने का अभिनय कर दिखाया। ''अभी तो यही पता नहीं लगा कि खूनी ने सिर कहाँ छुपाया है।''

''खून किसने किया, पता लगा?''

''इसी मल्लिक के घर पर ताश खेलनेवाले जमा होते थे। उनमें से ही किसी एक पर पुलिस को शक है।''

सीढ़ियों से चढ़कर तीसरी मंजिल तक आते-आते साधन बाबू को लगा कि उनका सिर भन्ना रहा है। उस दिन की घटना उनकी आँखों के आगे तैर गई

जिस दिन उन्होंने मधु माईति पर जुआ-चोरी का आरोप लगाया था। उस दिन चाकू लग नहीं पाया, किसी तरह बच गए, लेकिन उन्हें अच्छी तरह याद है कि मधु माईति उन्हें आग्नेय दृष्टि से देख रहा था। और याद है मधु माईति की एक बात–"तुम मुझे पहचानते नहीं साधन मजुमदार! आज बच गए लेकिन इसका बदला मैं जरूर लूँगा। आज भी ले सकता हूँ, दस साल बाद भी।"

खून को पानी बना देनेवाली फटकार।

साधन बाबू ने सोचा था पटुआ टोला लेन से निकलकर बच गए, लेकिन...

लेकिन अगर यह पैकेट मधु माईति दे गया है तो मदन! धनंजय ने बताया था, मदन। धनंजय कम सुनता है इसमें तो कोई शक नहीं। और फिर मधु और मदन में भी कोई खास फर्क नहीं है। बिलकुल नहीं। मधु या मधु का कोई आदमी यह पार्सल रख गया होगा और दस्तखत करवा ले गया।

इस पैकेट के भीतर शिवदास मल्लिक का सिर है।

सीढ़ियों से कमरे के दरवाजे तक पहुँचते-पहुँचते साधन बाबू के मन में यह बात जम गई। दरवाजे के पास से ही नजर आ रहा है, मेज पर फूलदान के पास पैकेट रखा है। पैकेट के वजन और आयतन से ही उसके भीतर रखी चीज का अनुमान लगाया जा सकता है।

पौचा ने देखा कि बाबू दरवाजे के पास पहुँचकर रुक गए। वह यह देखकर कुछ चकित-सा हुआ। साधन बाबू ने अपनी सारी शक्ति लगाकर अपनी बेचैनी छुपाने की कोशिश की और नौकर से चाय लाने को कहा।

"सुन, आज कोई आया था? आज कोई मुझसे मिलने आया था?"

"नहीं तो, कोई नहीं आया।"

"हूँ।"

साधन बाबू सोच रहे थे कि इस बीच पुलिस आकर पूछताछ कर गई होगी। उनके कमरे से जब मृत व्यक्ति का सिर बरामद होगा तब क्या होगा, सोचकर ही पसीना आ गया।

गरम-गरम चाय पीकर वे कुछ आश्वस्त हुए। इसमें टाइम बम तो नहीं ही है।

लेकिन इसमें कोई शक नहीं कि अगर इस पैकेट की खातिर उन्हें सारी रात जागना पड़ा तब तो वे निश्चय ही पागल हो जाएँगे।

नींद की गोली लेने से उन्हें नींद तो आ गई लेकिन बुरे-बुरे सपने आते रहे। एक बार देखा सिरविहीन मल्लिक के साथ वे ताश खेल रहे हैं। एक बार देखा मल्लिक का सिर उनसे आकर कह गया—''दादा इस पैकेट में प्राण आ गए हैं, दया कर मुझे मुक्ति दीजिए।''

नींद की गोलियाँ हमेशा ही खाते हैं इसीलिए असर नहीं हुआ और सुबह साढ़े पाँच बजे ब्रह्ममुहूर्त में उनकी नींद खुल गई। एक बात सूझ गई।

सिर उनके पास पहुँचाया गया है। इसे कहीं और फेंक आने में कोई नुकसान नहीं। अगर सिर फेंक आएँ तो वे निश्चिंत हो जाएँगे।

सुबह ही पैकेट को एक झोले में रखकर साधन बाबू बाहर निकल पड़े। पैकिंग की तारीफ करनी ही पड़ेगी। भीतर तो खून चूआ ही होगा लेकिन बाहर कोई धब्बा नहीं।

बस में कालीघाट पहुँचने में पच्चीस मिनट लगे। पैदल चलकर आदि गंगा के तट पर पहुँचकर एकांत स्थान देखकर हाथ का पैकेट नदी में फेंक दिया—छप्प छप्प।

पैकेट डूब गया। साधन बाबू निश्चिंत हो गए।

घर लौटने में लगे पैंतीस मिनट। जिस समय साधन बाबू पिछवाड़े से घर के भीतर जा रहे थे उस समय षोडशी बाबू की दीवार घड़ी सात बजा रही थी।

और उस घड़ी की टिनटिन सुनकर साधन बाबू की आँखों के आगे अँधेरा छा गया।

उन्हें एक बात याद आई। कुछ दिनों से लग रहा था कि कुछ भूल रहे हैं। पचास के बाद ऐसा ही होता है। नीलमणि बाबू को जब यह बताया तब उन्होंने नियमित रूप से ब्राह्मी शाक खाने का सुझाव दिया था।

आज आधा घंटा पहले ही साधन बाबू को निकलना पड़ा। जाते समय रास्ते में एक काम जो करना था।

रसल स्ट्रीट पर मॉडर्न एक्सचेंज में घुसते ही दुकान के मालिक तुलसी बाबू ने आगे बढ़कर मुस्कराकर साधन बाबू का स्वागत किया।

''टेबुल क्लाक चल तो रही है?''

''आपने भेजी थी?''

''वाह मैंने तो कहा ही था कि भेज दूँगा। आपको मिली नहीं क्या?''

''हाँ, इसका मतलब हुआ वह...''

''आप पचास रुपए पहले ही दे गए थे। आपको इतनी पसंद आई थी, फिर आप पुराने खरीदार हैं, कहकर भेजूँगा नहीं।''

''यह तो ठीक है, ठीक है।''

''देखिएगा बिलकुल ठीक समय देगी। नामी कंपनी है। चीज पानी के दाम मिली आपको। बड़े भाग्यशाली हैं।''

तुलसी बाबू दूसरे खरीदार की तरफ मुखातिब हुए तब साधन बाबू दुकान से बाहर निकल आए। पानी के दाम की चीज पानी में गई।

मधु माईति ने अच्छा बदला लिया, इसमें कोई शक नहीं और धनंजय ने मॉडर्न को मदन सुना इसमें अब कोई शक है क्या ?

मानपत्र

शतदल संस्था के सेक्रेटरी प्रनवेश दत्त की विस्फोटक घोषणा सुनकर उपस्थित सदस्यों के मुँह से एक मिनट तक कोई शब्द नहीं निकला। नववर्ष के पाँच दिन पहले क्लब में आवश्यक बैठक बुलाई गई है। बैठक का कारण प्रनवेश ने किसी को नहीं बताया था, बस कहा था, आज सबका आना जरूरी है, क्योंकि बड़ी विकट परिस्थिति आ गई है।

सबसे पहले जयंत सरकार ने पूछा, ''आर यू एब्सल्यूटली श्योर ?''

अगर बांग्ला में बोलना जरूरी नहीं होता तो जयंत अंग्रेजी में ही बोलता है।

''विश्वास ना हो तो चिट्ठी देख लीजिए,'' प्रनवेश ने कहा।

''देखो ना, समर कुमार ने खुद दस्तखत किए हैं और किसी श्योरिटी की जरूरत है क्या ?''

समर कुमार की चिट्ठी सबके पास से होती हुई प्रनवेश के पास लौट आई। हाँ, समर कुमार के ही दस्तखत हैं। फिल्म पत्रिका की बदौलत ये दस्तखत सभी पहचानते हैं। खासकर बांग्ला के छोटे 'उ' का डबल पेंच।

''कारण क्या बताया है ?'' नरेन गुई ने सवाल किया।

''शूटिंग,'' प्रनवेश ने कहा, ''आउटडोर शूटिंग के लिए अचानक कैलिम्पोंग जाना पड़ा। इसीलिए वैरी सारी।''

''ताज्जुब,'' शांतनु रक्षित बोला, ''यस कहकर सिर्फ नो कह दिया।''

नरेन गुई बोला, ''मैंने तो पहले ही कहा था कि सब फिल्म-अभिनेताओं की नक्शेबाजी है। उनकी बातों की कोई वैल्यू नहीं।''

''कैसी आफत है !'' माथे का पसीना पोंछकर जयंत सरकार ने कहा।

''किसी विकल्प की व्यवस्था हुई ?'' चुन्नी लाल सान्याल ने पूछा।

चुन्नीलाल स्थानीय 'विवेकानंद संस्थान' में बांग्ला के शिक्षक हैं।

''इस लास्ट मोमेंट में कैसे विकल्प की उम्मीद करते हैं चुन्नी भाई,'' सेक्रेटरी प्रनवेश ने कहा, ''और मैं हाथ पर हाथ धरे तो बैठा नहीं हूँ। इस बीच दो बार कलकत्ता ट्रंक कॉल किया है। निमू से बात हुई है। उससे कहा है, किसी भी तरह गा-बजाकर, नाचकर, खेलकर किसी एक जन को पकड़ो। अभिनंदन की घोषणा कर दी गई है, मानपत्र लिख लिया गया है। अभिनंदन करना तो हमारी पिछले दस साल की परंपरा है, उसके बगैर समारोह नहीं हो सकता।''

निमू ने कहा, ''कोई संभावना नहीं। अकेले कलकत्ता में ही सात-सात संस्थाएँ अभिनंदन का आयोजन कर रही हैं। ज्यादा उम्मीदवार हैं ही नहीं, सभी नामी लोग व्यस्त हैं। पल्टू बनर्जी को तो एक ही दिन में दो जगह अभिनंदन स्वीकार करना है, एक ही शहर में हैं, इसीलिए संभव हो पाया है। श्यामल सोम, रजत मान्ना, हरविलास गुप्त, देवराज साहा—सबके सब पट्ठों को एक तरफ से किसी-न-किसी क्लब ने बुक कर रखा है!''

इंद्रनाथ राय जो यहाँ उम्र में सबसे बड़े हैं, बोले, ''तुमने जिस मानपत्र की बात बताई... समर कुमार के लिए जो मानपत्र लिखा गया है, उसे तुम दूसरों को कैसे दे सकते हो?''

''आपने शायद मानपत्र देखा नहीं, इंद्र भाई,'' प्रनवेश ने कहा।

''नहीं, मैंने नहीं देखा।''

''इसीलिए। उसमें कहीं भी फिल्म-अभिनेता या फिल्म का कोई जिक्र नहीं है। 'हे सुधी' से संबोधित है। सुधी तो कोई भी हो सकता है।''

''देखूँ तो मानपत्र?''

दराज से एक परतदार कागज निकालकर प्रनवेश ने इंद्रनाथ के बाएँ हाथ में थमा दिया। ''इसे लिखने में मनोतोष को पूरे सात दिन लगे। भाषा जरूर चुन्नी भाई की है।''

धीरे-से खाँसकर चुन्नी लाल ने अपनी उपस्थिति का बोध करा दिया।

''तुम्हें देखकर हम स्तंभित रह गए—क्या, ये क्या, ये तो परिचित-सी जान पड़ती है!''

परतदार कागज इंद्रनाथ ने खोलकर पकड़ा हुआ है। उनके माथे पर रेखाएँ हैं, आँखें चुन्नी लाल की ओर उठ गईं।

"वो तो लगेगा ही," चुन्नी लाल ने कहा, "रवींद्र-जयंती के अवसर पर उत्सव कमेटी की ओर से सर जगदीश बोस ने गुरुदेव का अभिनंदन किया था। भाषा शरतचंद्र की है। यह उसकी पहली लाइन है।"

"इस लाइन को तुमने ऐसे ही लिख दिया!"

"उद्धरण में किसे आपत्ति हो सकती है? यह तो प्रसिद्ध पंक्ति है। सभी शिक्षित बंगाली तो समझ ही जाएँगे। इससे बढ़िया कोई दूसरी पंक्ति नहीं हो सकती।"

"और कितने उद्धरण हैं इसमें?"

"और नहीं हैं, इंद्र भाई," चुन्नी लाल ने कहा, "बाकी सब पूरा मौलिक है।"

मानपत्र मेज पर फेंकते हुए एक जम्हाई लेकर इंद्रनाथ ने कहा, "तो अब सोचो, तुम लोग क्या करोगे?"

अक्षय बागची की उम्र पचास के आसपास है, मिजाज में भी एक गर्वीलापन है। सिगरेट का कश लेकर धुआँ उड़ाते हुए बोले, "नाम का मोह अगर छोड़ सको तो मैं एक नाम बता सकता हूँ। अभिनंदन किए बगैर जलसा होगा तो तुम सोचो क्या होगा?"

"नाम की बात भूलनी होगी, ये तो समझ ही रहा हूँ," प्रनवेश ने कहा, "इसका मतलब यह तो नहीं कि राह चलते किसी आदमी को बुलाकर रिसैप्शन दे दिया जाए। कोई-न-कोई कांट्रिब्यूशन तो होना ही चाहिए आदमी का।"

"है," अक्षय बागची ने कहा, "इनका है।"

"किसकी बात कर रहे हैं आप?" कुछ विरक्त स्वर में प्रश्न किया प्रनवेश ने।

"हरलाल चक्रवर्ती।"

नाम लेते ही क्लब में कुछ देर के लिए चुप्पी छा गई। उपस्थित सदस्यों में से बहुतों ने यह नाम नहीं सुना था, यह तो समझ आ रहा था। केवल इंद्रनाथ राय कुछ देर भौहें सिकोड़े रहे, फिर अक्षय बागची की ओर देखकर बोले, "हरलाल चक्रवर्ती यानी आर्टिस्ट हरलाल चक्रवर्ती।"

"हाँ, आर्टिस्ट," सिर हिलाकर अक्षय बागची ने कहा, "बचपन से ही कहानियों की किताबों में उनके बनाए चित्र हम देखते आ रहे हैं। ज्यादातर

पौराणिक चित्र बनाते हैं। एक जमाने में बहुत पॉपुलर थे। बच्चों की पत्रिकाओं के लिए भी रेगुलरली चित्र बनाया करते थे। मुझे तो लगता है कि किसी प्रसिद्ध व्यक्ति का अभिनंदन करने से कहीं अधिक अच्छा होगा कि किसी ऐसे व्यक्ति का अभिनंदन किया जाए!"

"कोई गलत बात नहीं कह रहा अक्षय," कुर्सी पर सीधे बैठकर इंद्रनाथ ने कहा, "मैं भी इस प्रस्ताव का समर्थन करता हूँ। मुझे भी याद आ रहे हैं, उनके बनाए चित्र। हमारे घर में काशीदास का एडिशन था, उनके बनाए ही चित्र थे।"

"अच्छे चित्र थे?" जयंत सरकार ने पूछा, "मतलब, जिसका अभिनंदन किया जाने वाला है—डज ही डिजर्व इट?"

इस बार नरेन गुई हिल-डुलकर बोले, "याद आ रहा है। हमारे घर में हातिमताई की कहानियों की एक किताब थी, उसमें दिए गए चित्रों में एच. चक्रवर्ती के दस्तखत थे। याद आ रहा है।"

"हैं कुछ काम के?" जयंत सरकार ने पूछा।

"बरगदी बाबा!" कहकर नरेन भाई कमरे से बाहर चले गए। बड़ों के सामने से ओझल होकर सिगरेट के एक-दो कश लेने ही पड़ेंगे।

"चित्र अच्छे हैं या खराब, ये तो कोई बड़ी बात नहीं," इंद्रनाथ राय ने कहा, "बहुत दिनों से आदमी लगा हुआ है। बेहद परिश्रमी! जब तक माँग थी तब तक लोकप्रियता भी थी। लेकिन बागची जो बात कह रहा है, जिसे रिकगनिशन कहते हैं, वह तो उन्हें नहीं मिली। वह चीज शतदल संस्था उन्हे देगी।"

"और सबसे बड़ी बात," अक्षय बागची ने कहा, "सबसे अधिक सुविधाजनक बात यह है कि वे इसी शहर के हैं। उनके लिए कलकत्ता नहीं भागना पड़ेगा।"

"अरे वाह!" प्रनवेश ने कहा, "यह तो मालूम ही नहीं था।"

नया प्रस्ताव सुनकर उपस्थित संदस्यों के बीच कानाफूसी शुरू हो गई।

"लेकिन वे रहते कहाँ हैं...?" प्रनवेश ने अक्षय बागची की ओर उत्सुक दृष्टि से देखा।

"मैं जानता हूँ," बागची ने कहा, "कुमार मुहल्ले के सिरे पर जहाँ दो तरफ

को रास्ता जाता है, वहीं कुछ दूर आगे जाकर डाक्टर मन्मथ का घर है, वहीं रहते हैं। उन्होंने एक बार बताया था, ''हरलाल चक्रवर्ती उनके पड़ोसी हैं।''

''आप उन्हें जानते हैं? हरलाल को?''

''जानता हूँ, यानी पाँचेक साल पहले मुखर्जियों के घर देखा था। एक झलक-भर देखी थी। शायद उनके लिए कोई चित्र बनाया था।''

''लेकिन,'' प्रनवेश के मन में अब भी खटका है।

''लेकिन क्या?'' इंद्रनाथ राय ने पूछा।

''नहीं, मतलब, नाम तो एनाउंस करना ही पड़ेगा, अगर वे अभिनंदन स्वीकार करने के लिए राजी हो जाएँ!''

''इसमें क्या मुश्किल है?''

''लोगों ने अगर उनका नाम न सुना हो तो···?''

''तब सोचेंगे, पता नहीं इस बार किसका अभिनंदन किया जा रहा है···यही?''

''हाँ, मतलब···''

''कुछ नहीं। नाम के आगे लिख दूँगा, 'प्रख्यात प्रवीण चित्रशिल्पी' बस! जो उनका नाम नहीं जानते वे जान जाएँगे। यह भी तो शतदल संस्था का एक काम है, है या नहीं?''

''भूले-बिसरे कलाकारों को सम्मानित करना!'' जयंत सरकार ने कहा।

''गुड आइडिया।''

तय हुआ कि अक्षय बागची, प्रनवेश और क्लब के किसी एक और सदस्य के साथ हरलाल चक्रवर्ती के घर जाएँगे। कल सबका जाना जरूरी होगा, क्योंकि अब समय नहीं रह गया है। चक्रवर्ती जी के राजी हो जाने के बाद क्लब के प्रेसीडेंट को बताकर समर कुमार की जगह पर नया नाम देना होगा। नाम के सामने 'प्रख्यात प्रवीण चित्रशिल्पी' लिखना जरूरी होगा!

गुलाबी रंग के एकमंजिला घर के फाटक के सामने 'हरलाल चक्रवर्ती कलाकार' की तख्ती लगी होने के कारण घर ढूँढ़ना आसान हो गया। अक्षय बागची ने गलत नहीं कहा था, इस घर के दो घर बाद डॉक्टर मन्मथ का घर है।

प्रनवेश और बागची जी के साथ बांग्ला के शिक्षक चुन्नी लाल सान्याल भी हैं ।

घर के सामने छोटा-सा फूलों का बगीचा है, बगीचे में आमड़े का एक पेड़ है । परिवेश साफ-सुथरा तो था, पर समृद्धि की कहीं झलक भी न थी । समझ ही आ रहा था कि हरलाल चक्रवर्ती के भाग्य से सिर्फ प्रसिद्धि ही दूर नहीं रही, बल्कि धन के मामले में भी उनकी झोली खाली ही रही !

दरवाजा खटखटाने की जरूरत नहीं पड़ी, क्योंकि आँखों पर चश्मा लगाए, पकी मूँछोंवाले एक सज्जन बाहर निकले; शायद खिड़की से आगंतुकों को देखकर दरवाजा खोलकर बाहर निकले होंगे। धोती के ऊपर बाँहवाली जालीदार बनियान पहने हुए थे ।

नमस्कार करते हुए अक्षय बागची आगे बढ़े, बोले, "आपको शायद याद न हो, पाँच साल पहले धरणी मुखर्जी के घर एक बार आपसे मुलाकात हुई थी, जरा-सी देर की !"

"ओ…"

"एक बात है, मतलब, आपसे कुछ बात करना चाहते थे हम लोग," प्रनवेश ने कहा, "हम लोग बैठें जरा बात करें ?"

"आइए न !"

दरवाजे से घुसते ही बाईं तरफ बैठक थी । कुछ मढ़ी हुई पेंटिंग्स टँगी हुई थीं । उनमें अंग्रेजी में एच. चक्रवर्ती के दस्तखत थे । इसके अलावा पूरा परिवेश आडंबरहीन था । तखत और काठ की कुर्सियाँ मिलाकर हम सबके बैठने की जगह हो गई । "हम शतदल संस्था की ओर से आए हैं," प्रनवेश ने कहा ।

"शतदल संस्था ?"

"हाँ, जी ! एक क्लब है। यहाँ का बड़ा नामी ! बरदा बाबू…बरदा मजूमदार एम. एल. ए. हमारे प्रेसीडेंट हैं ।"

"ओ !"

"हम लोग प्रतिवर्ष वैशाखी के दिन एक समारोह करते हैं, थोड़ा-सा नाच-गाना, एक छोटा-सा नाटक और बांग्ला कला-संस्कृति के क्षेत्र में जिसका कोई योगदान होता है, उसका अभिनंदन । इस बार सोचा आपका अभिनंदन करें । आप हमारे शहर के हैं, लेकिन उस रूप में तो आपको कोई पहचानता नहीं !"

''हूँ… ! वैशाखी को ?''

''जी हाँ ।''

''वैशाखी के बस अब सिर्फ चार दिन रह गए हैं !''

''हाँ ! मतलब, कुछ लेट हो गए हैं… ।'' प्रनवेश ने खंखारा, ''दिक्कतें थीं ।''

''समझा ! अच्छा अभिनंदन करना माने… ?''

''कुछ नहीं । छह बजे के करीब हम लोग गाड़ी में आपको ले जाएँगे । शाम, छह बजे ! आपका कार्यक्रम सबसे आखिर में । आपको एक मानपत्र दिया जाएगा । ये, मिस्टर बागची आपके बारे में थोड़ा-सा कुछ कहेंगे और बाद में अगर आप भी दो-एक शब्द कह दें तो हम बड़े आभारी होंगे । नौ तक जलसा खत्म !''

''हूँ… !''

''आपके घर के लोग, यानी आपकी पत्नी…''

''उन्हें तो वात की बीमारी है ।''

''ओ ! तो अगर आप अपने साथ किसी और को ले जाना चाहें…''

अब अक्षय बागची ने काम की बात शुरू की, ''आपका कुछ परिचय मिल जाता तो अच्छा रहता !''

''ठीक है । मैं एक कागज पर कुछ मोटी-मोटी बातें लिख दूँगा । कल अगर आप किसी को भेजकर माँग सकें…''

''मैं खुद आकर ले जाऊँगा,'' प्रनवेश ने कहा !

शतदल संस्था के तीनों सदस्य चले आए । हरलाल चक्रवर्ती इतनी देर में क्या समझें ! प्रनवेश को लगा उनकी आँखों में कुछ व्याकुलता-सी है ।

अनुष्ठान अच्छी तरह संपन्न हो गया, इस वैशाखी को भी शतदल संस्था की प्रतिष्ठा अक्षुण्ण रही । हरलाल चक्रवर्ती का नाम सुनकर जो सवाल सब पूछ रहे थे, ''ये कौन हैं ?''

अभिनंदन के बाद ये सवाल फिर किसी ने नहीं पूछे । सरकारी आर्ट स्कूल में पढ़ाई-लिखाई, पेशेवर शिल्पी के रूप में आत्म-प्रतिष्ठा के लिए निरंतर संघर्ष,

पौराणिक कथामालाओं की किताबों और बच्चों की तमाम पत्रिकाओं में उनके चित्र, राय बहादुर एल. के. गुप्त का प्रशंसापत्र, वर्धमान के महाराजाधिराज द्वारा चाँदी का पदक और अंत में बड़ीवाली अँगुली में गठिया हो जाने के कारण बासठ वर्ष की उम्र में चित्रांकन से अवकाश ग्रहण कर लिया—आज इस अनुष्ठान में उपस्थित सज्जनों को इन सब तथ्यों का पता लगा। शतदल संस्था के परिश्रम और लगन की प्रशंसा करने के बाद हरलाल ने स्वयं सिर्फ एक बात कही, ''यह प्रशंसापत्र मुझे नहीं मिलना चाहिए।'' उनकी इस विनयपूर्ण उक्ति ने सबके मन को छू लिया।

पुष्पमाला और मढ़े हुए मानपत्र को लेकर जब वे क्लब के उपाध्यक्ष नीहार चौधरी की गाड़ी में बैठे, तब तक बताना मुश्किल था कि वे ज्यादा खुश हैं या शतदल संस्था के सदस्य? चलते-चलते इंद्रनाथ राय ने कहा, ''अगले साल तुम लोग बागची का अभिनंदन करना, प्रनवेश भाई! उसी ने क्लब के सम्मान की रक्षा की!''

दूसरे दिन सुबह एक आदमी संस्था के कार्यालय में आकर सेक्रेटरी के नाम एक लिफाफा दे गया। प्रनवेश ने लिफाफा खोलकर देखा तो अवाक रह गए। लिफाफे में हरलाल चक्रवर्ती का मानपत्र! साथ रखी चिट्ठी से रहस्योद्घाटन होगा, सोचकर प्रनवेश ने चिट्ठी खोलकर पढ़ी, चिट्ठी में लिखा था—

शतदल संस्था के सेक्रेटरी से मेरा सविनय निवेदन है—

उस दिन आपकी बातों से लगा कि आपने भारी विपत्ति में पड़कर हरलाल चक्रवर्ती का अभिनंदन करने का निर्णय लिया। आपके त्राणकर्त्ता की भूमिका अदा कर मुझे बड़ा आनंद मिला। फिर भी मानपत्र लौटाने के लिए बाध्य हूँ। उसका कारण है कि मैंने पढ़कर देखा कि नाम और तारीख बदलकर अगले वर्ष आप इसका सदुपयोग कर सकते हैं। दूसरी बात यह कि यह मानपत्र सचमुच ही मुझे नहीं मिलना चाहिए। चित्रशिल्पी हरलाल चक्रवर्ती तीन वर्ष पहले इसी शहर में स्वर्ग सिधार गए! वे थे हमारे भइया। मैं कांथी में डाकघर में एक छोटा-सा कर्मचारी हूँ। यहाँ सात दिनों की छुट्टियों में आया था।

भवदीय,
—रसिक लाल चक्रवर्ती

स्पॉटलाइट

छोटा नागपुर के इस छोटे-से शहर में पूजा की छुट्टियाँ बिताने हम पहले भी कई बार आए हैं। और भी बंगाली लोग आते हैं। किसी-किसी के तो अपने मकान हैं, वो उन्हीं में रहते हैं। कोई-कोई घर बँगला किराए पर ले लेते हैं या होटल में ठहरते हैं। दसेक दिन बिताकर, स्वास्थ्य-लाभ कर आयु में छः-एक महीने की वृद्धि कर वापिस अपने-अपने शहरों में लौट जाते हैं। पिता कहते हैं, "आजकल खाना-पीना पहले की तरह सस्ता नहीं रहा। ये तो ठीक ही है, लेकिन आबोहवा तो मुफ्त है, हालाँकि उसकी क्वालिटी खराब हुई है। उसकी बाबत तो कोई कुछ नहीं बता सकता।"

हम दल-बल सहित यहाँ आते हैं, इसीलिए घोड़ा-गाड़ी, दुकान, बाजार न होने पर भी दसेक दिन कैसे बीत जाते हैं। पता ही नहीं चलता। अगर पूछा जाए कि एक माल की छुट्टियों से दूसरे साल की छुट्टियों में क्या फर्क है, तो बताना मुश्किल होगा, क्योंकि चार टाइम का खाना वही—मुर्गी, मांस, अंडा, अरहर की दाल, सामने दुहा हुआ गाय का दूध, घर के बगीचे के अमरूद, जमरूद; दिन-भर की दिनचर्या वही—रात दस बजे सोना, सुबह छः बजे उठना, दुपहर को ताश मोनापली, शाम की चाय के बाद राजा पहाड़ तक सैर और अंत में एक दिन काली झरने के किनारे पिकनिक, दिन में तेज धूप और धुनी रुई-जैसे सफेद बादल, रात में आकाश में इस सिरे से उस सिरे तक चमकती आकाशगंगा, कौआ, मैना, गिलहरी, गुबरैले, गिरगिट, लाल-हरे कीड़े और रत्ती—सब एक।

किंतु इस बार नहीं।

इस बार बात अलग है।

अंशुमान चटर्जी अगर मुझे अच्छे नहीं लगते तो क्या हुआ? वे ठहरे

पश्चिम बंगाल के सबसे बड़े, सबसे लोकप्रिय अभिनेता। मेरी छोटी बहन शर्मि बारह साल की है—फिल्म पत्रिकाओं से अंशुमान चटर्जी की तस्वीरें काट-काटकर बंगला लिपि की एक पूरी कापी भर रखी है। मेरी अपनी क्लास के लड़कों में भी उसके दीवानों की कमी नहीं। वे सब अंशुमान चटर्जी के बालों की स्टाइल की नकल करते हैं, उसी की तरह भौंहें चढ़ाकर बात करने की कोशिश करते हैं, कमीज के नीचे बनियान नहीं पहनते, ऊपर की तीन बटनें खुली रखते हैं।

वही अंशुमान चटर्जी कुंडुओं का घर किराए पर लेकर अपने तीन चमचों के साथ इसी शहर में छुट्टियाँ बिताने आए हैं और अपने साथ लाए हैं पोलाराइज़्ड काँच खिड़कियोंवाली पीले रंग की एक मर्सिडीज़ गाड़ी। उस बार अंडमान जाते समय देखा कि जहाज चलता है तो तरंगें उठती हैं और पास चल रही छोटी-छोटी नावें उन्हीं तरंगों में डूब-उतरा रही हैं। जहाजरूपी अंशुमान जब घर से निकलकर सड़क पर आते हैं तब यहाँ आबोहवा बदलने की खातिर आए बंगालियों की वही हालत हो जाती है। लड़के, लड़कियाँ, औरतें, बच्चे, बुड्ढे—कोई भी शेष नहीं बचता।

मोटी बात तो सिर्फ इतनी-सी है कि इस छोटे-से शहर में ऐसी घटना पहले कभी नहीं घटी। छोटे मामा सिनेमा-विनेमा कभी नहीं देखते। उनका शौक है ज्योतिष। उन्होंने कहा, "लड़के की यश-रेखा एक बार जाकर देख ही ली जाए। ऐसा अवसर कलकत्ता में नहीं आएगा। माँ की इच्छा है कि अंशुमान को एक दिन निमंत्रित कर खाना खिलाया जाए। शर्मि से बोली, "सुन रे शर्मि, तुम सब लोग तो फिल्मी पत्रिकाओं में उसके बारे में इतना सब पढ़ते रहते हो, उसे खाने में क्या पसंद है, मालूम है?" शर्मि रटा-रटाया बोल पड़ी, "मछली, हुई सोका सान मछली, बड़े (भैंस के) का झोल, तंदूरी चिकेन, मसूर की दाल, आम का मुरब्बा, मापा दही (बंगाल में विशेष प्रकार से बनाया जाता है), लेकिन सबसे अच्छा लगता है चाइनीज़।" माँ ने एक लंबी साँस ली। पिता कहने लगे, "खाने पर बुलाने में तो कोई आपत्ति नहीं, शायद निमंत्रण दे ही आऊँ, लेकिन उसके साथ मुसाहिब भी तो हैं..."

छेनी भइया मेरे चचेरे भाई हैं, संवाददाता हैं, एक अखबार में काम करते हैं। छुट्टी प्रायः नहीं मिलती, कहना ही होगा। इन्हीं दिनों झिकुड़ी में संथालों

का एक त्यौहार होता है, उसी पर फीचर लिखने के लिए यहाँ आए हैं। उन्होंने कहा–समय निकालकर अंशुमान के साथ साक्षात्कार करेंगे। ये साल-भर में तीन सौ सत्तासी दिन शूटिंग करते हैं, छुट्टी का समय कैसे निकाल पाएँ, यही एक स्टोरी बन जाएगी।

केवल छोटे भैया शांत हैं। उन पर कोई असर नहीं। वे प्रेसीडेंसी में पढ़ते हैं और बड़े गंभीर छात्र हैं। फिल्म सोसायटी के सदस्य हैं। जर्मन, स्वीडिश, फ्रेंच, क्यूबन, ब्रैजिलियन फिल्में देखते हैं, बंगला फिल्मों पर एक सख्त शोध प्रबंध लिखना चाहते हैं, इसलिए समय-समय पर फिल्मों पर भी सुन-पढ़ लेते हैं। टेलीविज़न पर अंशुमान की 'विनिद्र रजनी' फिल्म तीन मिनट देखी और डिसगस्टिंग (घृणित) कहकर घर से बाहर चले गए। उनको देखकर लगता है, इस बार की छुट्टी बेकार गई मानो फिल्म अभिनेता ने यहाँ आकर आबोहवा बदलने की इतनी सुंदर जगह का मजा ही खत्म कर दिया है।

जो आबोहवा बदलने के लिए यहाँ आते हैं, उनके अलावा भी दो-चार बंगाली यहाँ और हैं जो यहीं रहते हैं। उनमें से एक हैं गोपन बाबू। एक छोटा-सा घर बनाकर बाईस साल से यहीं रह रहे हैं; कुछ धान के खेत भी हैं। शायद मेरे पिता से पाँचेक साल बड़े हैं। बड़े रसिक आदमी हैं, उनके आते ही मन प्रसन्न हो जाता है।

हमारे पहुँचने के दो दिन बाद सुबह ही सुबह ये महाशय हमारे यहाँ पधारे। खद्दर का कुर्ता और धोती, हाथ में छड़ी, पैरों में भूरे रंग के कपड़े के जूते। बँगले के बाहर से ही महाशय ने 'चौधरी साहब हैं क्या ?' की गुहार लगाई।

हम चाय पी रहे थे। पिता गोपन बाबू को बुला लाए और हमारे साथ बैठाया। ''अरे वाह, यहाँ तो भोज हो रहा है !'' गोपन बाबू बोले, ''मैं तो सिर्फ एक कप चाय लूँगा।''

पिछली बार गोपन बाबू की आँखों में मोतियाबिंद था, बताया कि मार्च में कलकत्ता जाकर कटा आए हैं। अब अच्छी तरह दिखाई देता है।

''इस बार तो यहाँ बड़ा रोमांटिक व्यापार है।'' पिता ने कहा।

''क्यों ?'' गोपन बाबू की भौंहें सिकुड़ गईं।

पिता ने कहा, ''ये क्या बात हुई ? यहाँ इतनी गहमागहमी है और आपको खबर तक नहीं !''

''इसका मतलब आपको अभी भी ठीक से नहीं दिखता,'' छोटे मामा ने कहा, ''इतना बड़ा फिल्म अभिनेता यहाँ आया हुआ है, शहर-भर में शोर है और आपको कोई खबर ही नहीं !''

''फिल्म अभिनेता !'' गोपन बाबू की भौंहें अब भी चढ़ी हुई हैं। फिल्म अभिनेता को लेकर इतना हंगामा क्यों ? फिल्म अभिनेता यानी धूमकेतु ! सुना है, वो तो शूटिंग करते हैं। ''धूमकेतु जानते तो हो सुमोहन ?'' मेरी तरफ देखकर सवाल किया गोपन बाबू ने—''आज है कल नहीं, फस करके आकाश से टूटकर नीचे वायुमंडल में प्रवेश करते ही राख का ढेर। तब तो उसका कुछ पता ही नहीं लगेगा।''

छोटे भइया की दबी-दबी-सी खाँसी की आवाज से समझा कि गोपन बाबू की बात उन्हें ठीक लग रही है।

''इसका मतलब हुआ, असली अभिनेता की बात आप तक पहुँची ही नहीं ?''

गरम चाय की एक चुस्की लेकर गोपन बाबू ने पूछा।

''असली अभिनेता ?'' पिता ने सवाल किया, लेकिन सबकी नजरें गोपन बाबू की तरफ उठी हुई थीं। सबके मन में केवल एक सवाल।

''गिरजाघर के पीछे की तरफ, कालू टोला के चटर्जियों का बगीचेवाला एक दुमंजिला घर है। देखा है आपने ? वहीं आकर ठहरे हैं महाराज। नाम शायद कालीदास है या कालीप्रसाद है या इसी तरह का कोई नाम है, घोषाल है।''

''स्टार क्यों कह रहे हैं ?'' पिता ने पूछा।

''कहूँगा नहीं ? एकदम ध्रुवतारा। हट्टे-कट्टे। अमरफल खाकर आए हैं। सौ बरस से ज्यादा उम्र है। लेकिन देखकर नहीं लगता।''

''क्या कह रहे हैं, सौ बरस से ज्यादा के हैं ?'' मामा के आश्चर्य से खुले रह गए दाँतों के बीच टोस्ट फँसा हुआ था।

''छब्बीस बरस पहले शताब्दी मना चुके हैं। महाशय एक सौ छब्बीस बरस के हैं। 1856 में जन्म हुआ था, सिपाही विद्रोह के ठीक एक बरस पहले। रवींद्रनाथ का जन्म हुआ था 1861 में।

हमारी बातचीत बंद, खाना-पीना बंद। गोपन बाबू ने चाय की एक और चुस्की ली। लगभग एक मिनट की चुप्पी के बाद छोटे भइया ने प्रश्न किया,

"उम्र आपको किसने बताई ? उन्होंने खुद बताई ।"

"खुद क्या अपनी इच्छा से बताई है ? बड़े विनम्र आदमी हैं। खुद बतानेवाले आदमी नहीं हैं। बातों-बातों में बात निकली। देखकर लगेगा, अस्सी-बयासी के हैं। उनके ही घर के बरामदे में बैठकर बातें कर रहा था। एक बार परदे के झरोखे से एक औरत दिखी। देखा, सारे बाल पक गए थे, आँखों पर सोने का चश्मा, लाल किनारी की साड़ी पहने हैं। बातों-बातों में पूछा, 'आपकी पत्नी को यहाँ की आबोहवा माफिक आती है या नहीं ?' महाशय हलका-सा मुस्कराकर बोले, 'पत्नी नहीं, नाती की बहू है !' मैं झिझक गया। बोला, 'अगर बुरा न मानें तो पूछूँ, आपकी उम्र क्या है ?' सज्जन ने प्रश्न किया, 'कितनी उम्र लगती है ?' बोला, 'देखकर तो अस्सी-बयासी की लगती है।' फिर से वही मुलायम-सी हँसी हँसकर बोले, 'इसमें फोर्टी सिक्स (छियालिस वर्ष) और जोड़ दीजिए !' अब आप खुद ही हिसाब लगा लीजिए। सीधे हिसाब से क्या होगी !"

इसके बाद हम ठीक से जलपान नहीं कर सके। ऐसी खबर सुनकर भूख मर जाती है। भारतवर्ष··· सिर्फ भारतवर्ष ही क्यों, संभवतः दुनिया-भर के सबसे दीघार्यु आदमी यहाँ रह रहे हैं और उन दिनों, जब हम भी यहाँ हैं—यही सोचकर सिर चकराने लगा है।

"जाइए, देख आइए," गोपन बाबू ने कहा, "ऐसी खबर तो छुपाकर नहीं रखी जा सकती। इसीलिए दो-चार लोगों को बताया—सुधीर बाबू को, सेन साहब को, बालीगंज पार्क के मिस्टर नेउटियाक को। सब जाकर दर्शन कर आए हैं। और दो दिन रुकिए ना, देखिए क्या होता है। असली अभिनेता का आकर्षण कहाँ है, समझ जाएँगे।"

"साहब का स्वास्थ्य कैसा है ?" मामा ने प्रश्न किया।

"सुबह-शाम रोज दो मील।"

"सैर करने जाते हैं !"

"सैर करने जाते हैं। छड़ी लेते हैं। लेकिन छड़ी तो मैं भी लेता हूँ। सोचिए जरा, मुझसे दुगुनी उम्र है !"

"महाशय की आयु-रेखा···" मामा का दिमाग एकतरफा चलता है।

"हाथ देखिएगा," गोपन बाबू ने कहा, "कहते ही दिखाएँगे।"

छेनी भइया इतनी देर से चुपचाप बैठे हुए थे, एकदम मेज पर से उठ

गए—कहानी ! इससे बढ़िया कहानी नहीं हो सकती है ! ये तो स्कूप मिल गया ।

''तुम क्या अभी जा रहे हो ?'' पिता ने पूछा ।

''एक सौ छब्बीस बरस के हैं,'' छेनी भइया ने कहा, ''ये लोग कैसे मरते हैं, जानते हो ? ये हैं वो नहीं । बीमारी आरामी होती नहीं । इसलिए अगर साक्षात्कार लेना है तो यही समय है । बाद में दर्शनार्थियों की भीड़ लग जाएगी, तब मौका नहीं मिलेगा ।''

''बैठो !'' पिता ने धमकी भरे अंदाज में कहा, ''हम सब एक साथ जाएँगे । तुम्हारे अकेले के सवाल तो हैं नहीं, हम सबके सवाल हैं । कापी लेकर चलना, सब लिख लेना ।''

''बोगस !'' (झूठा) छोटे भइया ने कहा और कहकर दुबारा जोर देते हुए बोले, ''बोगस ! फाँकीबाज ! गप्पी !''

''मतलब ?'' गोपन बाबू को बात एकदम पसंद नहीं आई, ''देखो सुरंजन शेक्सपियर पढ़ रहा है ना ? देयर आर मोर थिंग्ज इन हेवेन एंड अर्थ, जानते तो हो । सबकुछ बोगस कहकर उड़ा देने से तो काम नहीं चलेगा ।''

छोटे भइया ने खँखारा—

''आपको एक बात बताऊँ गोपन बाबू··· आजकल प्रमाण मिल गया है कि जो सौ बरस से अधिक उम्र होने का दावा करते हैं, वे भले ही झूठे न हों, पर जंगली भूत जरूर हैं । रूस में काफी ऊँचाई पर बसे एक गाँव के बारे में सुना गया कि वहाँ के अधिकांश लोग सौ से ऊपर हैं । असल में तो ये सब आदिवासी हैं । उनके जन्म का कोई रिकॉर्ड नहीं । पुरानी बातें पूछने पर सब उल्टा-सीधा जवाब देते हैं । नब्बे पार कर जाना कोई हँसी-खेल नहीं है । दीर्घायु की एक सीमा होती है । प्रकृति ने मनुष्य को उसी तरह बनाया है । बर्नड शॉ, पी. जी. वुड हाउस—कोई भी नहीं पहुँच सका सौ तक । यदुनाथ सरकार नहीं पहुँच सके । सौ साल क्या हँसी-ठट्टा है । और ये महाशय एक सौ छब्बीस बताते हैं । हुँह !''

''जोरा आगा का नाम सुना है ?'' फिर एक स्वर में सवाल किया मामा ने ।

''नहीं, जोरा आगा कौन ?''

''तुर्की के थे या शायद ईरान के थे । ठीक से याद नहीं । एक सौ चौंसठ साल की उम्र में मरे थे । दुनिया-भर के अखबारों में उनकी मृत्यु की खबर छपी

थी।''

''बोगस।''

छोटे भइया कुछ भी कहें, लेकिन हम सब जब काली घोषाल के घर गए तब वे भी हमारे साथ गए। शायद अपने अविश्वास को पक्का करने ही गए थे। गोपन बाबू ही ले गए। पिता ने कहा, ''आप मुलाकात करा दीजिए। बातचीत में आसानी होगी। जान नहीं, पहचान नहीं, केवल एक सौ छब्बीस बरस की उम्र सुनकर हम मिलने जा रहे हैं, अजब-सा लगता है।''

छेनी भइया अपने साथ एक नोटबुक और डॉटपेन ही ले गए। माँ ने कहा, ''आज तुम लोग मुलाकात कर आओ, मैं किसी और दिन जाऊँगी।''

काली घोषाल के घर के सामनेवाले बरामदे में बेंत की कुर्सियाँ, काठ की कुर्सियाँ, मूढ़े और स्टूलों की भरमार देखकर लगा कि यहाँ लोग नियमित रूप से आने-जाने लगे हैं। जलपान कर लेने के बाद घंटे-भर के भीतर ही हम सब निकल पड़े थे, क्योंकि गोपन बाबू ने कहा मिलने का यही सबसे अच्छा समय है। गोपन बाबू ने गुहार लगाई, ''घोषाल साहब घर में हैं!'' गुहार लगाने के मिनट-भर बाद ही घोषाल साहब बाहर निकल आए। मन में सिर्फ एक बात गूँज रही है—एक सौ छब्बीस... एक सौ छब्बीस... लेकिन चेहरे से तो अस्सी से ज्यादा के नहीं लगते। साफ रंग, बाएँ गाल पर एक बड़ा-सा दाग, नुकीली नाक, आँखों में स्नेह, दोनों कानों के पास पके बालों के अलावा बाकी पूरा सिर गंजा। शायद एक ज़माने में सुंदर ही रहे हैं। भले ही ऊँचाई पाँच फुट छः-सात इंच से ज़्यादा न हो। रेशम का कुर्ता, पजामा, रेशम की चादर, पैरों में रेशमी चप्पलें। झुर्रियाँ हैं तो सिर्फ आँखों के कोनों में और ठोढ़ी के नीचे।

परिचय हो जाने के बाद आग्रह भरे स्वर में सज्जन ने हमसे बैठने के लिए कहा। छोटे भइया शायद खंभे के पास खड़े रहना चाहते थे, लेकिन पिता ने कहा 'रंजु बैठो ना', तो बैठ गए। वे अब भी गंभीर थे।

''इस तरह दल-बल सहित आपके घर धावा बोलकर बड़ी शर्म आ रही है,'' पिता ने कहा, ''फिर भी आप समझ ही गए होंगे, आप-जैसे उम्रवाले किसी आदमी को पहले कभी देखने का सौभाग्य नहीं मिला, इसीलिए...''

महाशय ने हँसते हुए हाथ उठाकर पिता से रुकने का इशारा किया, ''नहीं-नहीं, इसमें शर्म की क्या बात है। लोगों को पता चलेगा तो लोग आएँगे

ही, स्वाभाविक है। उम्र ही तो मेरी विशेषता है—वही एकमात्र विशिष्ट बात—मैं क्या जानता नहीं। और आप कष्ट करके आए हैं, आपके साथ परिचय हुआ, यह तो बड़ी खुशी की बात है।"

"तब एक बात कह ही डालूँ," पिता ने कहा, "एक अनुमति लेना चाहता हूँ, मेरा ये भाई, संवाददाता है नाम है श्रीकांत चौधरी। आपके साथ जो बातचीत हो उसे छपाने का इसका बड़ा मन है। हाँ, लेकिन अगर आपको आपत्ति न हो।"

"आपत्ति क्यों होगी ?" सज्जन हलका-सा हँसकर बोले, "अगर इस उम्र में कुछ प्रसिद्धि मिले तो वो तो मेरा ही भाग्य है। पूरा जीवन गंडग्राम में बीता है। तुलसीया का नाम सुना है ? सुना नहीं। मुर्शिदाबाद में हैं। रेल लाइन नहीं है। बेलडाँगा जानते हैं ना ? बेलडाँगा में उतरकर दक्षिण की तरफ सत्तर किलोमीटर। तुलसीया में हमारी जमींदारी थी। वो सब तो अब रही नहीं, लेकिन घर है। उसी के एक कोने में पड़ा हूँ। वहाँ के लोग कहते हैं, यमराज इनके पास नहीं फटकना चाहते। पत्नी बावन साल पहले स्वर्ग सिधार गई। भाई, बहन, लड़के, लड़कियाँ कोई नहीं है। एक नाती है, डॉक्टर है। वो भी आनेवाला था, लेकिन एक रोगी की बड़ी खराब हालत थी, इसीलिए उसे रुकना पड़ा। अकेले ही चला आता, नौकर साथ था, लेकिन नाती की बहू है, उसने आने नहीं दिया। वो आई है साथ। तीन दिनों में ही पूरी गृहस्थी बसा ली है। घड़ी की सुइयों की तरह सब चल रहा है।"

डाटपेन की आवाज नहीं आ रही। कनखियों से देखा कि छेनी भइया बड़ी तेजी से लिखे जा रहे हैं। टेपरिकॉर्डर की बैटरी खत्म। आनेवाले दिन ही पता लगा और उस दिन रविवार था, इसलिए लिखने के अलावा दूसरा कोई चारा नहीं। साथ में माँगा हुआ एक पेन। कैमरा है। किसी समय उसका सदुपयोग ज़रूर होगा। फोटो के बगैर लिखा हुआ छपेगा कैसे ?

"बुरा न मानिएगा," मौका पाते ही मामा बोले, "मैं ज्योतिष की कुछ बात करूँगा। पश्चिमी पद्धति से। अगर आप अपना हाथ सिर्फ एक बार देखने दें। सिर्फ एक नजर डालूँगा।"

"देखिए ना ?"

काली घोषाल ने अपना दाहिना हाथ फैला दिया। मामा हाथ पकड़कर

मिनट-भर उस पर झुके देखते रहे। फिर सिर हिलाकर बोले, ''स्वाभाविक। आपकी उम्र के साथ ताल रखते हुए आयु-रेखा बढ़ती जाएगी। वो हाथ से निकलकर कलाई तक आ जाएगी। धन्यवाद, सर।''

पिता बोले, ''आपकी स्मरण-शक्ति, यानी…?''

''ठीक ही है।'' काली घोषाल ने बताया।

''क्या आप कभी भी कलकत्ता नहीं गए?'' छेनी भइया ने सवाल किया।

''गया हूँ माने। पढ़ाई-लिखाई तो हायर स्कूल और संस्कृत कॉलेज में हुई है। कर्नवालिस स्ट्रीट पर एक होस्टल था, उसी में रहता था।''

''घोड़ेवाली ट्राम…?''

''खूब चढ़ा हूँ। लालदीधि से भवानीपुर तक, दो पैसा किराया था। तब रिक्शे नहीं थे। श्याम बाजार के मोड़ पर पालकी का एक बड़ा स्टैंड था। एक बार पालकी उठानेवाले कहारों की हड़ताल हो गई। वो भी याद है। आजकल जिस तरह रास्तों पर कौआ-चिड़िया उड़ते रहते हैं, उन दिनों चीलें मँडराती रहती थीं। लोग 'आकाश का मेहतर' कहा करते। कूड़ा-करकट खाती रहतीं। मेरे कंधे की ऊँचाई तक होती थीं, लेकिन एकदम निरीह।''

''उस जमाने के किसी प्रसिद्ध व्यक्ति का नाम याद आता है?'' छेनी भइया ही प्रश्न पूछते जा रहे हैं।

''प्रसिद्ध मतलब? रवींद्रनाथ को बहुत बार देखा है। परिचय नहीं था, मैं एक साधारण-सा जीव, परिचय कैसे होता। लेकिन एक बार रवींद्रनाथ की जवानी में उन्हें दूर से देखा था। कविता सुनाई थी। हिंदू मेले में।''

''वो तो बड़ी प्रसिद्ध घटना है।'' पिता ने कहा।

''बंकिमचंद्र को कभी नहीं देखा। अगर कलकत्ते में लंबे समय तक रहा होता तो शायद देख पाता। लेकिन मैं कालेज की पढ़ाई पूरी करते ही गाँव लौट आया। लेकिन हाँ, विद्यासागर। वो एक घटना है। एक दिन हम तीन मित्र टहल रहे थे। विद्यासागर सामने से आ रहे थे। छाता लिए हुए थे, चप्पलें पहनी हुई थीं और कंधे पर चादर ले रखी थी। मुझसे भी अधिक नाटे। फुटपाथ पर न जाने किसने केला खाकर छिलका फेंक दिया था, विद्यासागर का पैर उस छिलके पर पड़ा, वे फिसलकर गिर पड़े। हम तीनों ने दौड़कर उठाया। हाथ का छाता छिटककर दूर गिर पड़ा था, वो भी उठा लाया। उन्होंने उठकर क्या किया,

जानते हैं ? ये काम वही कर सकते थे । जिस छिलके पर पैर पड़ा था, उसे बाएँ हाथ से उठाकर पास की रद्दी की टोकरी में फेंका ।''

हम लोग और आधा घंटा रहे ।

''इस बीच चाय आई और उनके नाती की बहू के हाथ की बनाई छाछ । बाद में जब विदा लेने के लिए उठने लगे तो देखा, छेनी भइया ने एक नोटबुक लगभग आधी भर डाली है । उसके साथ उनके फोटो भी खींचे हैं । छेनी भइया ने दो फिल्में पार्सल से अपने दफ्तर भेज दीं । वहीं फिल्म को डेवलेप करके प्रिंट करके देखा जाएगा । जो भी अच्छी फोटो होगी, वो अखबार में छपेगी ।

पाँच दिनों के भीतर ही छेनी भइया की खबर फोटो सहित अखबार में छपी । बड़े-बड़े अक्षरों में शीर्षक था–'विद्यासागर को हाथ से पकड़कर उठाया था मैंने !' छेनी, भइया को 'स्कूप' मिला और उसके कारण दफ्तर में उनकी कद्र बढ़ जाएगी, इसमें कोई शक नहीं, लेकिन उसके बाद हमारे रहते-रहते ही कलकत्ता के और भी देशी-विदेशी संवाददाता काली घोषाल से साक्षात्कार करने आए ।

इस बीच एक घटना घट गई, वो तो बताई ही नहीं । फिल्म अभिनेता अंशुमान चटर्जी अपने चेले-चमचों समेत दस दिन की छुट्टी पाँच दिन में खत्म करके मर्सिडीज़ गाड़ी से कलकत्ता लौट गए । सुना उसकी शूटिंग पड़ गई, इसीलिए व्यवस्था करनी पड़ी । शर्मि को ज्यादा अफसोस नहीं हुआ, क्योंकि इस बीच उसने आटोग्राफ ले लिया था । सच तो यह है कि कापी लेकर जब अंशुमान से मिलने गई तब 'तुम्हारा नाम क्या है' का सवाल सुनकर नायक पर से उसकी भक्ति-भावना काफी कम हो गई थी । इसके अलावा विश्व के अन्यतम प्राचीन आदमी से मिलकर उसका मन संतुष्ट हो गया था । पिता कहते हैं, ''उसके रहते एक बुड्ढे को लेकर इतनी गहमा-गहमी हो रही है, शायद वह इसे बर्दाश्त नहीं कर सका ।''

हमारे लौटने के एक दिन पहले काली घोषाल और उसके नाती की बहू ने हमारे घर भोजन किया । थोड़ा ही खाते हैं, लेकिन जितना भी खाते हैं रुचि से खाते हैं ।

''जीवन में कभी सिगरेट नहीं पी । इसके अलावा थोड़ा-सा खाना, दोनों वक्त सैर, शायद इसी वजह से यमराज मेरे पास फटकने का साहस नहीं

करते ।''

''आपके परिवार में और किसी ने लंबी उम्र पाई थी ?'' पिता ने पूछा ।

''हाँ, सौ बरस से अधिक जीने का सौभाग्य मेरे पितामह और प्रपितामह दोनों को मिला । मेरे प्रपितामह तंत्र साधना करते थे । एक सौ तेरह वर्ष की उम्र में अचानक एक दिन दादा जी को बुलाकर बोले—'गंगायात्रा का आयोजन करो । मेरा समय आ गया है ।' बीमारी का कोई भी लक्षण नहीं दिखा । एक झुर्री नहीं, सारे दाँत बरकरार । कोई एकाध बाल ही पका रहा होगा । खैर, तुलसी-जल मुँह में डालने की व्यवस्था की गई । हरनाथ घोषाल ने शिव का नाम जपते-जपते आँखें मूँद लीं । मैं पास खड़ा था । मेरी उम्र उस समय बयालीस थी । वह दृश्य कभी नहीं भूल पाऊँगा ।''

''रिमार्केबल !'' (विलक्षण) लंबी साँस लेकर मामा बोले ।

कलकत्ता लौटने के सात दिन बाद एक दिन छोटे भइया जब शाम को घर लौटे तो उनके हाथ में एक मोटी-सी किताब थी । किताब नहीं पत्रिका, नाम 'बायस्कोप' । बोले, ''नवरंग पत्रिका के संपादक सीतेश बागची के पास पचास रुपए जमा करवाकर यह किताब एक दिन के लिए घर ला पाया हूँ ।'' दो पन्नों के बीच बस की टिकट रखी हुई थी । वही पन्ने खोलकर किताब मेरे सामने रख दी ।

दाहिने तरफ के पन्ने पर एक बड़ी भारी फोटो थी, जिसे फिल्म का 'स्टिल' कहते हैं । एकदम बढ़िया आर्ट पेपर पर छपी हुई । एक पौराणिक फिल्म का स्टिल । फिल्म का नाम 'शबरी' । फोटो के नीचे लिखा था—'प्रतिमा मूवीटोन' के निर्माणाधीन छायाचित्र 'शबरी' में श्रीरामचंद्र तथा शबरी की भूमिका में नवागत काली किंकर घोषाल और किरण शशि ।

चेहरा मिलाकर देखो, छोटे भइया बोले ।

मिलाकर देखा । किरण शशि से लगभग तीन इंच लंबे, अर्थात मँझोले कद के, शरीर का रंग देखकर समझ आ रहा था कि रंग गोरा होगा, नुकीली नाक और दाहिने गाल पर एक बड़ा-सा दाग । देखने से उम्र पच्चीस से ज्यादा नहीं लग रही थी । मुझे जाने कैसा-कैसा, खाली-खाली-सा लग रहा था । पूछा, ''ये कब की फोटो है, छोटे भइया ?''

''सिपाही-विद्रोह के 68 (अड़सठ) साल बाद की ! उन्नीस सौ चौबीस की ।

साइलेंट फिल्म। उसके नायक थे काली किंकर घोषाल। यही पहली और अंतिम फिल्म। तीन महीने बाद के अंक में फिल्म की समीक्षा है। लिखा है—नवागत नायक अगर फिल्मों में काम न करते तो कोई हर्ज नहीं था। फिल्म-अभिनेता के रूप में इनका कोई भविष्य नहीं।''

''मतलब उनकी उम्र...''

''जो दिखती है वही। अस्सी-बयासी। उन्नीस सौ चौबीस की इस फोटो में अगर उम्र पच्चीस है तो हिसाब लगाकर देखो। उनके साथ जो थी वो असल में उनकी पत्नी थी। गोपन बाबू ने पहले जो सोचा था वही।''

''आदमी तो एकदम...''

''बोगस! चार सौ बीस! सोचा था अखबार में लिखकर सारा भंडा फोड़ दूँगा, लेकिन लिखूँगा नहीं। क्योंकि उनका दिमाग अच्छा है, उसकी तारीफ करनी ही पड़ेगी। जब उम्र थी तब कुछ कर नहीं सके, लेकिन बुढ़ापे में दिखा दिया—एक झूठी बात बोलकर स्पॉटलाइट को किस तरह एक बड़े सितारे से हटाकर अपने ऊपर कर लिया!

झाँसा

चार्ल्स वाकमैन की हिस्ट्री ऑफ मैजिक के कितने खंड आपके पास थे । ब्रह्म इंटरनेशनल मैजिक सर्किल की चिट्ठी पर दस्तखत कर मुँह उठाकर समरेश ने महिम की तरफ देखा । महिम, उसके मित्र, अध्यापक, रनेन सेनगुप्त का पत्र है । अभी हॉल ही में उसने लाइब्रेरियनशिप पास की है । उसने स्वयं ही अपने समरेश काका से आग्रह कर उनकी अस्त-व्यस्त पड़ी ढाई हजार किताबों को विषयवार सजाकर शेल्फ में रखने तथा उनकी सूची बनाने का जिम्मा लिया था ।

''क्यों, दो खंड थे ।'' समरेश बोला ।

''एक ही दिख रहा है । दूसरा खंड ?''

''ये क्या ! अच्छी तरह देखा है ?''

''हाँ ।''

''आश्चर्य ! सेट खराब हो गया । किताब तो पैसे देने पर भी नहीं मिलेगी ।''

समरेश ब्रह्म को किताबों का नशा कॉलेज से ही है । पच्चीस साल पहले की बात है । वह इतिहास का विद्यार्थी था, लेकिन इतिहास के अलावा भी बहुत से विषयों में रुचि रखता था जैसे यात्रा-वृत्तांत, शिकार कथाएँ, पुरातत्व विज्ञान, शरीर-रचना विज्ञान, और मैजिक (जादू) । शुरू में तो जादू समरेश का शगल हुआ करता था । लेकिन धीरे-धीरे इसका उसे नशा हो गया । पिता थे कलकत्ता के नामी बैरिस्टर आदिनाथ ब्रह्म । पिता की इच्छा थी कि पुत्र भी विलायत जाकर बैरिस्टरी पास कर आए और इसी इच्छा के चलते समरेश विलायत गया था । लेकिन कैंब्रिज के ट्रिनिटि कॉलेज में तीन महीने पढ़ने के बाद

जादूगर मार्का सिल्वरस्टोन के साथ परिचय हुआ और उसने पढ़ाई-लिखाई छोड़ दी। समरेश ने अपने पिता को लिखा—वह बैरिस्टरी पढ़ना नहीं चाहता; उसे जादूगर बनने का शौक चर्राया है। उसका अनुरोध असरदार हो, इस खयाल से उसने अपनी चिट्ठी के साथ लिफाफे में सिल्वरस्टोन की भी एक चिट्ठी रख दी। सिल्वरस्टोन ने आदिनाथ ब्रह्म को लिखा : 'तुम्हारे पुत्र के मित्र के नाते लिख रहा हूँ—समरेश इज़ वंडरफुल्ली क्लैवर विद हिज़ हैंड्स (समरेश के हाथों में अद्भुत सफाई है) मुझे लगता है, जादूगर के रूप में उसका भविष्य सुनहरा है।'

यह सुनकर कोई भी साधारण पिता अत्यंत दुखी हो जाता या पुत्र की पिटाई करता। लेकिन आदिनाथ थे साधारण से ऊपर। उन्होंने पुत्र को लिखा—'तुम्हारी स्वतंत्रता में मैं दखल नहीं देना चाहता। तुम्हारे भीतर अगर कोई विशेष क्षमता है तो उसका स्फुरण हो, यही मेरी कामना है। लंदन में अगर जादू सीखा जा सकता हो तो निस्संकोच मुझे लिखो कि उसमें कितना खर्च आएगा। मैं रुपए भेज दूँगा।'

लेकिन समरेश लंदन में और रुका नहीं। वह दो महीने में ही स्वदेश लौट आया और घर में ही जादू के खेलों का अभ्यास करने लगा। उस समय उसकी उम्र बाईस थी। पहली बार पच्चीस की उम्र में उसने मंच पर जादू दिखाया। अकेले खुद ही सब दिखाया। केवल हाथ की सफाई के खेल। दैनिक अखबारों के समालोचकों ने इस नौजवान जादूगर के हाथों की सफाई की प्रशंसा में खूब लिखा।

बत्तीस की उम्र में अपने सात सहयोगियों तथा स्टेज-इल्यूज़न (मंच मरीचिका) के पूरे सरंजाम के साथ 'ब्रह्म द ग्रेट' (ब्रह्म महान) ने मंच पर जादू दिखाया। शो के अंत में दर्शकों की तालियों की गड़गड़ाहट सुनकर पहली पंक्ति में बैठे आदिनाथ ब्रह्म की छाती गर्व से फूल उठी।

उन्नीस सौ चौहत्तर में आदिनाथ स्वर्ग सिधार गए। पिता की अकेली संतान थे, सो समरेश को उनकी पूरी संपत्ति का मालिकाना हक प्राप्त हुआ। लेकिन उन दिनों उसका अपना कारोबार भी अच्छा चल रहा था। भारत के छोटे-बड़े शहरों से बुलावा आता ही रहता, साथ ही विदेशों से भी बुलावा आने लगा था। अलग-अलग तरह के बढ़िया खेलों के अलावा समरेश के जादू की दो

विशेषताएँ सभी तरह के देशी-विदेशी दर्शकों को मुग्ध कर लेतीं। अब तक जादूगर की बकबक को ही लोग उसके जादू का एक हिस्सा मानने लगे थे। समरेश ने पहले-पहल दिखाया कि चुप रहकर भी जादू दिखाया जा सकता है। ढाई घंटे के शो में समरेश एक बार भी मुँह नहीं खोलता। पूरे मन से जादू दिखाता रहता है; लेकिन सुननेवाली बात सुनता है। ये है समरेश की दूसरी विशेषता। अपने जादू के साथ सितार, सरोद, बंशी और तबले का अद्भुत वृंदवाद्य प्रयोग करता है समरेश। सभी देशों के दर्शकों के लिए ये बिलकुल नई चीज है। जादू के खास-खास खेलों के साथ, खास-खास गानों का जो अद्भुत मिश्रण हो जाता है, उससे दर्शकगण मोहित हुए बगैर रह ही नहीं सकते।

आज इकतालीस की उम्र में ही समरेश की ख्याति पूरी दुनिया में हो गई है। उसके जादू की उन्नति के साथ-साथ उसकी लोकप्रियता भी दिनों-दिन बढ़ रही है। कलकत्ते में उसके जादू की घोषणा होते ही सात दिन में ही सारी टिकटें बिक जाती हैं। तमाशा खत्म होने पर स्त्री-पुरुषों, लड़के-लड़कियों, बुड्ढे-बुढ़ियों के झुंड के झुंड खुशी तथा विस्मय की अनुभूति के साथ हॉल से बाहर निकलते हैं। समरेश भी जानता है कि एक साथ हजार दो हजार लोगों को झाँसा दे सकने की कला उसकी मुट्ठी में है। अमरीकी उसकी तुलना थार्सटन तथा हूडिनि के साथ, अंग्रेज मैसक्लाइन तथा डेविड डेवांटेर के साथ, फारसी लोग फेरिबोयर उद्यों तथा हांगकांग और चीन के लोग चिंग लिंग फू के साथ उसकी तुलना करते हैं।

फिर भी समरेश की इच्छाओं का अंत नहीं, वह आज भी भविष्य की ओर देखता है और जादू के नए-नए प्रयोग करना चाहता है। दर्शकों को और भी चकित करना चाहता है, मुग्ध करना चाहता है, विस्मित करना चाहता है। और इसीलिए किताबें खरीदना और पढ़ना भी बंद नहीं हुआ। जादू की किताबें तो पढ़ता ही है, साथ ही विचक्राफट (जादू-टोना), वूड्ज्म (काला जादू) इत्यादि आदिम जादू पर; और हिप्नॉटिज़्म (सम्मोहन), क्लेयारवयेंस (जादुई दृष्टि), वेनट्रिलोकूईज्म (पेट बोली) और इसी प्रकार की दूसरी किताबें पढ़ता रहता है। सिर्फ इन किताबों से ही उसके तीन बड़े-बड़े बुकशेल्फ भरे हुए हैं। अभी हाल ही में प्रकाशित पंद्रह किताबों के लिए आर्डर भेज रखा है। अक्सर बाहर रहना पड़ता है, इसलिए किताबें अस्त-व्यस्त पड़ी हुई थीं, इसीलिए मित्र के पुत्र के

प्रस्ताव पर समरेश को आपत्ति नहीं हुई। महिम का काम पूरा होने में और चारेक दिन लग जाएँगे।

एक जमाने में दोस्त-मित्रों के माँगने पर समरेश उन्हें किताबें उधार दिया करता था, हालांकि कभी प्रसन्न मन से नहीं दीं। अगर कोई कुछ माँगता तो समरेश से न नहीं की जाती। ऐसा स्वभाव चरित्र की एक दुर्बलता थी, यह वह स्वयं जानता था। लेकिन जानते हुए भी किसी के अनुरोध को कभी भी टाल नहीं पाता। उधार दी हुई किताबों का हिसाब रखने के लिए समरेश ने एक कापी बनाई थी; जो भी किताब ले जाता वह अपना नाम, किताब का नाम, ले जाने की तारीख उस कापी में खुद ही लिखता। किताब वापस लौटाने पर समरेश नाम और तारीख काटकर दस्तखत कर देता।

कार्य-क्षेत्र में सफलता मिलती है तो मनुष्य के चरित्र में दृढ़ता आती है, आत्मविश्वास बढ़ता है। शायद इसी वजह से पिछले दसेक सालों से समरेश ने किताब उधार देना बंद कर दिया है। 'माफ करना भाई, तुम्हारा ये अनुरोध रख नहीं, पाऊँगा।' इतना कह देना अचानक समरेश के लिए आसान हो गया था। यह बात सबको मालूम हो गई थी, इसलिए उससे अब और कोई माँगता भी नहीं। लेकिन फिर ये किताब गई कहाँ ?

उधारवाली कापी एक बार देख ली जाए। लेकिन जादू की किताब ले जानेवाला कौन हो सकता है ?

ठीक ! ठीक ! ऐसे भी लोग हैं। समरेश को याद आया। महिम पास ही खड़ा था, समरेश उसकी ओर मुड़ा।

''सुनो महिम, इतिहास की किताबोंवाले शेल्फ के दाहिनी ओर एक छोटी-सी राइटिंग टेबुल (लिखने की मेज) है, देखी है ना ? उसकी दराज में एक नीले रंग की नोटबुक है। एक जमाने में लोगों को किताबें उधार दिया करता था। जो लेता, उस नोटबुक में लिख देता। एक बार उसमें देखो तो सही—'हिस्ट्री ऑफ मैजिक' किसी ने ली तो नहीं ?''

महिम एक मिनट में ही कापी ले आया। उसके चेहरे पर मुस्कान थी।

''मिल गई,'' महिम बोला, ''लास्ट एंट्री'' (आखिरी नाम) है। नाम कटा हुआ नहीं है।''

''सुशील तालुकदार तो नहीं है ?''

''हाँ !''

''...ठीक पकड़ा। देखूँ कापी।''

खैर, अंत में मिल ही गई। सुशील तालुकदार 10.10.72 को चार्ल्स वाकमैन की 'हिस्ट्री ऑफ मैजिक' उधार ले गया था। अर्थात् आज से दस बरस पहले। लौटाई नहीं। दस्तखत सुशील के ही थे, इसमें कोई संदेह नहीं।

लेकिन सुशील तो पाँचेक दिन पहले आया था। शाम को। उससे मिलने की खातिर महिम के हाथ से ही स्लिप भेजी थी। अस्वस्थता का बहाना कर समरेश मिला नहीं। मिलने का कारण तो मालूम ही था। शायद शो (जादू के खेल) की टिकट माँगने आया होगा। नहीं तो फंक्शन में जाने के लिए कहेगा। एक जमाने में पंडाल में जादू दिखाया करता था समरेश। लेकिन अब आज का ये समरेश पुराना समरेश नहीं रहा, यह बात बहुत-से लोग भूल जाते हैं। और टिकट के लिए आग्रह करना तो बंगालियों का स्वभाव है। फुटबाल की टिकट, क्रिकेट की टिकट, जादू की टिकट, इस सबका अंत नहीं। लाइन में खड़े होकर टिकट खरीदना होगा, सोचकर ही बुखार आ जाता है। अगर ठीक आदमी से मिल जाए तो इतना हंगामा क्यों ? सबके सब आलसी। न देने पर कहेंगे–ब्रह्म द ग्रेट (ब्रह्म महान) को बड़ा दिमाग हो गया है ! पुराने परिचितों को इस तरह निराश करता है !

''ये साहब तो उस दिन आए थे,'' महिम बोला।

''हाँ, जरूर कुछ माँगना रहा होगा। साथ किताब ला सकते थे, लेकिन वे नहीं लाएँगे। उन दिनों ढाई सौ रुपए की थी। बहुत दिनों से आऊट ऑफ प्रिंट है। इन दिनों नई छपने पर दाम होगा हजार रुपए !''

समरेश ने यह कहकर भौंहें सिकोड़ीं। उसके बाद बोला, कैसे थे देखने में साहब ? मेरे साथ कॉलेज में पढ़ते थे, बहुत दिनों से देखा नहीं।''

''दुबले-पतले, आधे बाल सफेद, घनी भौंहें, आँखों में तीक्ष्णता। मैंने कहा–आप इस समय नहीं मिलते। यह सुनकर भी जबर्दस्ती मेरे हाथ से स्लिप (पर्ची) भेजी। बोले मेरा नाम सुशील है, नाम सुनकर शायद आप मिल लें।''

''हूँ...''

सुशील तालुकदार को जादू की किताब उधार देने की बात उसकी स्मृति से एकदम उतर चुकी है। दस बरस पहले कितना बेवकूफ था वह। नहीं तो ऐसी

किताब कोई उधार देता है ? उस समय तक सुशील के मन में जादू के प्रति विशेष आकर्षण था, इतना तो समरेश को याद है । हाथ-सफाई का खेल बढ़िया ढंग से दिखा लेता था, लेकिन धीरज और अध्यवसाय दोनों की कमी थी ।

इसके अलावा समरेश के पिता जैसा धनी पिता भी नहीं था । इसीलिए जादू को पेशे की तरह लेने की बात उसने कभी सोची ही नहीं । उसी आदमी के पास आज दस बरस से पड़ी हुई है । समरेश के संग्रह की सबसे मूल्यवान किताबों में से एक किताब ।

इतना विश्वास है कि जब एक बार पता चल गया है तो किताब वापिस लेने का कोई न कोई तरीका निकल ही आएगा ।

उस दिन शाम को कला-मंदिर में शो था । घर लौटने पर समरेश को फिर किताब की याद आई । यह भी याद आया कि बारह बरस पहले जब किताब खरीदकर लाया था तब दोनों किताबें सुशील को दिखाई थीं । सुशील का मंतव्य भी याद आया—''जादू विद्या के इतिहास में एक दिन तुम्हारा नाम भी लिखा जाएगा ।'' सुशील की आर्थिक हालत अच्छी नहीं थी, यह भी समरेश जानता था । उसने छोटी उम्र में ही विवाह कर लिया था । दो बेटियाँ हुई थीं । एक के अन्न-प्राशन में समरेश गया भी था । इस बीच शायद और भी संतानें हुई हों । ऐसे आदमी को रुपए-पैसे की कमी हो तो ताज्जुब नहीं । अगर उसने किताबें बेच दी हों तो ? इतने कीमती सेट के खराब होने की बात सोचकर समरेश की छाती में दर्द उठा ।

एक ही रास्ता है । अगर खुद किताब लेकर नहीं आया है तो उसे चिट्ठी लिखकर किताब की याद दिलानी होगी ।

समरेश ने लिखा, ''प्रिय सुशील, उस दिन तुम आए थे, लेकिन अस्वस्थता के कारण तुमसे मिल नहीं पाया । उम्मीद है तुमने बुरा नहीं माना होगा । मेरी एक किताब नाकमैन की 'हिस्ट्री ऑफ मैजिक' का पहला खंड 10.10.72 को तुमने मुझसे पढ़ने के लिए लिया था—मेरी नोटबुक में तुमने खुद दस्तखत किए हैं । वह मेरे संग्रह की एक बड़ी मूल्यवान पुस्तक है और अब मिलनी मुश्किल है । पत्र पाकर उसे अगर लौटा सको तो बड़ी राहत मिलेगी । अगर सुबह आओ तो कुछ देर गप-शप भी कर सकते हैं । शुभेच्छा सहित, समरेश ।''

चिट्ठी लिखकर समरेश ने एक-दो बार पढ़कर देखा । लौटाने की बात

बड़ी गंभीरता से लिखी है, लेकिन बुरी तरह नहीं। ऐसी ही चिट्ठी की जरूरत थी।

लिफाफे पर पता लिखकर, टिकट चिपकाकर समरेश ने ड्राइवर रघुनाथ को बुलाकर उसी समय डाकपेटी में डाल देने के लिए कहा।

कलकत्ता का डाक-विभाग हमेशा ही तत्परतापूर्वक कार्य करता हो, ऐसा नहीं था, लेकिन उसकी लापरवाही के लिए चार दिन की रियायत देने के बाद भी जब सुशील नहीं आया तो समरेश को बड़ी विरक्ति महसूस हुई। अब क्या किया जाए ? खुद जाकर किताब माँगना अशोभनीय लगेगा। लेकिन अगर यह मान लिया जाए कि चिट्ठी सुशील को नहीं मिली, डाक में खो गई है, तब इसके अलावा कोई चारा भी तो नहीं ? बुक-शेल्फ पर नजर पड़ते ही दूसरे भाग के पास पहले भाग की कमी देखकर समरेश के मन में हूक-सी उठती है। किताब का नशा ऐसा ही होता है। जब तक वह वापिस नहीं मिल जाती, तब तक शांति नहीं।

सुशील तालुकदार सत्रह बटा तीन, माधव लेन में रहता है। रविवार के दिन सुबह उसके घर में मिलने की संभावना अधिक रहती है, इसीलिए समरेश रविवार की सुबह ही गया। नौ बजे सुशील के घर की घंटी उसने बजाई। माधव लेन में इस समय काफी भीड़भाड़ रहती है। समरेश अगर कोई लोकप्रिय फिल्म-अभिनेता होता तो उसकी खैर न होती, लेकिन इस तरह देखकर उसे कोई भी ब्रह्म द ग्रेट (ब्रह्म महान) नहीं कह सकता था। मंच पर वह मूँछें और फ्रेंचकट दाढ़ी लगाता है और अपने असली चेहरे की फोटो अखबार में देने की मनाही कर रखी है।

''किससे मिलना है ?'' एक नौकर ने दरवाजा खोला।

''सुशील बाबू हैं क्या ?''

''जी हाँ। क्या नाम बताऊँ ?''

''कहो, समरेश बाबू मिलने आए हैं।''

नौकर उनको बैठाकर बाबू को बुलाने भीतर चला गया।

दरवाजा खोलने पर बैठक है, उसमें एक साधारण किस्म का सोफा और कुर्सियाँ रखी हैं। एक किनारे एक छोटी-सी अलमारी में किताबें रखी हैं और उसी अलमारी पर एक रेडियो रखा है। उस पर कवर पड़ा हुआ है। दीवाल पर

कुछेक तस्वीरें और दो कैलेंडर टँगे हैं।

समरेश को बैठते ही फिर उठना पड़ा। मुस्कराते हुए किंचित आश्चर्य-से पर्दा हटाकर उसके कॉलेज का सहपाठी सुशील तालुकदार कमरे में घुसा।

''क्या भाई! आज हमारे भाग्य कैसे खुल गए! सूरज किस दिशा से निकला है!''

''मेरी चिट्ठी मिली नहीं शायद?''

''मिली है।''

''तब...?''

समरेश स्तब्ध। सुशील उसके सामने पड़े सोफे पर बैठ गया।

''जानते हो बात क्या है? किताबों के प्रति तुम्हारा जो भयंकर मोह है, उसका मुझे पता है; और उसी दिन जाकर देखा तुम्हारा संग्रह कितना बड़ा हो चुका है! इसीलिए सोचा—अगर जवाब न दूँ, तुम निश्चय ही आओगे। मेरा अनुमान सही था, क्यों?''

खुद आकर समरेश को बड़ा अच्छा लगा हो, बात यह नहीं थी। दोनों जनों की दुनिया एकदम अलग हो गई है, यह वह समझ ही रहा था। दुनिया-भर के चालीस बड़े शहरों के लाखों लोगों को उसने अपने जादू के बल से वशीभूत किया था और न जाने कितने और लाखों लोगों को करेगा। और सुशील? उसकी दुनिया कितनी छोटी थी। सोचकर दया ही आती है। किताब मिलते ही समरेश चल देगा। इसके साथ बैठकर गपशप करने का समय उसके पास नहीं है।

''तुमने अच्छी चाल चली,'' समरेश बोला, ''ऐसे तो सचमुच ही आना नहीं होता। शहर में जादू चल रहा है, इसलिए कुछ ज्यादा ही व्यस्त हूँ। अब अगर किताब वापिस कर दो तो चलूँ।''

''किताब?''

''है या नहीं...?''

सुशील तालुकदार ही-ही करके हँस पड़ा, ''तुम्हारी कोई भी किताब मेरे पास नहीं है।''

''ये क्या?'' जो डर था वही हुआ, ''क्या किसी को दे दी है?''

''किताब तुम्हारे घर में ही है।'' सुशील तालुकदार बोला।

''मतलब ? नोटबुक में जो तुम्हारे हाथ से लिखा देखा···''

''लिखा क्यों नहीं रहेगा ? नोटबुक कहाँ रखते हो, मैं जानता हूँ । उस नौकर की बात सुनकर जब समझा कि तुमसे मिलना मुश्किल है, तो मेरे दिमाग में एक खयाल आया । सोचा, तुम्हारी टाँग खींचकर देखूँ । एक स्लिप (पर्ची) देकर नौकर को वहाँ से हटा दिया । उसके बाद दराज खोलकर देखा, नोटबुक वहीं है । जादूवाली किताब शेल्फ में देखी, नोटबुक में फौरन किताब का नाम, अपना नाम लिख दिया और दस बरस पहले की एक तारीख डाल दी । उसके बाद एक खंड निकालकर तुम्हारे ही घर में छिपा आया !''

''कहाँ ?''

''तुम्हारे पास जो बॉक्स पैटर्नवाला ग्रामोफोन है, उसका ढक्कन खोलते ही किताब दिखेगी ।''

''किंतु-किंतु···'' कुछ-कुछ आश्वस्त होने के साथ-साथ समरेश के मन में दो तरह की भावनाएँ उठ रही थीं—''इस तरह के पागलपन का कारण क्या है ?''

''कारण कुछ नहीं भाई,'' सुशील तालुकदार बोला, ''उस दिन अपनी दोनों बेटियों की ऑटोग्राफ बुक लेकर गया था । उनसे बताया था, ब्रह्म द ग्रेट हमारे साथ कॉलेज में पढ़ते थे । इसके अलावा तुम्हारा जादू देखकर वे दोनों अभिभूत थीं । दोनों ने आग्रह किया कि तुम्हारा दस्तखत लेकर आऊँ । तुम तो मिले ही नहीं । सुनकर वे दोनों बड़े गुस्से में थीं, तुम्हारे लिए उनके मन में जो श्रद्धा थी, वह काफूर हो गई । ऐसा ही होगा, मैं जानता था, हालाँकि ऐसा होना नहीं चाहिए । मैंने कहा, अस्वस्थता के कारण बिचारा मिल नहीं सका । अब देखना एक दिन हमारे घर खुद ही आ जाएगा । और यही हुआ—अरे सुनो रुनू, झुनू ! तुम लोग आओ । देखो तो सही तुम्हारे पिता की बात ठीक थी या नहीं !''

कुछ देर बाद पर्दा हटाकर दो लड़कियाँ कमरे में घुसीं । उनके चेहरे पर सलज्ज मुस्कान थी और आँखों में दीप्ति । पास आकर प्रणाम कर समरेश के सामने आटोग्राफ बुक और कलम रख दी ।

दस्तखत करते-करते समरेश ने सोचा, कलकत्ता शहर में ऐसे लोग भी हैं जो उसे झाँसा दे सकते हैं ! यह तो वो जानता ही नहीं था···

मैकेंजी फ्रूट

मैकेंजी साहब के बागीचे में निशिकांत बाबू ने एक अद्भुत पेड़ खोज निकाला। साहब को पेड़-पौधे अच्छे लगते थे, यह बात निशिकांत बाबू ने करीमगंज आते ही सुन ली थी। भारत स्वतंत्र होने के सातेक सालों बाद ही साहब अपने देश आस्ट्रेलिया लौट गए थे। उसके बाद से उनका बँगला खाली पड़ा हुआ है। लोग कहते हैं कि साहब की पत्नी पर इसी घर में बिजली गिरी थी और वे मर गई थीं। पूर्णिमा की रात को सादे गाउन में उनका भूत बगीचे में घूमता-फिरता दिखाई देता है। इसीलिए इस घर की तरफ कोई जाता नहीं।

निशिकांत बाबू बहरामपुर के सरकारी स्कूल में मास्टर थे। वहाँ से रिटायर होकर करीमगंज आए थे, माधव वैद्यराज से अपने वात का इलाज करवाने। माधव वैद्यराज का नाम देश-भर में भले ही न रहा हो, प्रदेश-भर में तो निश्चय ही था। बात हुई थी कि अपने मित्र तारक बागची के घर कुछ दिन रहकर इलाज करवाएँगे और फिर वापिस लौट जाएँगे। लेकिन वैसा कुछ तो हुआ नहीं। आते ही पता लगा, माधव वैद्यराज डेढ़ महीना पहले गुजर गए हैं। तारक बागची ने कहा, "तुम अकेले हो, शादी तो की नहीं, किसकी खातिर बहरामपुर लौटोगे ? यहीं रहो, वैद्यराज हों या न हों। करीमगंज की आबोहवा से ही तुम्हारा वात ठीक हो जाएगा।"

निशिकांत बाबू अनुरोध टाल नहीं सके। साज-सामान लाने के लिए एक बार बहरामपुर जाना पड़ा। उसी समय से मित्र के घर पेइंग गेस्ट बनकर रह रहे हैं। तारक बागची का साधारण लेकिन कलात्मक घर है। मुंसिफ थे, मुंसिफी की कमाई से ही यह घर 1964 में बनवाया था।

तीनेक साल पहले पत्नी की मृत्यु हो गई। एक बेटी की शादी कर दी और

उनका एकमात्र बेटा देहरादून में नौकरी करता है।

जगह बड़ी मनोरम है, इसमें कोई दो राय हो ही नहीं सकती। एक जमाने में करीमगंज में रेशम का गोदाम था। इसी कारण मैकेंजी साहब के पूर्वजों ने यहाँ घर बनवाया था। सौ बरस पहले गोदाम यहाँ से हट गया। लेकिन मैकेंजी परिवार करीमगंज का आकर्षण छोड़ नहीं पाया। अंतिम साहब जॉन मैकेंजी भी शायद यहीं रह जाते, लेकिन पत्नी की मृत्यु के बाद उनका मन टूट गया था। बेटा ऑस्ट्रेलिया में पशमीने का व्यापार करता था, उसी ने पिता को चिट्ठी लिखकर स्वदेश बुला लिया।

निशिकांत बाबू अपने मित्र से एक बात में एकदम अलग हैं। तारक बागची घरघुसना... काम से लौटकर घर में आते ही आरामकुर्सी पर पसर जाते हैं और निशिकांत बाबू को घूमने-फिरने की आदत है। वात के रोगी हैं लेकिन शाम-सबेरे दो मील सैर किए बगैर उनका खाना हजम नहीं होता। करीमगंज आने के तीन दिन के भीतर एक दिन उनकी नजर मैकेंजी साहब के खाली बँगले पर पड़ी। दीवाल से घिरी ढाई बीघा जमीन के बीचोबीच एक सुंदर-सा बँगला था, खपरैल की ढालू छत, सामने पीछे बरामदा और चारों ओर पेड़-पौधे। निशिकांत बाबू को पेड़-पौधे प्रिय हैं, कॉलेज में बाटनी (वनस्पति विज्ञान) उनका प्रिय विषय था। बहरामपुर के घर में उन्होंने एक छोटी-सा बगीचा भी लगाया था। इसके अलावा उनका जिज्ञासु स्वभाव था। ऐसे विचित्र पेड़-पौधे देखकर वे अपना लोभ संवरण नहीं कर सके।

अपने मित्र का आदेश अस्वीकार कर उन्होंने अपनी धोती घुटने तक उठा ली—दीवाल जहाँ टूटी हुई थी वहाँ से कूदकर मैकेंजी साहब के बगीचे में पहुँचे।

आम, जामुन, कटहल, अमरूद, नारियल आदि देशी पेड़ों के अलावा कुछ ऐसे विदेशी पौधे भी वहाँ थे जो उन्होंने सिनेमा में और शिवपुर के बोटैनिकल गार्डन में देखे थे। फूलदार पौधों का कोई चिह्न नहीं। चारों तरफ झाड़-झंखाड़। पेड़ पौधे देखते-देखते कुतूहलवश वे आगे बढ़ते गए।

बगीचे के बीच में पत्थरों का रास्ता बनाया गया है। आस-पास सफेद पत्थर की मूर्तियाँ हैं, लोहे की बेंचें हैं और एक सूखा हुआ फौव्वारा। मैकेंजी परिवार शौकीन रहा होगा, इसमें कोई संदेह नहीं।

बँगले के पीछे पहुँचकर निशिकांत बाबू को अनजानी-सी सुगंध मिली। किसी फूल या फल की सुगंध है। लेकिन जानी-पहचानी सुगंध नहीं। स्निग्ध मीठी सुगंध।

निशिकांत बाबू देखने के लिए आगे बढ़े। सर्दी के छोटे-छोटे दिन हैं, थोड़ी देर में ही शाम हो जाएगी। शाम होने से पहले सुगंध कहाँ से आ रही है, यही जान लेना जरूरी है!

कुछ दूर जाकर एक सिंह की मूर्ति के पास निशिकांत बाबू को रुकना पड़ा। सामने बाएँ हाथ पर कनेर का एक पेड़, उसके ठीक पीछे खुली जगह और उसी के पास एक पेड़। ऐसा पेड़ पहले कभी देखा नहीं। उस पेड़ पर डूबते सूरज की रोशनी पड़ रही थी, ऐसा लग रहा था मानो पेड़ सोने के पत्तों से भरा हो।

निशिकांत बाबू पेड़ की ओर बढ़ गए। सुगंध इसी पेड़ से आ रही थी, इसमें कोई संदेह नहीं। पेड़ के फलों से। सफेद रंग के फल थे। फलों का ऊपरी हिस्सा गोल। नीचे का हिस्सा हलका नुकीला। गोल हिस्से का व्यास एक मझोले आकार के संतरे जैसा। पेड़ के पत्ते भी देखे निशिकांत बाबू ने और साथ ही क्लास में पढ़ी बॉटनी (वनस्पति-विज्ञान) के कुछ नाम भी याद आए। पत्तों का रंग गाढ़ा हरा, कंपाउंड लीफ, तना बिलकुल सीधा। पेड़ लगभग सात या आठ फुट ऊँचा। फलों की संख्या कम से कम पचास रही होगी। पत्तों पर से सुनहरी धूप धीरे-धीरे उतरती जा रही है, लेकिन फलों का रंग एकदम सफेद, लग रहा था अँधेरा होने के बाद भी फलों से प्रकाश बिखरता रहेगा।

लगभग दस-एक मिनट तक पेड़ के चारों ओर चक्कर लगा निशिकांत बाबू को पेड़ का मोह छोड़ना पड़ा। इस परित्यक्त बागीचे में कीड़े-मकौड़ों, साँप, बिच्छुओं की कमी नहीं। अँधेरा गहराने से पहले यहाँ से निकल जाना ठीक रहेगा। खाली हाथ लौटें क्या? नहीं। इस नूतन पेड़ का एक फल साथ ले जाना जरूरी है।

निशिकांत बाबू ने हाथ उठाकर एक फल तोड़ा और घर की ओर चल दिए।

फल देखकर तारक बाबू के मन में निशिकांत बाबू की तरह जिज्ञासा भले ही न उपजी हो, लेकिन आश्चर्य उन्हें भी हुआ–"ये क्या साथ ले आए?"

निशिकांत बाबू ने बताया। तारक बाबू ने फल हाथ में लेकर

हिला-डुलाकर घुमा-फिराकर देखा, ''ये चीज तो कभी देखी नहीं। लगता है ऑस्ट्रेलिया का ही कोई फल होगा!''

लेकिन इसका ठीक-ठीक पता कैसे लगाया जाए। जब तक फल का नाम ना पता लग जाए, तब तक शांति नहीं।

''तुम जाकर ज्ञान बाबू को दिखाओ,'' तारक बागची बोले, ''उन्होंने देश-विदेश में खूब घूमा है। शायद वे पहचान जाएँ।''

ज्ञान बाबू अर्थात् ज्ञानप्रकाश चौधरी। चौधरी करीमगंज के जमींदार थे। ज्ञानप्रकाश को घूमने का नशा था। उस समय उनकी उम्र थी 65 वर्ष। लेकिन घूमने की उम्र में—जब जमींदारी-उन्मूलन नहीं हुआ था—पिता के पैसे से खूब घूमे थे। बहुत-से देशों की बहुत-सी अद्भुत चीजों का संग्रह था उनके घर।

अपने मित्र की सलाह मानकर निशिकांत बाबू एक छोटी-सी थैली में फल रखकर ज्ञान चौधरी के पास गए। चौधरी साहब उस समय अपनी बैठक में बैठे हुए पुराने गाने सुन रहे थे। इन दिनों चौधरी साहब को पुराने बांग्ला गाने सुनने और डाक-टिकट संग्रह करने का शौक चर्राया है। चौधरी साहब को आधुनिक फैशन का रेकार्ड प्लेयर पसंद नहीं। उनका ग्रामोफोन चोंगेवाला है और उसे खूब ताकत लगाकर हाथ से घुमाना पड़ता है। इसलिए पुराने दिनों का गाना कहना ही ठीक है।

तीन मिनट का रेकार्ड—जोहरा बाई का गाना—खत्म होने पर चाबी घुमाकर मशीन बंद कर चौधरी साहब ने निशिकांत बाबू से बैठने के लिए कहा।

''ये क्या ले आए?'' ज्ञान बाबू की आँखें फल की ओर थीं।

निशिकांत बाबू ने विनम्रतापूर्वक कहा, ''जी हाँ, इसीलिए आपको कष्ट दिया। ये फल मैकेंजी साहब के बागीचे में मिला। कौन-सा फल है समझ नहीं आ रहा। आप तो खूब घूमे-फिरे हैं, इसीलिए...''

''देखूँ।''

निशिकांत बाबू ने फल चौधरी साहब के हाथ में थमा दिया। उसे घुमा-फिराकर, सूँघकर, सिर हिलाकर ज्ञान चौधरी ने कहा—

''उँ हूँ! ये फल तो पहले कभी देखा नहीं। आप किसी वनस्पति शास्त्री को दिखाएँ। प्रेसीडेंसी कालेज के बॉटनी के अध्यापक इन दिनों शायद विनय सोम

हैं। उस दिन अखबार में नाम देखा। शायद वे बता सकें।"

निशिकांत बाबू सोच में पड़ गए। तो फिर क्या ये फल लेकर उन्हें कलकत्ता जाना होगा।

"आप एक काम करिए," उनको सोच में पड़ा देखकर ही शायद ज्ञान चौधरी ने कहा, "मेरे मँझले लड़के के पास पोलोराएड कैमरा है। आप पेड़ के नीचे खड़े हो जाइएगा, मेरा बेटा फल समेत पेड़ की एक रंगीन तस्वीर उतार देगा। उसी की एक कॉपी सोम को भेज दीजिए। उसके बाद देखिए क्या कहता है?"

मँझला लड़का ज्योतिप्रकाश चौधरी कनाडा में प्रोफेसर है। इन दिनों शादी करने के लिए करीमगंज आया हुआ है! उसने खुशी-खुशी अपने कैमरे से इस अपरिचित पेड़ की एक तस्वीर उतार दी। निशिकांत बाबू अवाक् देखते रहे। कैमरे का बटन दबाते ही सड़सड़ करता हुआ एक सफेद कागज कैमरे के भीतर से निकल आया। उसके बाद आँखों के सामने ही जादू की तरह उस कागज पर पेड़ की रंगीन तस्वीर उतर आई! ज्योतिप्रकाश ने तस्वीर निकालकर निशिकांत बाबू को दे दी।

तस्वीर हाथ में लेकर कुछ-कुछ झिझकते हुए निशिकांत बाबू ने कहा, "अगर ये तस्वीर खो-खा जाए···"

ज्योतिप्रकाश ने चुपचाप निशिकांत बाबू के लिए दो और तस्वीरें उतार दीं।

तस्वीर के साथ निशिकांत बाबू ने कॉलेज के दिनों में उपलब्ध ज्ञान के सहारे पेड़ का वर्णन प्रेसीडेंसी के अध्यापक विनय सोम के पास भेज दिया।

सात दिनों के भीतर ही जवाब आ गया।

विनय सोम ने लिखा कि ऐसा पेड़ उन्होंने पहले कभी नहीं देखा।

लेकिन निशिकांत बाबू आसानी से छोड़नेवाले आदमी नहीं थे। वर्णन समेत दूसरी तस्वीर उन्होंने इंग्लैंड की रॉयल बॉटेनिकल सोसायटी को भेज दी। ज्ञान बाबू के घर में विटेकर का पंचांग था, उसी में मिल गया सोसायटी का पता। जवाब तीन हफ्ते में आया।

सोसायटी की ओर से मार्टिमार साहब ने लिखा था कि फल से लदे पेड़ की जो तस्वीर भेजी गई है, उसमें अगर कुछ छुपाया नहीं गया तो कहना पड़ेगा कि

पेड़ की जाति के संबंध में कुछ मालूम नहीं।

इसके बाद जो हुआ, उससे निशिकांत बाबू के एक और पक्ष का परिचय मिला। वह था उनका भावुक पक्ष। एक दिन रात को बिस्तर पर लेटे-लेटे निशिकांत बाबू ने सोचा—आदमी जो इतनी तरह की साग-सब्जी, फल-फूल खाता-पीता है उसकी शुरुआत कब हुई? आम, जामुन, केला, संतरा, पपीता, अमरूद, इन सब फलों को किसने या किन लोगों ने पहले-पहल खाया होगा—यह तो इतिहास में लिखा नहीं। फलाँ फल स्वादिष्ट है, फलाँ खाना पौष्टिक है—इन सब बातों का कब किसने पता लगाया? इस सबके बीच और भी तो बहुत कुछ है जो आदमी खा नहीं सकता, जिसे खाकर आदमी का अनिष्ट हो सकता है। बहुत-से जहरीले कुकुरमुत्ता होते हैं, जिन्हें खाकर आदमी मर सकता है। वह नहीं खाया जाता, यह भी तो आदमी ने खाकर ही जाना होगा।

शास्त्रों में कई प्रकार की खाद्य सामग्री के गुण-अवगुण लिखे हुए हैं। लेकिन शास्त्र तो अभी कुछ दिन पहले ही लिखे गए हैं—आदमी के सभ्य होने के बहुत दिन बाद। शास्त्र लिखे जाने से लाखों बरस पहले आदमी ने ये सब खाना शुरू कर दिया था। इतिहास में क्या ऐसे भी प्रमाण मिलते हैं जहाँ यह बताया गया हो कि अमुक फल, अमुक कंदमूल आज पहली बार अमुक व्यक्ति ने खाया और उसे खाद्य सामग्री प्रमाणित किया?

इसी सब सोच-विचार में पड़े-पड़े एक दिन निशिकांत बाबू ने निश्चित किया कि इस नूतन फल—जिसका नाम उन्होंने मैकेंजी फ्रूट रखा—को खाकर देखना होगा कि क्या होता है। अपने इस निर्णय के संबंध में उन्होंने अपने मित्र को कुछ भी नहीं बताया, क्योंकि हो सकता है वे सुनकर उदासीन हो जाएँ या शायद मजाक बनाने लगें। दोनों में से कोई बात निशिकांत बाबू को पसंद नहीं।

यह निश्चय कर लेने के बाद दूसरे दिन सुबह सैर के समय वे सीधे ही चले गए मैकेंजी साहब के बागीचे में।

मन में धुकधुकी हो रही थी। उन्हें लग रहा था, वहाँ पहुँचकर देखेंगे कि पेड़ में कोई फल नहीं! निशिकांत बाबू झोला लेकर गए थे। अच्छी तरह देख-भालकर तीन पके फल तोड़कर झोले में डाले और घर की तरफ चल दिए। वे अच्छी तरह जान रहे थे कि उनकी हृदय-गति तेज हो गई थी। आज वे जो

कार्य करने जा रहे थे, वह काम इस जगत में कभी किसी ने नहीं किया।

लेकिन ऐसा है क्या?

पेड़ तो मैकेंजी साहब के बगीचे में था। क्या उन्होंने यह फल खुद खाकर नहीं देखा होगा?

इस नए सवाल के मन में उठते ही निशिकांत बाबू का उत्साह मुरझा गया। कौन दे सकता है इस प्रश्न का जवाब? मैकेंजी साहब के साथ करीमगंज के किसी व्यक्ति की मित्रता थी या नहीं, यह जानना जरूरी है—उसके बाद ही फल खाना चाहिए।

जवाब तारक बाबू से मिल गया।

''मैकेंजी किसी के साथ ज्यादा उठते-बैठते नहीं थे,'' तारक बाबू ने बताया, ''लेकिन शिवशरण वकील के साथ साहब को कई बार सैर करते देखा है। शायद साहब के किसी अदालती मामले पर दोनों जनों का परिचय हुआ हो।''

शिवशरण मित्र ने गुत्थी सुलझा दी। बोले, ''कोई अदालती मामला नहीं। उनको भी बागवानी का शौक था, मुझे भी बागवानी का शौक है, इसी कारण हमारा परिचय हुआ। मेरे बागीचे में तैंतालीस प्रकार के गुलाब थे। साहब देखकर बड़े खुश हुए थे, बहुत तारीफ की थी।''

निशिकांत बाबू ने आश्वस्त होकर झोले से फल निकाला।

''मैकेंजी साहब के बागीचे में यह फल क्या कभी देखा है?''

शिवशरण बाबू की भौंहें सिकुड़ गईं।

''साहब के बागीचे में ये फल हैं?''

''जी हाँ?''

''किस तरफ?''

निशिकांत बाबू ने बताया।

''इसके आस-पास ही झुलसा हुआ एक आँवले का पेड़ है?'' शिवशरण बाबू ने सवाल किया।

हाँ है! निशिकांत बाबू को याद आ रहा है! इस अपरिचित पेड़ की पूर्व दिशा की ओर दसेक हाथ आगे आँवले का एक पेड़ है!

''इसका मतलब हुआ, मेमसाहब पर जिस जगह बिजली गिरी थी, ठीक उसी जगह ये पेड़ है!'' शिवशरण वकील बोले, ''लेकिन जब साहब यहाँ थे

तब ये पेड़ यहाँ नहीं था। होता तो मेरी नजर जरूर पड़ती। उस बागीचे में साहब के साथ बहुत घूमा हूँ मैं।''

निशिकांत बाबू हाँफ गए। अगुआ होने में कहीं कोई बाधा नहीं। वे ही होंगे मैकेंजी फ्रूट के पहले भक्षक।

उस रात निताई महाराज के हाथ की चच्चड़ि, मसूर की दाल, लौकी की सब्जी और मछली का शोरबा खाकर अपने मित्र के साथ उत्तर दिशावाले बरामदे में बैठकर कुछ देर गपशप कर निशिकांत बाबू अपने कमरे में लौट आए। शाम से ही बादल थे, इसके आसपास खूब बिजली चमकी और मूसलाधार बारिश हुई। निशिकांत बाबू ने कमरे का दरवाजा बंद किया। सुराही से एक गिलास पानी निकालकर खाट के पास रखी छोटी-सी मेज पर रखा और खाट पर बैठ गए। इसके बाद एक मैकेंजी फ्रूट हाथ में लेकर दीवाल पर टँगी परमहंस की तस्वीर देखकर, उनका स्मरण कर, नमस्कार कर एक अँगड़ाई लेकर हाथ का फल दाँत से काटा।

तीनेक बार चबाने पर जब फल का रस खाद्य नली में पहुँचा तब उन्हें लगा कि यह एकदम देवभोग्य फल है। इसके साथ किसी दूसरे फल का कोई मेल नहीं। तुलना भी नहीं।

एक पूरा फल खत्म करने में निशिकांत बाबू को पाँच मिनट लगे। उस समय रात के पौने ग्यारह बज रहे थे। नींद का कोई सवाल ही नहीं उठता। पहले तो नई खोज की उत्तेजना और उसके साथ मन में संशय—फल खाने से अगर कोई नुकसान हुआ...शायद रात में ही पता चल जाए।

निशिकांत बाबू बार-बार अपनी नाड़ी दबाकर देखने लगे। चेहरे पर किसी अनिष्ट का कोई चिह्न नजर आ रहा है या नहीं, जानने के लिए थोड़ी-थोड़ी देर में शीशे के सामने आकर खड़े हो जाते। बाद में आधी रात को ही घर से बाहर निकलकर चहलकदमी कर जाँच करने लगे कि शरीर की मांसपेशियाँ अच्छी तरह काम कर रहीं हैं या नहीं!

पाँच बजे के बाद जब सुबह का पहला पक्षी चहचहाने लगता है, उस समय निशिकांत बाबू को लगा कि उनकी कमर का दर्द एकदम ठीक हो गया है और उन्होंने पिछले तीस सालों में इतना स्वस्थ कभी महसूस नहीं किया!

मैकेंजी फल के अद्भुत स्वाद का रसास्वादन अकेले करने की बात

निशिकांत बाबू को न्यायसंगत नहीं लगी। उन्होंने इस फल की जो खोज की है और फल का स्वाद पहले-पहल उन्होंने ही चखा है—यह सब बताना भी तो जरूरी है। इस संबंध में उनके मित्र के मन में कोई उत्साह नहीं है, यह भी वे अच्छी तरह जानते हैं। यह सारा मामला किसी प्रसिद्ध व्यक्ति को बताना चाहिए, यह सोचकर ज्ञान चौधरी का नाम ही उन्हें सबसे पहले याद आया। व्यक्ति-व्यक्ति में अंतर होता है, रुचियाँ अलग-अलग होती हैं, यह बात निशिकांत बाबू जानते हैं, लेकिन ऐसा स्वादिष्ट फल किसी को खराब लग सकता है, इस पर उन्हें विश्वास नहीं था। इसीलिए एक फल साथ लेकर वे ज्ञान चौधरी के घर गए।

बैठक में एक अबंगाली सज्जन को देखकर निशिकांत बाबू कुछ झिझके और कुछ अधिक न कहकर अपने आने का कारण बताकर, थैली से फल निकाला और ज्ञान चौधरी के सामने मेज पर रख दिया।

''इस फल का नाम पता लगा?'' ज्ञान चौधरी ने प्रश्न किया। निशिकांत बाबू ने बताया कि रॉयल बोटैनिकल सोसायटी भी तस्वीर देखकर फल को पहचान नहीं पाई। ''आप खाकर देखिए, अत्यंत स्वादिष्ट फल है।''

ज्ञान बाबू ने कोई आपत्ति नहीं की, लेकिन दाँत से न काटकर, नौकर को बुलाकर दो प्लेटें और एक चाकू मँगवाकर, काटकर, एक टुकड़ा खुद खाया और एक अपने मित्र को दिया। खाने के बाद दोनों के चेहरे की भावभंगिमाएँ देखकर निशिकांत बाबू अत्यंत प्रसन्न हुए।

''ये तो बहुत स्वादिष्ट है, निशिकांत बाबू!'' ज्ञान बाबू बोले।

''अद्भुत!'' अबंगाली सज्जन बोले। ''स्वादिष्ट! ये फल मिला कहाँ?''

निशिकांत बाबू ने सरल भाव से सबकुछ बता दिया। यहाँ तक कि वात की शिकायत दूर होने की बात भी बता दी।

''मैकेंजी फ्रूट? ये क्या नाम आपने रखा?'' अबंगाली सज्जन ने पूछा।

''कोई नाम तो रखने की जरूरत थी,'' निशिकांत बाबू बोले, ''इसके अलावा कोई दूसरा नाम सूझा नहीं।''

दोनों सज्जनों ने कहा—बड़ा जबर्दस्त नाम रखा है।

और कुछ अधिक न कहकर दोनों को नमस्कार कर निशिकांत बाबू घर लौट आए।

चौधरी-निवास से निकलकर रास्ते में पहुँचकर निशिकांत बाबू को बड़ी प्रसन्नता हो रही थी। उन्होंने एक कीर्तिमान स्थापित कर दिया है। ऐसा हो सकता है, कभी सोचा नहीं था। बासठ वर्ष की उम्र में ऐसा अद्‌भुत घट जाएगा, क्या कोई सोच सकता था ? नहीं, कोई नहीं सोच सकता था। मध्यवर्ग के आदमी का मध्यम किस्म का ही जीवन था उनका। लाखों अन्य मध्यवर्गीय लोगों के जीवन से कोई अलग नहीं। लेकिन आज वे अलग थे। सिर्फ बंगालियों के बीच नहीं, अपने देशवासियों के बीच नहीं, समूची पृथ्वी पर।

लेकिन उनकी कीर्ति का अंत यहाँ तो नहीं था। यह फल अगर देशवासियों को खिलाया जाए, तभी तो उनकी कीर्ति होगी। अगर बड़े पैमाने पर फल की खेती की जाए तो लोगों को कितना फायदा होगा, यह सोचकर निशिकांत बाबू की छाती गर्व से फूल उठी। फल के बीज तो हैं उनके पास। हलके बैंगनी गूदे के बीच काले रंग का बीज। उसे बोने पर पेड़ होगा क्या ? उनके घर के पिछवाड़े थोड़ी-सी खाली जमीन है। वहाँ लगाकर देखने में हर्ज क्या है ?

लेकिन बीज बोना बेकार रहा। बीज बोकर पानी-वानी देने के बाद भी कोई लाभ नहीं। सात दिन इंतजार करने के बाद भी अंकुर का कोई चिह्‍न न दिखा निशिकांत बाबू को।

इस बीच इस फल के अद्‌भुत गुणों का और परिचय मिला है निशिकांत बाबू को। उनके पड़ोसी अवनी घोष का आठ वर्षीय बालक भूतो उनके पास कभी-कभी गणित के प्रश्न हल करवाने आता है। फल खाकर उसकी फैरनजाइटिस की शिकायत दूर हो गई ! पड़ोस का एक घायल कुत्ता रोज तारक बाबू के घर के रास्ते की तरफवाले बरामदे के सामने आकर घूर-घूर करता रहता है। निशिकांत बाबू ने फल का एक टुकड़ा उसे खाने के लिए दिया। दो दिन बाद देखा, उसका घाव सूख गया ! और मित्र को बिना बताए उनकी चाय में एक चम्मच रस मिलाकर उन्हें चाय पिला दी, उसका नतीजा—मित्र की दस दिन की सर्दी एक दिन में ही ठीक हो गई !

लेकिन सिर्फ करीमगंज के लोग ही फल के बारे में जानेंगे, बाहर के और किसी आदमी को इसका पता नहीं होगा, यह बात तो ठीक नहीं है। ज्योतिप्रकाश की उतारी हुई एक तस्वीर आज भी निशिकांत बाबू के पास है। निशिकांत बाबू ने बड़े-बड़े चार पन्नों का एक लेख अंग्रेजी में लिखा और फोटो

के साथ स्टेट्समैन पत्रिका को भेज दिया। लेख का नाम रखा 'वंडरफुल न्यू फ्रूट' (अद्‌भुत नूतन फल)। उन्होंने स्पष्ट लिखा कि फल का संधान उन्होंने किया है। इस उम्र में आत्म-प्रचार का लालच छोड़ पाना क्या आसान है।

सात दिन बाद ही पच्चीस-एक साल का एक नवयुवक उनके घर आया। अंजन सेन गुप्त–स्टेट्समैन का रिपोर्टर। स्मार्ट चेहरा, आँखों पर चश्मा, साथ में कैमरा और टेप रिकार्डर। निशिकांत बाबू ने जिस फल के संबंध में लेख भेजा था, उसके संबंध में और तथ्य इकट्ठा करने के लिए उन्हें भेजा गया है।

निशिकांत बाबू खुश हुए। इसी की तो जरूरत थी। इसी की तो उम्मीद कर रहे थे वे।

''मेरा लेख छाप रहे हैं?'' निशिकांत बाबू ने प्रश्न किया।

''लेख से अधिक पसंद करते हैं आजकल लोग साक्षात्कार,'' अंजन सेनगुप्त बोले, ''मैं पेड़ देखना चाहता हूँ।''

''जरूर देखिएगा,'' निशिकांत बाबू बोले, ''हाँ मील-भर चलना होगा।''

दोनों जने मैकेंजी साहब के बागीचे की ओर चल दिए। दसेक दिनों से बागीचे में जाना नहीं हुआ था। पिछली बार जब गए थे उस दिन देखा था कि पेड़ फलों के भार से झुका जा रहा है। इसका मतलब हुआ, इस फल का कोई 'सीजन' (मौसम) नहीं? तो क्या ये बारहमासी फल है? जाते समय ये सारे सवाल निशिकांत बाबू के मन में उठ रहे थे।

लेकिन बड़े आश्चर्य की बात है। जिस बगीचे में उनके अलावा पिछले कुछ महीनों से कोई नहीं घुसा–एक कैमरा लेकर सिर्फ ज्योतिप्रकाश चौधरी घुसे थे–उसी बागीचे में आज इतनी भीड़ क्यों?

दो लोगों को पहचान लिया निशिकांत बाबू ने–ज्ञानप्रकाश चौधरी और उनके घर में जो अबंगाली सज्जन मिले थे, उनको। ज्ञान बाबू ने आज उनके साथ परिचय करवा दिया।

''इनको उस दिन देखा था आपने। ये हैं चुन्नीलाल मानसूखानि। आपका दिया हुआ फल खाकर इनके दिमाग में तरह-तरह के विचार आए हैं।''

''अच्छा?''

निशिकांत बाबू की छाती में धुकधुकी होने लगी। कुछ होनेवाला है, यह तो वे अच्छी तरह समझ रहे थे।

"श्रीमान मानसूखानि उस फल की खेती करना चाहते हैं। व्यापारी आदमी ठहरे। नई चीज का व्यापार करने का मौका पाकर उसका लोभ संवरण नहीं कर सके।"

निशिकांत बाबू अपने प्रयास के बारे में बताए बगैर नहीं रह सके–"लेकिन मैंने बीज बोकर देखा है, उगने का कोई लक्षण नहीं दिखा।"

मानसूखानि हँस पड़े, "पेड़ सिर्फ इस बागीचे की मिट्टी में उगता है। उधर देखिए–सात दिन पहले लगाए गए बीज कैसे उग आए हैं।"

निशिकांत बाबू ने अवाक् भाव से नजर उठाई, उस पेड़ से दसेक हाथ आगे ताजे हरे पौधे लहलहा रहे थे। पत्ते देखकर आसानी से समझ आ रहा था कि ये पत्ते इसी अद्‌भुत पेड़ के हैं।

संवाददाता–अंजन सेन गुप्त–यह सब देखकर, निशिकांत बाबू को छोड़कर, मानसूखानि से साक्षात्कार लेकर वापिस चले गए। निशिकांत बाबू के लेख के बजाय वही साक्षात्कार अखबार में छपा।

छः महीने में ही मैकेंजी फलों के पौधों से मैकेंजी साहब का बागीचा भर गया। ज्ञान चौधरी के साथ या निरीक्षण में मानसूखानि का व्यापार शुरू हो गया। सिर्फ 162 पेड़। लेकिन बारहमासी फल है। इस बीच फल का परीक्षण कर देखा गया है कि फल में सात तरह के विटामिन हैं और ऐसा भी बहुत कुछ है, जिसके बारे में रसायनशास्त्रियों को अभी कोई जानकारी नहीं।

स्वाद, गंध, पौष्टिकता और साथ ही दुर्लभ होने के कारण फल की कीमत हुई आकाश ऊँची। फलों का छिलका उतारकर, दो-दो टुकड़ों में काटकर, बीज निकालकर चार-चार फलों के टुकड़े एक-एक टिन में भरे जाते हैं। रासायनिक प्रक्रिया से उनका संरक्षण किया जाता है। भारतीय रुपयों के हिसाब से एक टिन का दाम साढ़े तीन सौ रुपए। देशवासियों ने तो उस फल का सिर्फ नाम-भर सुना है–उनके घरों में ये फल पहुँचा ही नहीं, क्योंकि सारे फल जापान, योरोप और अमरीका भेजे जाते हैं। समूचे विश्व में फल की प्रसिद्धि दावानल की तरह फैल गई है। लेकिन बड़ी कोशिशों के बाद भी मैकेंजी साहब के बागीचे के बाहर वह पेड़ नहीं लगाया जा सका।

जिस तरह बागीचे में, उसी तरह करीमगंज के पास बहरामपुर में–जिस कारखाने में संरक्षण के लिए इन फलों को टिनों में भरा जाता है–पुलिस का कड़ा

पहरा है। बागीचे के चारों तरफ खूब ऊँची दीवाल उठा दी गई है। देखकर लगता है, जेलखाने की दीवाल है। बँगला तोड़कर मानसूखानि मैकेंजी फ्रूट कंपनी का नया दफ्तर बनाया गया है। रोज सुबह नौ बजे जर्मन मार्सडीज़ में बैठकर साहब को दफ्तर आते देखा जा सकता है। उनके कुछ करीबी दोस्त भी कभी-कभी आते हैं और जाते समय फल की एक टिन रियायती दर पर अपने साथ ले जाते हैं। इसके अलावा दफ्तर के कर्मचारियों को छोड़कर और किसी के पास प्रवेशाधिकार नहीं है।

यह व्यापार शुरू हुए डेढ़ साल हो गया। लेकिन निशिकांत बाबू आज भी किंकर्तव्यविमूढ़ हैं। आफिस खुलने के दो दिन बाद ही वे गए थे। लेकिन पुलिस ने उन्हें घुसने नहीं दिया। वे अवाक् हो गए, टूटी-फूटी हिंदी में बोले, ''हम निशिकांत बोस हूँ। ये फल मैंने ही आविष्कार किया है—तुम्हारा बाबू को जाकि बोलो।''

लेकिन सशस्त्र पुलिस ने उनकी एक न सुनी। ज्ञान चौधरी के घर जाने का भी कोई लाभ नहीं हुआ। अब वे ऐरे-गैरों से नहीं मिलते।

तारक बागची को सब मालूम था। भर्त्सना के स्वर में वे बोले, ''तुम्हारा मित्र वकील है और तुम उससे सलाह-मशविरा किए बगैर ये क्या कर बैठे। धुरंधर लोगों की चाल तुम कैसे समझोगे? तुम्हें बेवकूफ पाकर वे लँगड़ी मारकर गिराएँगे ही, इसमें इतने आश्चर्य की क्या बात है।''

लेकिन एक फल निशिकांत बाबू के पास रह गया था। बीरसिंहपुर जाकर बड़ी मुश्किल से एक खाली टिन ला पाए थे। वह फल उन्होंने उस टिन में रख दिया है। उन्हीं की खोज, उन्होंने ही पहले-पहल वह खाया, उन्होंने ही नामकरण किया—मैकेंजी फ्रूट।

वह अद्‌भुत फल डेढ़ साल बाद आज भी ताजा है!

गणित मास्टर गुलाबी बाबू और टिपू

भूगोल की किताब बंद कर टिपू ने घड़ी की तरफ देखा। लगातार सैंतालीस मिनट से पढ़ रहा है। इस समय तीन बजकर तेरह मिनट हो रहे हैं। अगर थोड़ा-सा घूम आए तो हर्ज क्या है ? उस दिन ठीक इसी समय तो वह आदमी आया था। उसने कहा भी था जब टिपू को कोई दु:ख होगा तब फिर आएगा। तो अब ? अब तो दु:ख की वजह है ! खूब जबर्दस्त वजह है। एक बार बाहर जाकर देखा जाए क्या ?

नहीं। न जाने माँ किस काम से बरामदे में आई हैं ? अभी हिस हिसकर एक कौआ उड़ाया। फिर किंच किंच की आवाज आई। शायद बेंत की कुर्सी पर बैठी। शायद धूप सेंक रही हैं। कुछ देर और इंतजार करना होगा।

टिपू को उस आदमी की बातें याद आ रही हैं। ऐसा आदमी टिपू ने पहले कभी नहीं देखा। बेहद नाटा, दाढ़ी-मूँछ नहीं, लेकिन बच्चा भी नहीं है। बच्चों की आवाज इतनी भारी नहीं होती। तो फिर क्या आदमी बुड्ढा है ? टिपू को ठीक-ठीक कुछ समझ नहीं आ रहा था। शरीर पर कहीं झुर्रियाँ नहीं ! चंदन के साथ गुलाबी रंग मिलाने पर जैसा रंग तैयार होता है शरीर का रंग कुछ-कुछ वैसा। टिपू मन-ही-मन उसे गुलाबी बाबू कहता है। टिपू उस आदमी का नाम नहीं जानता। टिपू ने पूछा था लेकिन उस आदमी ने कहा, "जानकर क्या करोगे ? मेरे नाम का उच्चारण करते हुए तुम्हारी जीभ लड़खड़ा जाएगी !"

टिपू को बड़ा गुस्सा आया था, "क्यों लड़खड़ा जाएगी ? मैं प्रत्युत्पन्न-मतित्व बोल सकता हूँ, किंकर्त्तव्यविमूढ़ बोल सकता हूँ, फ्लेकसिनसिन-हिलपिलिफिकेशन बोल सकता हूँ; और तुम्हारा नाम नहीं बोल सकता ?"

सुनकर उस आदमी ने कहा, ''एक जीभ से मेरे नाम का उच्चारण नहीं हो सकता।'' ''तुम्हारे मुँह में क्या एक से ज्यादा जीभ हैं?'' टिपू ने पूछा था, ''बांग्ला बोलने में एक से अधिक की जरूरत नहीं होती।''

घर के पिछवाड़े जो शिरीष का पेड़ है, जिसमें एक भी पत्ता नहीं है—वह आदमी उसी पेड़ के नीचे खड़ा था। इस तरफ कम ही लोग आते हैं। शिरीष के पेड़ के पीछे खुला मैदान है और खुले मैदान के और आगे धान के खेत हैं और उसके भी बहुत आगे पहाड़ों की लंबी शृंखला। अभी दो-चार दिन पहले एक झाड़ी के पास टिपू ने एक नेवले को घूमते-फिरते देखा था। झाड़ी के आसपास बिखेरने के लिए टिपू आज पावरोटी के थोड़े-से टुकड़े ले आया था, शायद पावरोटी के लालच में नेवला आए। इसी सोच-विचार में पड़े टिपू की नज़र अचानक पेड़ के नीचे खड़े आदमी पर पड़ी। नजर पड़ते ही आदमी फक से हँसकर बोला, ''हलो!''

साहब है क्या? अगर साहब होगा तो ज्यादा देर बातचीत करना मुश्किल। इसलिए टिपू कुछ देर चुपचाप खड़ा-खड़ा उस आदमी को देखता रहा। आदमी ही उसकी तरफ बढ़कर बोला, ''तुम्हें किसी बात का दुःख है?''

''दुख?''

''दुःख।''

टिपू अवाक् खड़ा रहा। उससे ऐसा सवाल पहले कभी किसी ने नहीं पूछा था। उसने कहा, ''नहीं तो, मुझे तो कोई दुःख नहीं।''

''सच कह रहे हो?''

''वाह! सच क्यों नहीं बताऊँगा?''

''तुम्हें तो दुःख होना चाहिए। सवाल करने पर होता है ना?''

''कैसा दुःख? सोचा था नेवला दिखाई देगा लेकिन दिख नहीं रहा, कैसा दुःख?''

''ऊँहूँ-ऊँहूँ। जिस दुःख से कनपटी नीली पड़ जाती है, हथेलियाँ सूख जाती हैं, वैसा दुःख।''

''मतलब बड़ा भारी दुःख।''

''हाँ।''

''नहीं, मुझे वैसा तो कोई दुःख नहीं है।''

चेहरे पर दुःख का भाव लाकर आदमी ने सिर हिलाकर कहा—

"नहीं, तब तो अभी मुक्ति नहीं।"

"मुक्ति ?"

"मुक्ति। फ्रीडम।"

"फ्रीडम का अर्थ मुक्ति, मैं जानता हूँ," टिपू बोला।

"जब मुझे दुःख होगा तभी तुम्हारी मुक्ति होगी ?"

आदमी टिपू की तरफ देखकर बोला, "तुम्हारी उम्र साढ़े दस ?"

"हाँ," टिपू बोला।

"और नाम मान तर्पण चौधरी ?"

"हाँ।"

"तब तो कहीं कोई गलती नहीं हुई।"

आदमी को उसके बारे में यह सब मालूम कैसे हुआ, ये बात टिपू समझ नहीं पाया। टिपू बोला, "सिर्फ मुझे दुःख होने पर तुम्हें मुक्ति मिलेगी ? और किसी के दुःख से नहीं ?"

"दुःख होने पर मुक्ति नहीं। दुःख दूर करने पर मुक्ति होगी।"

"लेकिन दुःख तो बहुतों को है। हमारे घर जो निकुंज भिखारी आता है, वह जो एकतारा बजाकर गाना गाता है। कहता है, उसके तीन कुलों में कोई नहीं है। उसे तो बहुत दुःख है।"

"उससे नहीं होगा।" आदमी ने सिर हिलाकर कहा।

"तर्पण चौधरी, उम्र साढ़े दस वर्ष—यहाँ तुम्हारे अलावा और कोई इस नाम का है ?"

"शायद नहीं।"

"तब तो तुम्हारी ही जरूरत है।"

अब टिपू एक बात पूछे बगैर नहीं रह सका—

"तुम कैसी मुक्ति की बात कर रहे हो ? तुम तो अच्छी तरह घूम-फिर रहे हो।"

"यह मेरा देश नहीं है। यहाँ तो मुझे निर्वासित किया गया है।"

"क्यों ?"

"इतना सब जानने की जरूरत क्या है ?"

"वाह, एक आदमी से परिचय हो, उसके बारे में जानने का मन नहीं करेगा? तुम कहाँ रहते हो, क्या करते हो, तुम्हारा नाम क्या है, और किस-किससे तुम्हारा परिचय है—यह सब जानने का मेरा मन है।"

"इतना सब जानने पर झंझट होगी।"

असल में आदमी ने झंझट नहीं कहा था; कोई बड़ा कठिन शब्द बोला था, जिसे कोशिश करने पर भी टिपू बोल नहीं पाएगा। लेकिन उसका मतलब झंझट से ही था। ना मालूम किस बीमारी की बात कर रहा है, इसलिए टिपू ने और कोई सवाल नहीं किया। आदमी को देखकर किसकी याद आ रही है? शायद रामखेल तिलक सिंह की? या फिर धेधासूर के उस हाथ-भर लंबे आदमी की, जिसे मानिक ने देखा था? या फिर स्नो व्हाइट के सात बौनों में से एक बौने की? टिपू परिकथाओं का कीड़ा है। उसके दादा जब भी कलकत्ता से आते हैं उसके लिए तीन-चार परिकथाएँ ले आते हैं। इन सब कहानियों को पढ़कर टिपू की कल्पना सात समुद्र, तेरह नदियों और छत्तीस पहाड़ पार कर ना मालूम कहाँ-कहाँ घूम आती है। वह खुद ही बन जाता है राजपूत—उसके सिर पर लग जाती है मोती जड़ी पगड़ी और कमर में हीरों से जड़ी तलवार लटकने लगती है। किसी दिन हाथी दाँत का हार लेने निकल पड़ता है तो किसी दिन साँपों के साथ युद्ध करने।

"गुड बाई!"

ये क्या, आदमी चल पड़ा।

"कहाँ रहते हो, तुमने बताया नहीं?"

उसके प्रश्न की तरफ ध्यान न देकर आदमी सिर्फ बोला, "जब तुम्हें दु:ख होगा तब फिर मिलूँगा।"

"पर तुम्हें कैसे बताऊँगा?"

लेकिन तब तक आदमी एक ऊँचे-से बेर के पेड़ को फाँदकर हवा हो गया। इतना ऊँचा पेड़ फाँदकर ऊँची कूद में विश्व रिकार्ड स्थापित कर दिया।

यह घटना लगभग डेढ़ महीने पहले की है। उसके बाद से आदमी नहीं आया। लेकिन आज तो उसकी जरूरत है, क्योंकि आज तो टिपू वाकई दु:खी है और उसके दु:ख का कारण उसके स्कूल के नए गणित मास्टर नरहरि बाबू थे।

नए मास्टर को टिपू ने यूँ ही पसंद नहीं किया था। पहले ही दिन क्लास में

घुसकर, कुछ कहने से पहले, दो मिनट तक खड़े-खड़े क्लास के सारे बच्चों को घूरते रहे। लगा, मानो सबको भस्म करने के बाद पढ़ाना शुरू करेंगे। ताड़ के पेड़ की हूसूर-मूसूर की तरह किसी की झाड़ू जैसी मूँछें हो सकती हैं, यह तो सचमुच ही टिपू नहीं जानता था और इसके अलावा इस तरह की भारी-भरकम आवाज। क्लास में कोई भी तो बहरा नहीं है, फिर इतने जोर-जोर से बोलने की जरूरत ही क्या है?

असली गड़बड़ तो हुई दो दिन बाद, बृहस्पतिवार के दिन। दिन में बादल थे, तिस पर पूस की सर्दी। टिफिन के समय टिपू क्लास से बाहर नहीं निकला, अपनी डेस्क पर बैठा-बैठा डालिम कुमार की कहानियाँ पढ़ने लगा। कौन जानता था कि उसी समय गणित मास्टर क्लास के सामने से निकलेंगे और उसे देखते ही क्लास में घुस आएँगे—'कौन-सी किताब पढ़ रहे हो, तर्पण?'

यह तो मानना ही पड़ेगा कि मास्टर साहब की याद्दाश्त गजब की थी, क्योंकि दो दिन में ही उन्हें सब छात्रों के नाम याद हो गए थे।

टिपू की छाती में धुकधुकाहट होने लगी, टिफिन में कहानी की किताब पढ़ना कोई गलत बात नहीं, सोचकर उसने कहा, "दादी की झोली, मास्टर साहब।"

"जरा दिखाना तो।"

टिपू ने मास्टर साहब के हाथ में किताब रख दी। मास्टर साहब मिनिट-भर उसे उलट-पुलटकर बोले, "हाऊँ-माऊँ-काऊँ मानुस की गंध पाऊँ। हीरे के पेड़ पर मोती का पंखी, शंबूक के पेट में राजपुत्र—यह सब क्या पढ़ा जा रहा है? सब बेकार की गप्प, झाँसेबाजी। यह सब पढ़ोगे तो सवाल दिमाग में कैसे घुसेगा, हाँ?"

"ये सब तो गप्प है, मास्टर साहब।" टिपू किसी तरह मुश्किल से बोल पाया।

"गप्प! गप्प का भी तो कोई सिर-पैर होगा, या उल्टा-पुल्टा कुछ भी लिखकर बस काम खत्म!"

टिपू इतनी जल्दी हार मानना नहीं चाहता था! बोला—

"रामायण में भी हनुमान और जामवंत की कहानियाँ हैं और महाभारत में भी एक राक्षस और हिडिंबा राक्षसी और ना मालूम कितनी कहानियाँ हैं।"

''धृष्टता मत करो,'' नरहरि बाबू बोले, ''वह सब ऋषि-मुनियों ने लिखा है—दो हजार साल पहले। ऐसे तो गणेश जी का भी आदमी का शरीर और हाथी का सिर है, और माँ दुर्गा के दस हाथ हैं! यह बातें और गाँजा खाकर लिखी गई ये मनगढ़ंत कहानियाँ एक चीज नहीं हैं। तुम लोगों को पढ़नी चाहिए महापुरुषों की कहानियाँ, आदमी किस तरह छोटे से बड़ा हुआ—ये सब कहानियाँ। तुम्हारी उम्र में इन कहानियों का बड़ा महत्त्व होता है। तुम सब हो बीसवीं शताब्दी के बच्चे। पुराने जमाने के पल्लीग्राम में जो कहानियाँ पसंद की जाती थीं, उन कहानियों को आज शहर में कोई कैसे पसंद कर सकता है। अगर ये सब पढ़ना हो तो ताड़ के पत्ते लेकर पाठशाला में जाकर बैठो और झूम-झूमकर सवाईया-अढ़ाईया याद करो। ये सब कर सकोगे तुम?''

टिपू चुप रहा। इतनी जरा-सी बात के लिए उसे इतना लंबा व्याख्यान सुनना पड़ेगा, उसने सोचा नहीं था।

''क्लास में और कौन-कौन ऐसी किताबें पढ़ता है?'' गणित मास्टर ने पूछा।

सच तो यह है कि और कोई नहीं पढ़ता। शीतल एक बार हिंदुस्तानी उपकथाएँ ले गया था, दूसरे ही दिन लौटा दीं। बोला, ''धत् इससे तो कहीं अधिक अच्छी अश्वदेव की कहानियाँ हैं।''

''और कोई नहीं पढ़ता मास्टर साहब।'' टिपू बोला।

''हूँ, तुम्हारे पिता जी का नाम क्या है?''

''तारानाथ चौधरी।''

''तुम लोग रहते कहाँ हो?''

''स्टेशन रोड। पाँच नंबर।''

''हूँ!''

फट् से किताब डेस्क पर पटककर गणित मास्टर क्लास से चले गए।

स्कूल से टिपू सीधे घर नहीं गया। स्कूल की पूर्वी दिशा में घोष परिवार के आम के बागीचे के और आगे जमरूल के पेड़ के सहारे टिककर विष्णुराम दास के घर के आहाते में बंधे सफेद घोड़े की ओर अन्यमनस्कता से देखता रहा। विष्णुराम बाबू का बीड़ी का कारखाना है। घोड़े पर बैठकर कारखाना ज़ाते हैं। उम्र पचास से ऊपर, लेकिन शरीर एकदम स्वस्थ।

टिपू प्रायः यहाँ आकर खड़े-खड़े घोड़े की तरफ देखता रहता है, लेकिन आज उसे कुछ भी अच्छा नहीं लग रहा था। उसका मन बोल रहा था कि गणित मास्टर उसका कहानी पढ़ना बंद करवाने की फिराक में हैं। कहानी की किताबों के बगैर वह जिंदा कैसे रहेगा ? साल-भर में एक दिन भी तो ऐसा नहीं जाता जब वह कहानी की किताबें ना पढ़ता हो और सबसे अच्छी तो वही किताबें लगती हैं जिन्हें गणित मास्टर ने बेकार और गंजूखाने की गप बताया। कहाँ, ये सब किताबें पढ़ने के बाद भी गणित में उसे कभी खराब नंबर नहीं मिले। पिछली परीक्षा में पचास में से चवालीस नंबर मिले थे और पहलेवाले गणित मास्टर भूदेव बाबू से तो उसे गणित के कारण कभी डाँट नहीं पड़ी।

सर्दी के दिन छोटे होते हैं, इसलिए टिपू घर लौटने की बात सोच ही रहा था कि उसे कुछ दिखा और वह झटपट पेड़ के पीछे छुप गया।

गणित मास्टर नरहरि बाबू किताब और छाता बगल में दबाए इसी तरफ चले आ रहे हैं।

तो क्या उनका घर इस तरफ ही है ? विष्णुराम बाबू के घर के और आगे इस रास्ते पर पाँचेक घर हैं। इसके बाद हैमलॉटूनि मैदान है। एक जमाने में इस मैदान के पूरब की ओर रेशम का गोदाम था। हैमलॉटूनि साहब उसके मैनेजर थे। वे बड़े सख्तमिजाज इंसान थे। गोदाम के पास ही उनका बँगला था। बत्तीस साल मैनेज़री करने के बाद एक दिन उसी बँगले में उनकी मृत्यु हो गई। उन्हीं के नाम पर इस मैदान का नाम हैमलॉटूनि पड़ गया।

पूस की शाम थी, अँधेरा बढ़ता जा रहा था और टिपू जमरूल के पेड़ की आड़ में खड़ा नरहरि मास्टर को देख रहा था। उनके हाव-भाव देखकर वह चकित था। मास्टर साहब विष्णुराम के घोड़े के पास आकर खड़े हो गए और पुचकारते हुए घोड़े की पीठ पर हाथ फेरने लगे।

ठीक उसी समय खट से घर के पिछवाड़े का दरवाजा खुला और हाथ में चुरुट थामे विष्णुराम बाबू बाहर निकले।

''नमस्कार !''

घोड़े की पीठ से हाथ हटाकर गणित मास्टर विष्णुराम बाबू की ओर मुड़े। विष्णुराम बाबू ने भी नमस्कार कर कहा, ''एक बाजी खेल ली जाए क्या ?''

''इसीलिए तो आया हूँ,'' गणित मास्टर बोले। मतलब गणित मास्टर

शतरंज खेलते हैं। टिपू जानता है विष्णुराम बाबू कैसा खेलते हैं। गणित मास्टर बोले, "आपका घोड़ा बड़ा बढ़िया है। कहाँ से लाए?"

"कलकत्ता। शोभा बाजार के द्वारिका मिल का घोड़ा है। उन्हीं से खरीदा है। घुड़दौड़ में दौड़ा है। नाम था पैगासास।"

पैगासास? टिपू को नाम कुछ जाना-पहचाना-सा लगा। कहाँ सुना है, याद नहीं आ रहा। "पैगासास," गणित मास्टर बोले, "बड़ा जोरदार नाम है।" घुड़दौड़ के घोड़ों के ऐसे ही नाम होते हैं।

"हैप्पी बर्थ डे, शोभान अल्ला, फरगेट मी नाट..."

"आप इस घोड़े पर चढ़ते हैं?"

"चढ़ता हूँ मतलब। बड़ा चौकस घोड़ा है। एक दिन भी बिगड़ा नहीं।"

गणित मास्टर घोड़े की तरफ देखते रहे। फिर बोले, "एक जमाने में खूब चढ़ा हूँ घोड़े पर।"

"अच्छा?"

तब हम लोग शेरपुर में रहते थे। पिता थे डाक्टर। घोड़े पर बैठकर रोगी देखने जाया करते थे। उन दिनों मैं स्कूल में ही था। मौका मिलते ही घोड़े पर बैठकर सैर करता था। बड़ी पुरानी बात है।

"इस पर चढ़िएगा?"

"चढ़ूँ?"

"चढ़िए ना।"

टिपू अवाक खड़ा देखता रहा, गणित मास्टर किताब और छाता दालान में रख, घोड़े की रस्सी खोल एक झटके में घोड़े पर चढ़कर उसकी पीठ पर बैठ गए। इसके बाद बाएँ पैर के पंजों से दो बार घोड़े को ऐड़ लगाई तो घोड़ा खट-खट करता हुआ चलने लगा।

"देखिए, ज्यादा दूर नहीं जाइएगा," विष्णुराम बाबू बोले।

"आप गोटियाँ बिछाइए," गणित मास्टर बोले, "मैं थोड़ी दूर जाकर लौट आऊँगा।"

टिपू और रुका नहीं। आज का दिन तो बीत ही गया। लेकिन घटना यहीं खत्म नहीं हुई।

उस समय शाम के सात बज रहे थे। टिपू अगले दिन का पाठ पढ़ चुकने के

बाद सोच रहा था कहानी की किताब खोलूँ या नहीं, तभी नीचे से पिता ने आवाज दी।

टिपू नीचे बैठकखाने में पहुँचा तो देखा, नरहरि मास्टर साहब पिता के साथ बैठे हुए हैं। टिपू का शरीर ठंडा पड़ गया। पिता बोले, "तुम्हारे दादा ने जो किताबें दी हैं उन्हें मास्टर साहब देखना चाहते हैं। जाओ ले आओ।"

टिपू किताबें ले आया। सत्ताइस किताबें। तीन बार में लानी पड़ीं।

गणित मास्टर दस मिनट तक चुपचाप किताबें देखते रहे। बीच-बीच में सिर हिला-हिलाकर हूँ-हूँ करते जाते। फिर किताबें रखकर बोले, "देखिए मिस्टर चौधरी, मैं जो कह रहा हूँ बहुत सोच-समझकर कह रहा हूँ। परिकथाएँ हों या रूपकथाएँ हों या उपकथाएँ हों, इन सबका एक ही नतीजा होता है—लड़के-लड़कियों के मन में कुसंस्कार पैदा होते हैं। बालसुलभ मन को आप जो भी समझाएँगे, वही उनका मन समझेगा। जरा सोचकर तो देखिए हम बड़ों का कितना दायित्व है। क्या हम उन्हें बताएँगे कि रोहू मछली के पेट में आदमी के प्राण होते हैं? जबकि वास्तविकता यह है कि प्राण आदमी के हृत्पिंड में रहते हैं—उसके बाहर और कहीं नहीं, और कहीं रह ही नहीं सकते।"

पिता उनकी पूरी बात मान रहे हैं या नहीं, टिपू समझ नहीं पाया। उसे मालूम है कि पिता का विश्वास है कि स्कूल के मास्टरों की बात माननी चाहिए। "तुम्हारी उम्र मास्टरों की बात मानने की उम्र है, टिपू" यह वाक्य पिता के मुँह से उसने बहुत बार सुना है। "खासकर गुरुजनों की बात माननी होगी। अपनी इच्छा से भी सबकुछ करने की एक उम्र होती है, लेकिन पढ़ाई-लिखाई खत्म कर अपने पैरों पर खड़े होने के बाद की है वह उम्र। तब तुमसे कोई कुछ नहीं कहेगा, ऐसा करो, वैसा करो। और अगर कोई कहे भी तो तुम्हें अपनी इच्छा बताने का अधिकार है। लेकिन अभी नहीं।"

"आपके घर में किसी और विषय पर बच्चों की किताबें नहीं हैं?" नरहरि बाबू ने पूछा।

"हैं," पिता बोले, "मेरे बुक शेल्फ में ही हैं। स्कूल में मैंने जो किताबें इनाम में पाई थीं, वे। टिपू, तुमने देखी हैं?"

"सब।"

"सब। विद्यासागर की जीवनी, सुरेश विश्वास की जीवनी, कैप्टेन स्कॉट

का दक्षिणी मेरु अभियान, मैंगोपार्कर का अफ्रीका-भ्रमण, इस्पात की कहानी, वायुयान की कहानी··· । प्राइज में मिली ही कितनी किताबें हैं ?''

''अच्छा, बहुत अच्छा,'' पिता बोले, ''मैं और नई किताबें ला दूँगा ।''

''आप तीर्थंकर बुक स्टालवालों को कहिएगा, वे कलकत्ता से किताबें मँगा देंगे,'' गणित मास्टर बोले, ''अब तुम वही किताबें पढ़ना, तर्पण । ये सब मत पढ़ा करो ।''

'ये सब मत पढ़ा करो !' यह वाक्य सुनकर टिपू की आँखों के सामने अँधेरा छा गया··· 'ये सब मत पढ़ा करो !'

और टिपू ऐसी किताबें न पढ़े इसलिए पिता ने भी गणित मास्टर से किताबें ले लीं और अपनी अलमारी में रखकर ताला लगा दिया ।

माँ ने यह सब बिलकुल पसंद नहीं किया । खाते समय एक बार तो बोलीं,''जो आदमी ऐसी बातें करता है उसे मास्टर बनाया ही क्यों ?''

पिता लगातार तीन बार उहूँ-उहूँ बोले तो माँ चुप हो गई ।

''तुम नहीं समझोगी, वे जो भी कह रहे हैं, टिपू के भले के लिए ही कह रहे हैं ।''

''खाक !'' फिर टिपू के सिर पर हाथ फेरकर बोलीं, ''तुम चिंता ना करना । मैं तुम्हें कहानियाँ सुनाऊँगी । तुम्हारी नानी से बहुत-सी कहानियाँ सुनी हैं मैंने । सब तो भूली नहीं हूँ ।''

टिपू ने कुछ कहा नहीं । मुश्किल ये है कि एक जमाने में टिपू ने माँ से बहुत-सी कहानियाँ सुनी हैं । उन कहानियों के अलावा माँ को कुछ मालूम नहीं । और अगर जानती भी हो, तो भी कहानियाँ पढ़ने का मजा ही कुछ और होता है । किताब में खो जाने का आनंद एकदम अलग अनुभूति है । तब केवल किताब होती है और आप होते हैं—बीच में कहीं कोई नहीं । यह बात माँ को कैसे समझाऊँ ।

दो दिन और बीत गए और टिपू को लगने लगा कि सचमुच उसे दुख मिल रहा है । गुलाबी बाबू ने जैसे दुःख की बात कही है, यह ठीक वैसा ही दुःख है । इस बार तो शायद वही कुछ कर सकें ।

आज रविवार है । पिता सो रहे हैं । माँ बरामदे से उठकर कमरे में चली गई और सिलाई मशीन चलाने लगी । इस समय साढ़े तीन बज रहे हैं । इस समय

पीछे के दरवाजे से बाहर निकला जा सकता है। उस आदमी ने ना मालूम बताया क्यों नहीं कि वह कहाँ रहता है। अगर वह नहीं आया तो टिपू सीधे उसके घर जा सकता था।

टिपू दबे पाँव नीचे उतर आया और पीछे के दरवाजे से बाहर निकल गया।

चारों तरफ खूब तेज धूप है। लेकिन फिर भी कुछ-कुछ सर्दी-सी लग रही है। दूर-दूर तक पहाड़ों की शृंखला तक फैले धान के खेतों पर सुनहरी धूप बिखरी हुई है। एक वनकपोत एक स्वर में धू-धू किए जा रहा है और चिड़िक-चिड़िक की आवाज तो जरूर ही उस शिरीष के पेड़ के आसपास चक्कर काट रही किसी गिलहरी की है।

''हलो!''

अरे! कितने ताज्जुब की बात है। पता ही नहीं लगा कि कब वह आदमी पेड़ के नीचे आकर खड़ा हो गया, टिपू देख ही नहीं पाया।

''तुम्हारी कनपटी नीली पड़ी हुई है, हाथ की हथेलियाँ सूख रहीं हैं, मुझे पता है तुम्हें किसी बात से दुःख हुआ है।''

''हाँ, हुआ है।''

आदमी टिपू की ओर बढ़ा चला आ रहा है। वही पोशाक। सिर के बाल हवा में फर-फर उड़ रहे हैं।

''क्या हुआ, बताना पड़ेगा वरना मैं किंकर्त्तव्यमतित्व।''

टिपू को हँसी तो आई, लेकिन उसने आदमी को सुधारने की कोशिश न कर गणित मास्टर गुलाबी बाबू की बात संक्षेप में बता डाली। बताते हुए उसकी आँखों में आँसू भर आए, लेकिन कोशिश करके टिपू ने खुद को सँभाल लिया।

''हूँ।'' कहकर आदमी ने सोलह बार सिर ऊपर-नीचे किया। टिपू ने तो सोचा था कि अब ये रुकेगा ही नहीं, और साथ ही लग रहा था कि आदमी को शायद कोई उपाय ही नहीं सूझ रहा। अगर कोई उपाय न निकल सका, सोचकर टिपू की आँखों में फिर से आँसू भर आए, लेकिन आदमी ने सिर हिलाना बंद कर दिया और फिर 'हूँ' बोला तो टिपू की जान में जान आई।

''तुम कुछ कर सकोगे क्या?'' टिपू ने डरते-डरते पूछा।

''सोचना पड़ेगा। पेट की अंतड़ियों को कुछ कष्ट देना पड़ेगा।''

''पेट की अंतड़ियाँ? क्यों, क्या तुम लोग दिमाग पर जोर नहीं देते?''

आदमी ने कोई जवाब नहीं दिया। पूछा, ''तुम्हारे इन नरहरि मास्टर साहब को कल मैदान में घोड़े पर सैर करते देखा ?''

''किस मैदान में ? हैमलॉटूनि मैदान ?''

''जिस मैदान में टूटा हुआ घर है।''

''हाँ। हाँ। तुम क्या उसी मैदान में रहते हो ?''

''उसी टूटे घर के पीछे मेरा ट्रिंडिगपिंडिग है।''

टिपू ने बात अच्छी तरह सुनी नहीं, लेकिन अगर सुन भी लेता तो लाख कोशिशों के बावजूद वह यह शब्द नहीं बोल पाता।

आदमी अभी भी खड़ा है और फिर से सिर ऊपर-नीचे करना शुरू कर दिया है।

इस बार इकत्तीस बार सिर हिलाकर बोला, ''आज फुल मून (पूर्णिमा) है। तुम अगर पूरा किस्सा जानना चाहते हो तो उस समय मैदान में आ जाना जब चंद्रमा मैदान के बीचोबीच खड़े खजूर के पेड़ के ठीक ऊपर होगा। छुपकर आना; जिससे तुम्हें कोई देख न सके। उसके बाद देखा जाएगा, क्या किया जा सकता है।''

अचानक टिपू के दिमाग में एक खयाल आया, कहीं ये गणित मास्टर को मार तो नहीं डालेगा। ''तुम गणित मास्टर को मार तो नहीं डालोगे ?''

टिपू ने पहली बार आदमी को हो-हो करके हँसते देखा, और उसी समय देखा आदमी के मुँह में एक जीभ के ऊपर दूसरी जीभ है और दाँत जैसी कोई चीज नहीं है।

''मार डालूँगा ?'' आदमी किसी तरह हँसी रोककर बोला, ''ऊँ हूँ, हम किसी को मारते-वारते नहीं। एक आदमी को चुटकी काटने की बात सोची थी इसीलिए तो देशनिकाला दिया गया। लाइन खींचने पर पहले निकला पृथ्वी का नाम, उसके बाद लाइन खींची तो निकला इस शहर का नाम, तय हुआ वहीं दिया जाएगा देशनिकाला, और इसके बाद लाइन खींची तो निकला तुम्हारा नाम। तुम्हें इस दुःख से मुक्ति दिलाने के बाद ही मुझे मुक्ति मिलेगी।''

''अच्छा ठीक है......।''

उसी दिन की तरह बेर के पेड़ को फाँदकर आदमी अंतर्ध्यान हो गया।

टिपू के शरीर में रात-भर सुरसुरी होती रही। गजब की किस्मत ! आज माँ

और पिता जी दोनों का ही निमंत्रण है—सुशील बाबू के घर खाने पर जाना है। सुशील बाबू के नाती का अन्नप्राशन है। टिपू को भी बुलाया है, लेकिन परीक्षाएँ नजदीक हैं, इसी कारण माँ ने खुद ही कहा, ''तुम्हें जाने की जरूरत नहीं, घर बैठकर कुछ पढ़ो-लिखो।''

साढ़े सात बजे के लगभग माँ और पिता जी चले गए। उनके जाने के पाँच मिनट बाद टिपू भी बाहर निकल पड़ा।

स्कूल के पिछवाड़े से विष्णुराम बाबू के घर पहुँचने में लगे दसेक मिनट। घोड़ा वहाँ नहीं था। टिपू ने सोचा घर के पिछवाड़े जो अस्तबल है, उसी में रहता होगा घोड़ा। सामने बैठक की रोशनी खिड़की से होती हुई रास्ते पर पड़ रही है, बैठक में चुरुट का धुआँ।

''शह।''

गणित मास्टर की आवाज। विष्णुराम बाबू के साथ शतरंज खेल रहे हैं। तो फिर क्या आज घोड़े पर नहीं चढ़ेंगे? यह जानने का कोई तरीका नहीं। लेकिन आदमी ने हैमलॉटूनि मैदान में जाने के लिए कहा है। टिपू बिचारा उसी ओर चल पड़ा।

वह रहा पूर्णिमा का चाँद। अभी सुनहला दिख रहा है, थोड़ी देर में चाँदी जैसा दिखाई देगा। उस पत्रविहीन खजूर के पेड़ तक पहुँचने में लगेंगे दसेक मिनट। जिसे चटक चाँदनी कहते हैं, उसमें और भी देर लगेगी, लेकिन फिर भी फीकी-सी रोशनी चारों तरफ फैली हुई है। इसी फीकी रोशनी में पेड़-पौधे, झाड़-झंखाड़ सभी कुछ नजर आ रहे हैं। वह रहा टूटा घर। उसके पीछे कहाँ रहता है आदमी।

एक झाड़ी के पीछे जाकर, इंतजार करने के लिए तैयार हो गया टिपू। उसके पैंट की जेब में अखबार के कागज में लिपटी गुड़ की भेली थी। टिपू ने गुड़ का छोटा-सा टुकड़ा मुँह में डाल लिया और चबाने लगा। दूर जंगल में सियार बोल रहे हैं। ऊपर आकाश में एक चिड़िया उड़ गई। टिपू ने गरम कोट के ऊपर कत्थई रंग का एक शाल ओढ़ लिया है, इससे शरीर ढँकने में भी सुविधा होगी और ठंड से भी बचाव होगा।

घड़ी ने टन-टन कर आठ बजाए, निश्चय ही विष्णुराम बाबू की घड़ी होगी।

और इसके तुरंत बाद टिपू ने खटम खटम खट मट खट मट··· घोड़ा आ रहा है।

झाड़ी के पीछे बैठा टिपू सिर उठाए एकटक मोड़ की तरफ देख रहा है।

हाँ, घोड़ा ही तो है और उसकी पीठ पर नरहरि बाबू।

लेकिन तभी एक भयंकर दुर्घटना हुई। एक मच्छर कुछ देर से टिपू के कान के पास भनभना रहा था। टिपू हाथ हिला-हिलाकर उसे भगाने की कोशिश कर रहा था। लेकिन अचानक बड़ी तेजी से उड़कर वह टिपू की नाक में घुस गया।

दो उँगलियों से नाक दबाकर टिपू देख चुका है, ऐसा करने पर छींक रुक जाती है। लेकिन अभी नाक दबाने पर मच्छर नहीं निकल पाएगा, सोचकर टिपू ने छींक रोकी नहीं और छींक की आवाज से सर्दी की रात में फैली शांति भंग हुई। घोड़ा रुक गया।

घोड़े की पीठ पर से एक तेज टॉर्च की रोशनी टिपू पर पड़ी। "तर्पण।"

टिपू के हाथ-पैरों में जान नहीं। वह और खड़ा नहीं रह पा रहा। छि छि छि! इस तरह पूरी योजना बेकार हो गई, आदमी ना जाने क्या सोच रहा होगा!

घोड़ा उसी की तरफ बढ़ा चला आ रहा है, घोड़े की पीठ पर गणित मास्टर, लेकिन यह क्या घोड़े ने अपने सामनेवाले दोनों पैर उठाकर नरहरि मास्टर को लगभग गिरा दिया और इतने जोर से हिनहिनाया कि आकाश तक हिल उठा और एक छलाँग मारकर रास्ते से मैदान में आ खड़ा हुआ।

और यह देखकर टिपू की आँखें फैल गईं। उसने देखा, घोड़ा जमीन पर नहीं है।

घोड़े के दोनों ओर दो पंख लग गए हैं। उन्हीं पंखों को फैलाकर घोड़ा आकाश की ओर उड़ा जा रहा है। घोड़े की पीठ पर उकड़ूँ बैठे मास्टर साहब घोड़े की पीठ कसकर पकड़े हुए हैं, उनकी तेज रोशनीवाली टॉर्च उनके हाथों से गिरकर रास्ते में पड़ी हुई है। चाँद अब खजूर के पेड़ के ऊपर आ गया है। अब चाँदनी चटक हो गई है, उसी रोशनी में दिख रहा है··· विष्णुराम बाबू का घोड़ा गणित मास्टर को पीठ पर लिए तारों-भरे आकाश की ओर उड़ा चला जा रहा है और दूर होता हुआ धीरे-धीरे छोटा और और छोटा होता जा रहा है।

पैगासास।

झटके से टिपू को याद आई ।

ग्रीस देश की उपकथा !

राक्षसी मेडूसा ''' उसके सिर पर बालों की जगह रेंगते हुए हजारों विषैले साँप ''' उसे देखकर आदमी पत्थर हो जाता था ''' वीर राजकुमार पारसियूस ने तलवार से उसका सिर काट दिया और मेडूसा के खून से जन्म लिया पक्षीराज पेगासास ने ।

''तुम घर जाओ तर्पण ।''

पास खड़ा था वह अद्भुत आदमी, उसके सुनहले जूड़े पर चाँद की रोशनी पड़ रही थी । ''एवरीथिंग इज ऑल राइट ।''

गणित मास्टर तीन दिन अस्पताल रहे । शरीर पर कोई जख्म नहीं । सिर्फ बीच-बीच में सिहर उठते हैं, पूछने पर कुछ बोलते नहीं । चौथे दिन अस्पताल से सीधे ही गणित मास्टर टिपू के घर आए । पिता के साथ क्या बात हुई, टिपू को मालूम नहीं । गणित मास्टर के जाते ही पिता ने टिपू को बुलाया ।

''अपनी किताबें मेरी अलमारी से निकाल ले जाओ । मास्टर साहब ने कहा है, इन कहानियों से उन्हें कोई ऐतराज नहीं ।''

उस आदमी को टिपू ने फिर कभी नहीं देखा । उसकी खोज में एक दिन टिपू गोदाम के पीछेवाले रास्ते से गया था । जाते हुए देखा था, विष्णुराम बाबू का घोड़ा जैसा पहले था, वैसा ही है । लेकिन गोदाम के पीछे कुछ नहीं है ।

केवल एक गिरगिट दिखा था टिपू को, जिसका रंग एकदम गुलाबी था ।

नाचीज़

बहुत-से लोगों के लिए बहुत बार लोग नाचीज़ शब्द का इस्तेमाल किया करते हैं। जैसे हमारे नौकर नवकेष्टो को माँ अकसर नाचीज़ कहा करती है। बच्चों ने बहुत बार माँ के मुँह से यह शब्द सुना होगा। लेकिन नव तो अपना काम अच्छी तरह करता था। उसमें बस एक ही कमी थी। वह बड़ी गहरी नींद सोया करता—एकदम कुंभकर्णी। इसलिए चाय का पानी चार के बजाय साढ़े चार बजे चढ़ाया करता। इसी कारण गुस्से से माँ उसे नाचीज़ कहा करती।

किंतु सँझले काका के लिए नाचीज़ शब्द का इस्तेमाल बिलकुल सही है। मैं नहीं समझता कि किसी और व्यक्ति के संदर्भ में नाचीज़ शब्द का इस्तेमाल इतना सटीक होता, जितना उनके लिए। सँझले काका का नाम क्षेत्रमोहन सेन था, पुकारने का नाम खेतु। मेरे पिता पाँच भाई थे। मेरे पिता ही सबसे बड़े थे; उसके बाद मँझले, सँझले, कँझले और छोटे काका। सँझले काका के अलावा बाकी सभी भाइयों ने जीवन में कुछ न कुछ कर दिखाकर प्रतिष्ठा पाई थी। मेरे पिता नामी वकील थे। मँझले काका बड़े सम्मानित अध्यापक। उन्होंने संस्कृत और इतिहास में एम. ए. किया था। काका व्यापारी थे, कलकत्ते में उन्होंने तीन मकान बनवाए और सबसे छोटे ने संगीत में नाम कमाया। बड़ी-बड़ी सभाओं में बड़े-बड़े मुसलमान उस्तादों की वाह-वाही प्राप्त की और धनी-मानी विद्वानों से सोने-चाँदी के 36 मेडल प्राप्त करने का सौभाग्य उन्हें मिला।

और सँझले काका ? उनकी ही यह कहानी है। उनकी कहानी बड़ी लंबी है, एक-दो वाक्यों में नहीं सुनाई जा सकेगी।

सँझले काका के जन्म के समय भूकंप आया था। बहुत-से लोगों का विश्वास है कि इसी कारण उनके सिर के बाल सफेद हो गए हैं और इसीलिए

उनकी ऐसी हालत है। खसरा और छोटी माता तो एक बार सभी बच्चों को होती है; ये दोनों बीमारियाँ तो उन्हें हुई ही थीं; काली खाँसी, डिप्थीरिया, डेंगू और अतिसार भी कई बार हुआ। बचपन में वे बहुत रोया करते और सात बार तो इतना रोए कि उनकी हिचकियाँ बँध गईं और बेहोश हो गए। सात साल तक तो वे तुतलाते रहे, साढ़े नौ वर्ष की उम्र में अमरूद के पेड़ से गिर पड़े। तब उनका तुतलाना ठीक हुआ। लेकिन गिरने से उनकी टाँग टूट गई। डाक्टर विश्वास उनकी हड्डी ठीक से जोड़ नहीं सके, इसलिए उन्हें लँगड़ाकर चलना पड़ता। लँगड़ेपन के कारण ही खेल-कूद नहीं सके। उँगली का सिरा ठीक न होने के कारण कैरम भी नहीं खेल सके। खेल में दिमाग न चलने के कारण ताश-वाश भी नहीं खेली।

सँझले काका स्कूल में भर्ती किए गए। लेकिन तीन बार एफ. ए. में फेल हो जाने पर उनके पिता यानी मेरे दादा ने खुद ही उनकी पढ़ाई बंद करवा दी। कहा, ''खेतु, तुम तो एकदम नाचीज़ हो; तुम्हारी शिक्षा-दीक्षा में पैसा खर्च करने का मतलब पैसा पानी में फेंकना है। लेकिन घर में खाली बैठे रहने देना भी तो ठीक नहीं। तुम आज से भोम्बल के साथ बाजार जाया करो। साग, सब्जी, मांस, मछली सब अच्छा देखकर खरीदना सीखो। जब सीख लोगे तब घर-गृहस्थी का सामान खरीदने का भार तुम्हारे जिम्मे।'' भोम्बल काका दादा जी के दूर के रिश्ते के भाई थे; हमारे ही घर रहकर पढ़े-लिखे और बड़े हुए थे।

सँझले काका काफी दिनों तक भोम्बल काका के साथ बाजार जाते रहे। उसके बाद एक दिन—उस दिन घर में कुछ लोगों का निमंत्रण था—सँझले काका की पॉकेट में दस के दो नोट ठूँसकर दादा ने कहा, ''देखें, तुम कैसी खरीदारी करते हो। आज बाजार का सारा काम तुम्हारे जिम्मे।''

सँझले काका खरीदारी नहीं कर सके। उनके कुर्ते की जेब से दोनों नोट बाजार पहुँचने से पहले ही कहीं रास्ते में गिर गए। इसके बाद काका का विश्वास कौन करता?

मैं जब तीन साल का था तब सँझले काका तीस के थे। मुझे अच्छी तरह याद है, उस दिन काली पूजा थी। शाम का समय था। वह घटना क्यों याद रह गई? सुनेंगे तो पता चल जाएगा। सँझले काका बरामदे में घुटनों के बल चल रहे थे और मैं उनकी पीठ पर बैठा घोड़ा-घोड़ा खेल रहा था। पास के घर से एक

जलती हुई उड़नतश्तरी बरामदे में पड़े तख्त के पाए पर आ पड़ी। जैसे ही गिरी, सँझले काका उछलकर खड़े हो गए और मैं बरामदे के बीच में आ गिरा। मेरा सिर फूट गया, खूनाखून हो गया। उस दिन घर के लगभग हर आदमी ने सँझले काका को फटकार सुनाई, बहुत कुछ कहा। लेकिन मुझे काका के लिए थोड़ा-सा दुःख था। किसी ने उसे समझा नहीं। लोग समझ क्यों नहीं पाते, ऐसा क्यों होता है ? उसी उम्र से काका के प्रति मेरे मन में प्यार उमड़ आया। मँझोले कद के, गेहुँआ रंग के, चेहरे पर हर वक्त खुशी और दुख का मिलाजुला भाव—लगता कि हर आदमी में बुद्धि होती होगी, सबमें काम करने की क्षमता होगी, लेकिन इस सबका क्या मतलब ? शहर में इतने लोग हैं। अगर एक आदमी सँझले काका की तरह हो गया तो क्या हुआ ?

मैं इनकी आहट पाते ही पहली मंजिल पर इनके कमरे में चला जाता और गप्पें लगाया करता। कुछ दिन जाकर ही समझ गया कि सँझले काका से कहानी सुनाने का आग्रह करना बेकार है; उन्हें कोई कहानी पूरी याद नहीं रहती।

''उसके बाद क्या हुआ सँझले काका ?''

''उसके बाद ? हूँ ! इसके बाद... उसके बाद... रुको... तो... उसके बाद... उसके बाद... उसके बाद...।''

'उसके बाद'...'उसके बाद...' कहते-कहते उनकी आवाज खराब हारमोनियम से निकले सुर की तरह धीमी पड़ने लगती। सँझले काका कहानी पूरी करने के बजाय बेसुरी आवाज में गाने लगते। गाना खत्म होने पर काका तकिए पर सिर रखकर लुढ़क जाते। मैं समझ लेता कि काका बची हुई कहानी याद करने की कोशिश नहीं करना चाहते। उन्हें उसी हालत में छोड़कर कमरे से बाहर निकल आता। सँझले काका बुलाते भी नहीं।

जब मैं बारह साल का था तब एक दिन उनके कमरे में पहुँचा तो देखा, काका मोटी-सी एक किताब लिए बडे मनोयोग से बैठे पढ़ रहे हैं। पूछने पर बताया, आयुर्वेद की किताब है।

पूछा, ''यह किताब पढ़कर क्यां होगा काका ?''

काका कुछ सोचकर गंभीरतापूर्वक बोले, ''यह भी तो एक तरह की बीमारी है, है ना ?''

''कौन सी ?''

''यही, जो मैं कुछ कर नहीं पा रहा। कुछ याद नहीं रहता, कुछ समझ नहीं आता, मुझे तो यह बीमारी ही लगती है।''

क्या कहता? बोला, ''ये तो हो ही सकता है, सँझले काका।''

''फिर इस बीमारी की दवा भी तो कोई होगी?''

बोला, ''तुम खुद ही दवा करोगे क्या?''

मुझे मालूम था कि सँझले काका को सभी नाचीज़ मानते हैं, इसलिए कभी किसी ने उन्हें डाक्टर को दिखाने की बात नहीं सोची। सच तो यह था कि बचपन में इतनी सारी बीमारियाँ झेल लेने के बाद उन्हें कोई बड़ी बीमारी हुई ही नहीं। उनका स्वास्थ्य ठीक ही था।

सँझले काका बोले, ''चौक में फुटपाथ पर यह किताब बिक रही थी। दस आने में खरीद लाया। लगता है काम की है। शायद मेरी बीमारी की दवा आयुर्वेद में मिल जाए।''

दो दिन बाद—वर्षाऋतु थी—सँझले काका के कमरे में गया तो देखा, सँझले काका कुछ जोड़-तोड़ कर रहे हैं। पैरों में कपड़े के जूते, ढाके की धोती, गले में सूती चादर और हाथ में छाता। बोले, ''सुना है भट्टाचार्य के पड़ोस में टूटे हुए शिवमंदिर के पीछे एक पेड़ है, उसकी जड़ मुझे चाहिए। उसे पाते ही सब ठीक हो जाएगा।''

सँझले काका बाहर निकल गए। आकाश में बादल घुमड़ रहे हैं, अगर बारिश हो जाए तो काका का काम नहीं हो सकेगा।

लगभग घंटा-भर घूम-घामकर मैं दुमंजिले पर अपने कमरे में लौट आया। दक्षिण दिशा की खिड़की से सामने का रास्ता दिखाई देता है। बारिश हुई नहीं। शाम जब होने ही वाली थी तब देखा सँझले काका लौट रहे हैं। दौड़कर नीचे आया तो पीछे के दरवाजे पर काका मिल गए।

''जड़ मिली?''

''नहीं रे, गलती हो गई। टॉर्च लेकर जाना चाहिए था। चारों तरफ झाड़-झंखाड़ हैं, और बड़ा अँधेरा।''

''लेकिन ये क्या है?'' काका बता ही रहे थे कि मेरी नज़र पड़ी। खद्दर के कुर्ते पर लाल रंग का धब्बा था।

''यही तो! ये तो देखा ही नहीं था अब तक!''

कुर्ता उतारते ही एक जोंक निकली। भीम ने जिस तरह दुर्योधन की छाती का खून पिया होगा, ठीक उसी तरह जोंक सँझले काका का खून पीकर फूल गई थी। हल्की-सी चोट करते ही फर्श पर गिर पड़ी।

लेकिन एक जोंक से सँझले काका का क्या होगा ? कंधे, कान, कमर, पैर, कोहनी, टाँग—सब जगह से कुल मिलाकर चौदह जोंकें निकलीं मझँले काका के शरीर से। पाँच-छः आउंस रक्त पी लिया होगा, इसमें तो कोई शक नहीं। इतना ही बताना काफी है कि इस घटना के बाद सँझले काका ने आयुर्वेद की चर्चा नहीं की।

पढ़ाई-लिखाई में मैं काफी अच्छा था। हमारे जमाने में ही एंट्रेंस की परीक्षा बंद हो गई थी और मैट्रिक का ज़माना आ गया था। मैट्रिक की परीक्षा में विश्वविद्यालय में तीसरा स्थान प्राप्त किया। पढ़ने के लिए कलकत्ता चला आया। छात्रावास में रहकर ही एम. एस. सी. तक पढ़ा और पदार्थ विज्ञान में पूरे विश्वविद्यालय में प्रथम स्थान प्राप्त कर अमेरिका चला गया। उसके बाद अनुसंधानकर्त्ता के रूप में मेरी खूब प्रसिद्धि हुई। शिकागो विश्वविद्यालय में पढ़ाता भी था और रिसर्च भी कर रहा था। इस तरह अध्ययन और अध्यापन दोनों करता था।

बाहर रहने के कारण सँझले काका से मेरा संपर्क बहुत कम रह गया था। एक बार—उस समय मैं सिर्फ पढ़ा रहा था—माँ ने चिट्ठी में अद्भुत खबर दी। सँझले काका को फिल्म में अभिनय करने का मौका मिला है। अब यह भी बता दूँ कि सँझले काका का चेहरा स्वामी विवेकानंद की तरह था। चेहरे का गठन तो एक-जैसा नहीं था; सँझले काका पाँच फुट छः इंच के थे—फिर भी आँखों और चेहरे में एक ऐसा सादृश्य था जिसे देखकर सबको लगता कि सँझले काका का चेहरा स्वामी विवेकानंद से मिलता है। परमहंस पर फिल्म बनाई जानेवाली है, जिसमें विवेकानंद की भूमिका भी है। पता लगने पर सँझले काका ने प्रोड्यूसर से मिलकर अभिनय करने की इच्छा प्रकट की। चूँकि चेहरा मिलता था, इसलिए पार्ट मिलने में कोई असुविधा नहीं हुई।

लेकिन हफ़्ते-भर बाद ही एक चिट्ठी मिली जिससे पता लगा कि काका को फिल्म से हटा दिया गया है। हटाया क्यों नहीं जाएगा। कमरा बंद करके बड़े मनोयोग से उन्होंने पार्ट याद किया था, परंतु एक नंबर दृश्य में रामकृष्ण के

प्रश्न के उत्तर में विवेकानंद के मुँह से तीन नंबर के दृश्य का उत्तर निकल जाए तो उनको लेकर फिल्म कैसे बनाई जाए ? अर्थात् फिल्म-अभिनेता के रूप में भी सँझले काका नाचीज़ निकले। यह तो उन्होंने खुद ही साबित कर दिखाया।

जब मैं 48 वर्ष का था, तब छोटे भाई की चिट्ठी से पता लगा कि सँझले काका एक साधू बाबा के साथ कोयंबतूर चले गए।

पिछले वर्ष दिसंबर के शुरू में ही अपने छोटे काका की बेटी कोकिला के विवाह पर मुझे कलकत्ता आना पड़ा। मेरे साथ मेरी पत्नी और मेरी दोनों बेटियाँ भी थीं—मेरी दोनों बेटियाँ पूरी तरह अमरीकी ही हैं। इस बीच सँझले काका की और कोई खबर नहीं मिली थी। इसलिए कलकत्ता पहुँचकर जब जाना कि वे कलकत्ता में ही हैं और उनकी तबीयत अच्छी है, तब उनसे मिलने की उत्सुकता हुई। मैं उस समय साठ का था। सीधे हिसाब से सँझले काका की उम्र नब्बे हुई। मैंने सोचा कि इस बीच सँझले काका स्वर्ग सिधार गए होंगे।

सुना, तीन महीने हुए सँझले काका फॉर्न रोड पर अपने भानजे, डाक्टर रमेश गुप्त, अर्थात् मेरी छोटी बुआ के लड़के के यहाँ आकर रहने लगे हैं और सुना, धर्म-कर्म उनके वश का नहीं। दस बरस में भी इडली-दोसा खाने की आदत नहीं पड़ी। हर रोज आधा पेट खाते, इसीलिए उनका वज़न तीस किलो घट गया है। मैं आया हूँ, सुनकर उन्होंने अपने डाक्टर भानजे से कहा, ''झान्टूक से कहना, एक बार आकर मुझसे मिल जाए।''

एक रविवार को शाम पाँच बजे फार्न रोड पहुँचा। लोड शेडिंग चल रही है, दूसरी मंजिल के एक कमरे में मोमबत्ती के टिमटिमाते प्रकाश में देखा, सँझले काका तकिए के सहारे खाट पर बैठे हुए हैं। एक चादर ओढ़ रखी है। हरे रंग का मफलर लगाए हुए हैं।

देखते ही काका को पहचान गया और कहना ही पड़ेगा कि उम्र के लिहाज से उनका चेहरा काफी अच्छा है। सिर के बाल पक गए हैं; सही है, लेकिन यह कोई कम बड़ी बात है कि उनके सिर पर बाल हैं ! मुझे देखकर मुस्कराए तो दिखे उनके लगभग दर्ज़न-भर असली दाँत, और जब बोले तब पाया कि गले की आवाज धीमी होने के बावजूद उसमें एक शक्ति है। ऐसा तेज काका में पहले कभी नहीं देखा। उम्र में वे सबसे बड़े हैं। किसी के सामने उन्हें सिर झुकाना नहीं पड़ता। शायद इसीलिए उनके मिजाज में एक गर्वीलापन है।

''क्यों रे झान्टूक,'' सँझले काका बोले, ''अमरीका जाकर क्या किया जरा सुनूँ तो ?''

अपने कामकाज की बातें विनम्रतापूर्वक बताईं।

''पदार्थ विज्ञान ? अनुसंधान ?'' सँझले काका बोले, ''लोग सम्मान करते हैं ?''

मेरी सत्तर वर्षीय बुआ ने मेरी विनम्रता पर पानी फेरकर सप्तम स्वर में मेरी प्रसिद्धि की बातें सुना दीं।

''ठीक,'' सँझले काका बोले, ''पहले यह तो बताओ कि नोबेल प्राइज़ मिली या नहीं ?''

मुस्कराकर सिर हिला दिया।

''तब किस बात की बड़ाई ! छी-छी-छी···एकदम नाचीज़ ! नाचीज़ !''

मैं कुछ सँभलता, इसके पहले ही सँझले काका के भाषण से मुझे नाकों चने चबाने पड़े।

''तुम तो विदेश जाकर बस गए। मैंने सोचा था कलकत्ता पहुँचकर कुछ आश्वस्त हो जाऊँगा। जीवन के बाकी दिन अपने नाते-रिश्तेदारों के बीच बिता दूँगा। लेकिन क्या ऐसा हो पाया ? गिद्धों ने मांस खा-खाकर पूरे शहर के अस्थि-पंजर निकाल दिए हैं। दिन में दस-दस घंटे बिजली नहीं रहती। साँस लो तो धुआँ और धूल नाक में भर जाती है। चीजों के दाम आसमान पर चढ़े हुए हैं। सोचा था, थोड़ा-बहुत अच्छा खाने-पीने को मिलेगा, वह भी नहीं। दूर···दूर···नाचीज़, नाचीज़ !''

उस दिन समझा, सँझले काका के प्रति मेरे मन में आज भी आकर्षण है क्योंकि उनकी बातें सुनकर मैं खुश हो गया। लगा कि हमने सँझले काका को पहचाना ही नहीं था। असल में तो सँझले काका एकदम स्वाभाविक आदमी हैं और हम शुद्ध सांसारिक नाचीज़ लोग।

लेकिन मेरी बात ठीक नहीं थी, यह तो सँझले काका ने खुद ही साबित कर दिया।

एक दिन सवेरे छोटी बुआ के घर से फोन आया कि सँझले काका सुबह स्वर्ग सिधार गए। लेकिन दुनिया छोड़ने का दिन भी काका ने कैसा चुना ! उसी दिन शाम को गोधूलि बेला में मेरी भांजी की शादी थी।

फर्स्ट क्लास का डब्बा

पुराने जमाने जैसा फर्स्ट क्लास का डब्बा–बाथरूम समेत बर्थ या छः बर्थवाला कंपार्टमेंट–अब नहीं बनता। यह जिन दिनों की कहानी है–अर्थात 1970 की–उन दिनों भी कभी-कभार न मालूम कैसे एक-आध इस तरह का डब्बा ट्रेन में दिख जाया करता था। जिन्हें पुराने ढंग की रेलों में चढ़ने का अनुभव है, उन सब भाग्यशाली मुसाफिरों को जब कभी ऐसे डब्बे में बैठने का अवसर मिल जाता है तब वे महसूस करते हैं मानो उनके हाथ चाँद लग गया है।

रंजन बाबू को भी ट्रेन में चढ़कर ठीक ऐसा ही महसूस हुआ। पहले तो उन्हें अपनी ही आँखों पर विश्वास नहीं हुआ। फिर याद करने की कोशिश करने लगे कि वे कब ऐसे डब्बे में बैठे थे। धनी-मानी पिता के पुत्र थे, इसलिए बचपन से ही ऐसे डब्बे में चढ़ने की आदत है। पुराने ज़माने की एक-एक डब्बेवाली ट्रेनें अब नहीं रहीं–जब छः डब्बोंवाली यह विशिष्ट कॉरिडॉर ट्रेन चल पड़ी तब रंजन बाबू को लगा कि एक और आरामदेह चीज अपने देश से विलुप्त हो गई। पिछले कुछ वर्षों से वे देख रहे हैं कि आरामदेह चीजें अपने देश से विलुप्त होती जा रही हैं। पिता के पास ब्यूक गाड़ी थी। पीछे की सीट पर पैर फैलाकर, आँख बंद करके उस गाड़ी में कितना घूमे हैं। उसके बाद आया एंबैसडर और फ़ियट का जमाना। आराम खत्म। अंग्रेजों के जमाने में महिला ऑपरेटर टेलीफोन उठाकर कहतीं, "नंबर प्लीज़", और नंबर बताते ही लाइन मिल जाती। और अब डायल करते-करते तर्जनी की पोर कड़ी पड़ जाती है। पूरे कलकत्ता शहर से ही धीरे-धीरे आराम की चीजें गायब होती जा रही हैं। उन्हें किसी दिन ट्राम-बस में चढ़ना नहीं पड़ा, लेकिन मोटर गाड़ी में भी क्या कोई आराम है! इतना ट्रैफिक जमा हो जाता है कि दिल धुक-धुक करने लगता है; गाड़ी अगर

गड्ढे में गिर जाती है तब तो लगने लगता है कि सारे शरीर का हाड़-मांस अलग हो जाएगा।

रंजन बाबू का मानना है कि देश की यह हालत स्वतंत्रता के कारण हुई है। साहबों के जमाने में ऐसी हालत बिलकुल नहीं थी। तब सचमुच ही कलकत्ता किसी सभ्य देश का सभ्य शहर लगता था।

तीनेक साल पहले रंजन बाबू लंदन में 6 महीने बिता आए थे। साहब लोग रहना जानते हैं, सुनियंत्रित जीवन का मूल्य जानते हैं। सिविक सेंस का बढ़िया बोध है; घड़ी की सूइयों की तरह लंदन शहर की ट्यूब ठीक समय पर आती-जाती है—सब देखकर चकित रह जाना पड़ता है। और जमीन के भीतर जैसे ठीक, वैसे ही जमीन के ऊपर। वहाँ भी तो जनसंख्या कोई कम नहीं है, लेकिन वहाँ बस स्टॉप पर कोई धक्कम-धुक्की नहीं, कोई शोर-शराबा नहीं, कंडक्टर की हुँकार नहीं, बस में कोई घूँसा नहीं मारता। उनकी बसें तो एकतरफ ऐसे झुककर नहीं चलतीं कि लगे बस अभी उलटी, अभी उलटी!

रंजन बाबू के मित्रों के बीच उनकी यह भयंकर साहबप्रीति उनकी आलोचना का मुख्य विषय बन गई है। इसी हँसी-ठट्ठे के कारण रंजन बाबू के मित्रों की संख्या धीरे-धीरे कम होती जा रही है। जिन शहरों में साहब लोग प्रायः नजर नहीं आते वहाँ साहब और साहबों के जमाने के गुणगान कितने लोग बर्दाश्त कर सकते हैं! पुलकेश सरकार बचपन के दोस्त हैं इसलिए उनसे मित्रता आज भी है, लेकिन वे भी मौका पाकर मजाक उड़ा ही देते हैं। कहते हैं, "तुम्हारा इस देश में जन्म गलती से हो गया। तुम्हारा राष्ट्रीय गीत हुआ, "गॉड सेव दि क्वीन," 'जनगण' नहीं। इस स्वाधीन देशी शहर में तुम अधिक दिन नहीं रह सकोगे।"

रंजन बाबू उत्तर देने से नहीं चूकते, "जिसका जो गुण हो उसकी प्रशंसा न करना संकीर्ण मनोवृत्ति का परिचायक है। बंगाली लोग कलकत्ता शहर की बड़ाई करते हैं—अरे भाई, कलकत्ता शहर का असली सौंदर्य, वह मैदान भी तो साहबों ने बनवाया था। शहर में जो कुछ सुंदर है, उन्हीं का तो किया-कराया है। श्याम बाजार, बाग बाजार, भवानीपुर को तो तुम सुंदर नहीं कह सकते। लेकिन यह भी सही है कि जो कुछ अच्छा है वह बस थोड़े ही दिन अच्छा है। और इसकी जिम्मेदारी भी इन्हीं 'नेटिव' (देशी) बंगालियों की होगी।"

एक बार मध्यप्रदेश के रायपुर शहर में दोनों दोस्त छुट्टियाँ बिताने गए। रंजन कुंडू एक प्रसिद्ध व्यावसायिक दफ्तर में उच्च-पदस्थ कर्मचारी हैं। पुलकेश सरकार एक बड़े विज्ञापन प्रतिष्ठान के मैनेजर हैं। इस बार पूजा और ईद मिलाकर दोनों को दस दिनों की छुट्टी मिल गई। रायपुर में दोनों के ही मित्र मोहित बोस रहते थे, उनके साथ एक हफ्ता बिताकर बस्तर के जंगलों में घूम-घामकर दोनों के एक साथ कलकत्ता लौटने की बात तय हुई थी। पुलकेश बाबू ने कहा था कि भिलाई में उनका एक चचेरा भाई है, उसके साथ एक दो दिन रहेंगे, फिर लौट आएँगे, लेकिन रंजन बाबू तैयार नहीं हुए। कहा, "आए हैं एक साथ, जाएँगे भी एक साथ। भाई, अकेले सफर अच्छा नहीं लगता।"

अंततः स्टेशन पहुँचने के बाद भी पुलकेश बाबू को रुकना ही पड़ा। भिलाई रायपुर से सिर्फ दस मील है। पुलकेश बाबू नहीं आ सकेंगे यह जानकर उनका चचेरा भाई स्वयं उन्हें लेने आ पहुँचा। भिलाई के बंगाली दुर्गा पूजा के अवसर पर विसर्जन नाटक खेलेंगे। पुलकेश बाबू को तो नाटक-नौटंकी का नशा है। भाई के अनुरोध पर यदि निर्देशन आदि के काम में मदद कर दें तो बड़ा अच्छा रहेगा। सब बड़े खुश होंगे, पुलकेश बाबू मना नहीं कर सके।

शायद रंजन बाबू बहुत दुखी हो जाते लेकिन फर्स्ट क्लास का पुराना डब्बा देखकर उन्हें बहुत आश्चर्य हुआ और वे इतना खुश हुए कि मित्र की कमी उन्हें अधिक नहीं अखरी। आश्चर्य, उस जमाने का होने पर भी डब्बे की हालत एकदम टिप-टॉप है। सारी बत्तियाँ जलती हैं, पंखे चलते हैं, सीटों का चमड़ा जरा भी फटा नहीं, बाथरूम भी एकदम फिट-फाट।

इससे भी अच्छी बात यह है कि इस चार बर्थवाले डब्बे में रंजन कुँडू और पुलकेश सरकार के अलावा कोई दूसरा मुसाफिर नहीं है। पुलकेश बाबू ने पूछताछ करके पता लगाया, "तुम राउरकेला तक तो अकेले ही हो। राउरकेला में एक मुसाफिर चढ़ेगा, उसके बाद फिर कोई नहीं, दोनों अपरबर्थ तो सारे रास्ते खाली रहेंगी।"

रंजन बाबू ने कहा, "तुमसे इस डब्बे की बात कितनी बार की है, बस अफसोस केवल इतना है कि इसमें सफ़र करने का मौका पाकर भी तुम इस डब्बे का लाभ नहीं उठा पा रहे।"

मित्र ने हँसकर कहा, "ध्यान रखना, थोड़ी देर में डाइनिंग कार का आदमी

आकर तुम्हारे डिनर का ऑर्डर ले जाएगा।"

"यह कहकर मेरा मन मत खराब करो," रंजन बाबू ने कहा, "स्टेशन के खाने की बात सोचकर अब रोना आता है। बचपन में हम लोग डाइनिंग कार के डिनर और लंच का आर्डर देने के लिए उत्सुकता से प्रतीक्षा किया करते थे।"

ठीक समय पर बंबई मेल चल पड़ी। "कलकत्ता में मिलेंगे," पुलकेश सरकार ने कहा। "तुम्हारा सफर आरामदेह होगा, इसमें कोई शक नहीं।"

गाड़ी चलने के बाद रंजन बाबू कुछ देर कमरे में टहले। यह सुख कितने दिनों से नहीं मिला था! ट्रेन चलने के बाद आजकल के डब्बों में तो केवल सीट पर ही बैठे रहा जा सकता है, इसके अलावा कोई दूसरा चारा नहीं। बाहर कॉरिडॉर (गलियारा) होता है लेकिन इतना पतला कि उसमें चलना मुश्किल। कोई स्टेशन आने पर ही गाड़ी से उतरकर टहला जा सकता है। वरना पूरे रास्ते मूर्ति की तरह बैठे रहना पड़ता है।

कुछ देर टहलकर रंजन बाबू सोचने लगे, किस सीट पर बैठा जाए। अंततः रायपुर के प्लेटफॉर्म के तरफ़वाली सीट पर बैठकर सूटकेस से एक तकिया और जासूसी किताब निकालकर रंजन बाबू लेट गए। इस समय शाम के साढ़े पाँच बज रहे हैं। थोड़ी ही देर में अँधेरा हो जाएगा लेकिन पढ़ना क्यों बंद किया जाए? सिरहाने रीडिंग लाइट लगी हुई है, वह जलती भी है।

नौ बजे के लगभग रायगढ़ निकल जाने के बाद रंजन बाबू को नींद आने लगी। बिलासपुर में एक आदमी डिनर का आर्डर लेने आया था। रंजन बाबू ने सहज भाव से उससे 'न' कह दी। और फिर टिफिन कैरियर खोलकर खा-पीकर नीली लाइट जलाकर और सारी बत्तियाँ बुझाकर रंजन बाबू बेंच पर लेट गए। लेटते ही याद आया राउरकेला में एक मुसाफिर डब्बे में चढ़ेगा। आजकल कॉरिडॉरवाली ट्रेनों में जब फर्स्ट क्लास के डब्बे में कोई मुसाफिर चढ़ता है तब कंडक्टर और गार्ड ही उसकी सीट की व्यवस्था कर देते हैं। इस पुरानी गाड़ी में उनको ही उठकर दरवाजा खोलना होगा। तो क्या दरवाजे की सिटकनी न चढ़ाई जाए? अगर नींद नहीं खुली तो? सिटकनी अगर न चढ़ाई जाए तो कोई नुकसान तो नहीं है? जो सज्जन आएँगे वही सिटकनी चढ़ा लेंगे। और इतनी रात भी तो नहीं बीती है। शायद राउरकेला साढ़े दस बजे तक आ जाएगा। चिंता की कोई बात नहीं।

बड़ी तेज गति से बंबई मेल भागी जा रही है। डब्बे के हिलोरों में किसी किसी को अच्छी नींद नहीं आती। लेकिन रंजन बाबू को आती है। याद नहीं आ रहा कहाँ पर, कहीं पढ़ा था कि माँ बच्चे को गोद में झूला झुलाकर सुलाती है, उसकी याद बड़े होने पर भी बच्चे के मन में कहीं छुपी रहती है। इसलिए ट्रेन के झूले में नींद आ जाना कोई अस्वाभाविक बात नहीं है। बचपन में ट्रेन के फर्स्ट क्लास के डब्बे में चिकन करी एंड राइस और कस्टर्ड पुडिंग खाने की मधुर याद करते-करते रंजन बाबू निद्रासागर में गोते लगाने लगे।

"गरम चाय। गरम चाय।"

खुली खिड़की के बाहर से फेरीवाले की आवाज सुनकर नींद टूटी। स्टेशन। प्लेटफार्म के लैंपपोस्ट की रोशनी तिरछी होकर उनके शरीर पर और फर्श के थोड़े से हिस्से पर पड़ रही है।

"हिंदू चाय। हिंदू चाय!"

आश्चर्य! कितनी अजीब इस फेरीवाले की आवाज है। लगता है कहीं भी कुछ बदला नहीं। लगता है एक ही आदमी भारतवर्ष के प्रत्येक स्टेशन पर आदिकाल से एक ही तरह से आवाज लगाता चला आ रहा है।

खिड़की से मुँह निकालकर स्टेशन का नाम नहीं देख सके रंजन बाबू। राउरकेला तो नहीं है?

नाम याद आते ही रंजन बाबू की आँखें सामने की बेंच की ओर अनायास उठ गईं। नींद खुलते समय टुँग टुँग की आवाज कान में पड़ी थी। अब हलके नीले प्रकाश में उन्होंने देखा, बेंच पर एक आदमी बैठा है। उसके सामने दो बोतलें और एक गिलास रखा है। गिलास में उन्होंने थोड़ा-सा पानी डाला और गिलास उठाकर पानी पी लिया। साथ चल रहा मुसाफिर शराब पी रहा है क्या? ये क्या राउरकेला में चढ़े थे? बड़ा स्टेशन ही तो लग रहा है।

रंजन बाबू ने आगंतुक की तरफ प्रश्नवाचक नजरों से देखा। चेहरा साफ़ दिखाई नहीं पड़ रहा लेकिन खूब बड़ी-बड़ी मूँछें हैं यह दिख रहा है। शर्ट और पैंट पहनी है, लेकिन नीली रोशनी में उनका रंग देख पाना मुश्किल है।

रंजन बाबू को अपनी तरफ देखते देख आगन्तुक एकाएक उनके प्रति सजग हो उठा। रंजन बाबू को शराब की गंध आ रही है। उनकी अपनी तो कोई खराब आदत नहीं, लेकिन जान-पहचान के बहुत सारे लोग पीते हैं।

पार्टी-वार्टी में भी उन्हें जाना पड़ता है, इसलिए किस पेय पदार्थ की गंध है इसका पता चल ही जाता है। ये विह्स्की पी रहे हैं।

''अरे तू?'' रंजन बाबू की तरफ सीधे देखकर वे सज्जन चिल्ला उठे।

गले की आवाज और उच्चारण सुनते ही रंजन बाबू समझ गए कि जो महाशय साथ चल रहे हैं वे हैं साहब! इस गले का स्वर ही अलग होता है।

''अरे तू!'' फिर से चिल्ला उठे साहब अँधेरे में बैठे।

इतनी ही देर में नशा चढ़ गया वरना इतने गुस्से का कारण क्या हो सकता है? ''आप कुछ कहना चाहते हैं क्या?'' अंग्रेजी में पूछा रंजन बाबू ने। मन-ही-मन सोचा इस पुराने फर्स्ट क्लास में साहब और वह भी नशे में चूर!

''यस,'' साहब ने कहा, ''गेट आउट एंड लीव भी एलोन!'' अर्थात ''भागो यहाँ से, मैं अकेले रहना चाहता हूँ!''

अब रंजन बाबू को समझ आया कि साहब को काफी चढ़ गई है। लेकिन जवाब तो कुछ देना ही है। यथासंभव शांत होकर बोले, ''इस डब्बे में मेरा भी रिज़र्वेशन है। हम दोनों यहाँ रहेंगे। इसमें आपका क्या नुकसान?''

गार्ड की सीटी के साथ-साथ ट्रेन का भोंपू सुनाई पड़ा और दूसरे ही क्षण छुक-छुक करती बंबई मेल फिर से चल पड़ी। रंजन बाबू ने आँखें घुमाकर स्टेशन का नाम देख लिया। चक्रधरपुर था।

अब कमरे में नीली बत्ती की रौशनी के अलावा और कोई रौशनी नहीं थी। साहब को अच्छी तरह देखने के लिए और स्वयं आश्वस्त होने के लिए बत्ती जलाने की खातिर स्विच की तरफ हाथ बढ़ाया ही था कि साहब की ''डोन्ट'' की हुंकार सुनकर उनके हाथ शिथिल पड़ गए। कुछ भी हो, इतनी देर अँधेरे में बैठे रहने के कारण अब साहब का चेहरा पहले की अपेक्षा अधिक अच्छी तरह नजर आ रहा था। पहले नजर मूँछों पर ही पड़ती थी। दोनों आँखें गड्ढे में धँसी हुई थीं। नीली रौशनी में शरीर का रंग काफी साफ नजर आ रहा था। सिर के बाल सुनहरे थे या सफेद, यह अन्दाजा लगाना मुश्किल था।

''मैं किसी निगर (हब्शी) के साथ डब्बे में बैठना नहीं चाहता। तुमसे कह रहा हूँ उतर जाओ।'' निगर! 1970 में भारतवर्ष में बैठकर कोई साहब किसी भारतीय को 'निगर' कह सकता है, यह तो रंजन बाबू सोच भी नहीं सकते थे। अंग्रेजों के जमाने में ऐसी घटनाएँ घटी हैं, यह तो रंजन बाबू ने बहुत बार सुना

है। हमेशा इस पर विश्वास हुआ है, यह तो नहीं कह सकते। साहबों के बारे में बंगालियों ने तमाम झूठ-मूठ की बातें फैला रखी हैं और अगर ये बातें मान भी ली जाएँ तो वे सब साहब बड़े निम्नस्तर के रहे होंगे। सुसंस्कृत साहब भारतीयों के साथ ऐसा व्यवहार कभी नहीं कर सकते।

रंजन बाबू का विस्मय का भाव तो कम हो गया लेकिन धैर्य अब भी बाकी था। शराबियों के साथ धैर्य न रखा जाए तो काम चलना मुश्किल है। स्वाभाविक हालत में साहब कभी भी ऐसी बातचीत न करते।

रंजन बाबू ने संयत होकर कहा, ''तुम किस तरह बात कर रहे हो? आजकल कोई साहब इस तरह बातें नहीं करता। भारतवर्ष पच्चीसेक साल पहले स्वाधीन हो गया है, लगता है तुम्हें यह बात मालूम नहीं है।''

''व्हाट?'' कहकर साहब ने रंजन बाबू को चौंका दिया और हो-हो करके अट्टहास करने लगे। ''क्या कहा तूने? भारत स्वाधीन हो गया? कब?''

''1947। 15 अगस्त।'' कहते हुए रंजन बाबू को हँसी आ रही थी। स्वाधीनता के इतने दिनों बाद अपने ही देश में किसी को तारीख समेत खबर बतानी पड़ रही है—यह हास्यास्पद बात है।

''यू मस्ट बी मैड।'' (तुम निश्चय ही पागल हो)

''मैं मैड नहीं हूँ साहब,'' रंजन बाबू बोले। ''मुझे लग रहा है तुम्हें कुछ ज्यादा ही चढ़ गई है।''

''क्या?''

एकाएक साहब ने ऊपरवाली बेंच के दाहिनी तरफ़ से एक चीज़ उठा ली।

रंजन बाबू ने डरते-डरते देखा वह एक रिवाल्वर थी और वह उसने उनकी ही तरफ तान रखी है।

''सी दिस?'' (इसे देख रहे हो?) साहब ने कहा। ''मैं सेना का आदमी हूँ। मेरा नाम मेजर डैवनपोर्ट है। सेकेंड पंजाब रेजिमेंट। मेरी तरह का सही निशाना मेरे रेजिमेंट में और किसी का नहीं होता। मेरा हाथ काँप रहा है क्या? तुम्हारी शर्ट की तीसरी बटन के दाहिनी तरफ मैं निशाना लगाऊँगा। घोड़ा दबाते ही वहाँ से गोली निकलकर खिड़की से बाहर चली जाएगी। तुम्हारा कोई अस्तित्व नहीं रहेगा। अपना भला चाहते हो तो उतर जाओ। एक तो हब्शी हो, उसके ऊपर से दिमाग दिखाते हो। जानते हो कौन-सा वर्ष है? 1932।

तुम्हारे लंगोटधारी नेता ने हमें बहुत दुखी किया है। स्वाधीनता का सपना तो तुम अवश्य देख सकते हो लेकिन वह कभी वास्तविकता नहीं बन पाएगा।"

अब तो निश्चय ही साहब प्रलाप कर रहे हैं। 1970 हो गया 1932। लंगोटधारी नेता गाँधी जी को मरे भी 23 वर्ष हो गए।

"कम ऑन नाऊ, गेट अप!" (चलो, जल्दी उठो।)

साहब उठकर खड़े हो गए। रंजन बाबू ने देखा वे अपने पैर नहीं उठा पा रहे। इसका कारण शराब है? लेकिन इतना उल्टा-सीधा क्यों बक रहे हैं? क्या उन पर पागलपन सवार हो गया है?

"आप! आप!" रंजन बाबू का गला सूख गया। सीट से उठकर उन्हें फर्श पर बैठना ही पड़ा। उन्होंने अपने दोनों हाथ अनजाने ही ऊपर उठा लिए।

"नाउ टर्न राउन्ड एंड गो टू द डोर।" (अब घूम जाओ और चलो दरवाज़े के पास।)

साहब कह क्या रहे थे। कम-से-कम साठ मील की रफ्तार से चल रही है मेल ट्रेन। क्या? चलती गाड़ी से उतार देना चाहते हैं? इस हालत में किसी तरह रंजन बाबू एक बात कह पाए।

"सुनिए मेजर डैवनपोर्ट—इसके बाद टाटानगर आएगा। गाड़ी रुकते ही मैं दूसरे डब्बे में चला जाऊँगा—वचन देता हूँ। चलती हुई गाड़ी से उतारकर मुझे मारकर आपको क्या मिलेगा?"

रंजन बाबू समझ गए कि 1970 को अगर साहब 1932 मानकर चल रहे हैं तब तो टाटानगर नाम के किसी स्टेशन के होने की कोई बात हो ही नहीं सकती। यहाँ विरोध करना बुद्धिमानी नहीं होगी, यह सोचकर बोले, "ठीक है मेजर डैवनपोर्ट, मेरी ही गलती थी। लेकिन इसके बाद जिस किसी भी स्टेशन पर गाड़ी रुकेगी मैं उतर जाऊँगा। घंटे भर से ज्यादा तुम्हें निगर (हब्शी) के साथ नहीं रहना पड़ेगा—वचन देता हूँ।"

साहब कुछ नरम पड़कर बोले, "याद रखना, अगर अगले स्टेशन पर नहीं उतरे तो रेलवे लाइन की पटरियों के बीच तुम्हारी लाश पड़ी मिलेगी।"

साहब जाकर अपनी जगह पर बैठ गए और हाथ की रिवाल्वर अपने पास बेंच पर रख दी। इस सफर में रंजन बाबू के प्राण बच गए, यह सोचकर उन्हें कुछ भरोसा हुआ और वे जाकर अपनी जगह पर बैठ गए। साहब कुछ भी कहें,

अगला स्टेशन टाटानगर ही है, ये तो रंजन बाबू जानते हैं। अभी घंटा और है आने में। इतनी देर तो उन्हें इसी डब्बे में रहना पड़ेगा। उसके बाद भाग्य में क्या लिखा है कौन जाने। किसी दूसरे फर्स्ट क्लास डब्बे में जगह मिलेगी या नहीं, मालूम नहीं। जानने का कोई तरीका भी नहीं।

डैवनपोर्ट साहब फिर पीने लगे। लगता है अब वे अपने सामने बैठे मुसाफिर के बारे में सब भूल गए। रंजन बाबू सोने का नाटक करते हुए उनकी ओर देखते रहे। इस तरह की भीषण विपदा का सामना उन्हें करना पड़ेगा यह कौन जानता था! पुलकेश होता तब भी क्या यह घटना घटती? नहीं, ऐसी घटना नहीं घटती। लेकिन इससे भी अधिक भयंकर घटना घट सकती थी। पुलकेश को गुस्सा बड़ी जल्दी आता है। इसके अलावा वह काफी तगड़ा भी है। उसका देश-प्रेम जबर्दस्त है। किसी गोरी चमड़ीवाले से अपमान सह लेनेवाला आदमी वह नहीं है। हो सकता है कसकर घूँसा मार देता। वह अकसर बताता है कि जब वह कालेज में फर्स्ट इयर में था तब कैसे घूँसा मारकर उसने एक अंग्रेज लड़के की नाक तोड़ दी थी।

रात के अँधेरे को चीरती हुई ट्रेन भागी जा रही थी। दसेक मिनट बाद रंजन बाबू को महसूस हुआ कि इस विपत्ति के समय भी गाड़ी के झूले में उन्हें बीच-बीच में नींद के झटके लग रहे हैं।

इस हालत में एक नई चिंता ने उन्हें पूरी तरह सजग कर दिया। साहब के पास कोई सामान नहीं है। आश्चर्य की बात है। केवल शराब, सोडा की बोतल और गिलास लेकर क्या कोई ट्रेन में चढ़ता है?

और 1932, लंगोटधारी नेता, टाटानगर··· नहीं। इस सबका मतलब क्या हुआ? मतलब क्या हुआ ये साहब कोई जीवित साहब नहीं हैं। ये भूत हैं? मेजर डैवनपोर्ट नाम सुना-सुना लगता है।

एकाएक रंजन बाबू को एक बात याद आ गई।

पाँचेक साल पहले बैरिस्टर निखिल सेन के घर पर मित्र-मंडली गपशप कर रही थी। विषय था साहब-प्रीति और साहब-विद्वेष। किसने बताया था, ठीक-ठीक याद नहीं आ रहा। लेकिन बंबई मेल में ही एक गोरे सैनिक ने एक बंगाली को फर्स्ट क्लास के डब्बे से उतार देने की कोशिश की थी। शायद नाम मेजर डैवनपोर्ट ही था। अखबार में खबर आई थी। साल याद नहीं पर शायद

32 ही रहा हो तो कोई ताज्जुब नहीं। साहब से एक गलती हो गई थी। वो बंगाली बड़े साहसी थे और खूब अच्छा तगड़ा शरीर था। अपमान हजम नहीं कर सके इसलिए खूब कसकर एक घूँसा मारा। साहब बेंच से टकराकर गिर पड़े, सिर पर चोट लगी और उसी समय मर गए।

रंजन बाबू को लगा उनके हाथ-पैर ठंडे हो रहे हैं। किंतु इस हालत में भी सामने बैठे व्यक्ति की तरफ देखे बगैर नहीं रह सके रंजन बाबू।

मेजर डैवनपोर्ट हाथ में गिलास लिए बैठे हैं। नाइट-लाइट की रोशनी अधिक नहीं था; बत्ती का शेड भी गंदा था; बल्ब का पावर भी ज्यादा नहीं। इस सबके अलावा गाड़ी की छुक-छुक। कुल मिलाकर ऐसी हालत में साहब का शरीर अच्छी तरह नजर नहीं आ रहा। हो सकता है इसी डब्बे में 1932 में साहब की मृत्यु हुई हो। और तब से ही इस पुराने जमाने के फर्स्ट क्लास के डब्बे में रोज रात को···

रंजन बाबू और नहीं सोच पाए। साहब अब उनकी तरफ नहीं देख रहे, वो शराब में मशगूल बैठे हैं।

साहब की ओर देखते-देखते रंजन बाबू को लगा कि उनकी पलकें फिर भारी हो रही हैं। भूत के सामने बैठकर नींद आ सकती है, ये तो रंजन बाबू ने पहली बार जाना। मेंजर डैवनपोर्ट एक क्षण बैठे नजर आते, दूसरे क्षण गायब हो जाते। एक बार उनकी आँखें बंद हो जातीं, दूसरे ही क्षण खुल जातीं। एक बार साहब ने उनकी ओर देखा। फिर लगा कि बड़ी दूर से आवाज आ रही है। कोई कह रहा है, "डर्टी निगर···डर्टी निगर···" (गंदा हब्शी···गंदा हब्शी···)

इसके बाद रंजन बाबू को कुछ याद नहीं।

जब रंजन बाबू की नींद खुली तब खिड़की के बाहर सुबह का प्रकाश फैला था। सामनेवाली बेंच पर कोई नहीं। रात की भीषण घटना की याद करके एक बार काँप उठे, लेकिन दूसरे ही क्षण यह सोचकर कि विपत्ति कटी, आश्वस्त हो गए। ये बात किसी को नहीं बताएँगे। पहले तो कोई विश्वास ही नहीं करेगा; दूसरे उन्हें जिन साहब ने अपमानित किया है वह कोई बतानेवाली बात नहीं है। डर्टी निगर। (गंदा हब्शी) ये शब्द उन्हें कचोट रहे थे; क्योंकि उनका अपना रंग काफी साफ था।। धूप में तो साहबों से भी अधिक साफ दिखता था। इसी रंग के कारण लंदन में बहुत से उन्हें भारतीय मानने को तैयार न होते। और उन्हीं

को डर्टी निगर (गंदा हब्शी) कह दिया !

ट्रेन की घटना रंजन बाबू ने किसी को नहीं सुनाई। फिर भी अब उनके मन में साहब-प्रीति पहले जैसी नहीं रही, यह बहुतों ने महसूस किया।

इस घटना के दस वर्ष बाद एक दिन रंजन बाबू अपने घर पर पुलकेश के साथ बैठे कॉफी पी रहे थे, उस दिन घटना सुना ही डाली।

"70 में रायपुर से लौटने की बात याद आ रही है।"

"विलक्षण !"

"तुमको बताऊँगा बताऊँगा यह सोचता ही रहा पर बताया नहीं। एक साहब के भूत के पल्ले पड़ गया था। क्या हाल हुआ कैसे बताऊँ !"

"मेजर डैवनपोर्ट का भूत ?"

रंजन बाबू की आँखें फैल गईं। "यह क्या ? तुम्हें कैसे पता लगा ?"

पुलकेश बाबू ने अपना दाहिना हाथ मित्र की तरफ बढ़ा दिया। "मीट द घोस्ट ऑफ मेजर डैवनपोर्ट।" (मेजर डैवनपोर्ट के भूत से मिलो)

रंजन बाबू का सिर चकराने लगा। "तुम ? तुम ? तुमने इतने दिन···!"

"बता देता तो पूरी योजना ही असफल हो जाती। चाहता था कि तुम्हारे दिमाग से साहब-प्रीति भाग जाए। अगर तुम उस घटना पर विश्वास नहीं करते तो काम कैसे बनता ?"

"लेकिन कैसे···?"

"बड़ा आसान था," पुलकेश सरकार बोले, "तुम्हारा डब्बा देखते ही मुझे ट्रिक सूझ गई। गाड़ी चलने के बाद तुम्हारे बगलवाली फर्स्ट क्लास की बोगी में चढ़ गया। अपने फर्स्ट एड के डब्बे से रुई निकालकर मूँछ बना डाली। इसके अलावा कोई मेकअप नहीं। मेरे ही डब्बे में एक गुजराती बच्चे के हाथ में खिलौनेवाली रिवाल्वर देखी। रात-भर के लिए उससे माँग ली। उसने खुशी-खुशी दे दी। उसके पिता के पास विह्स्की थी। वह भी माँग ली। उसने भी खुशी-खुशी दे दी। लेकिन वह मैंने खरीदी थी, यह तो बताना ही पड़ेगा ! मैंने खुद सिर्फ पानी पिया था। विह्स्की की बोतल खोलकर रख दी ताकि तुम्हें गंध आए। बाकी काम किया तुम्हारे डब्बे की नीली रोशनी ने और तुम्हारी कल्पना ने। उम्मीद है बुरा नहीं मानोगे।"

रंजन बाबू ने मित्र का हाथ अपने दोनों हाथों से दबा लिया लेकिन कुछ कह न पाए। उनका विस्मय कटने में अब और दस वर्ष लगेंगे।

गगन चौधरी का स्टूडियो

अगर दिन की चटक रोशनी में भी किसी फ्लैट को खूब अच्छी तरह देखकर पसंद कर लिया जाए तो भी जब तक वहाँ जाकर रहना न शुरू किया जाए, तब तक उसकी सुविधा-असुविधा ठीक से समझ नहीं आती। भवानीपुर के इस फ्लैट में रहना शुरू करने के बाद सुधीन सरकार ने यही अनुभव किया। बस इसी एक मामले में भाग्यलक्ष्मी की उस पर कृपा नहीं थी; वरना सुधीन पर उनकी विशेष कृपा है, इसके प्रमाणों की तो कोई कमी नहीं।

जैसे उसकी पदोन्नति की बात ही लीजिए। वह आजकल दफ्तर के एक विभाग का प्रमुख है। इतनी जल्दी प्रमुख बनने की कोई बात नहीं थी। चाहे जो हो, उसकी उम्र तो ज्यादा नहीं—इसी आषाढ़ में वह तीस का पूरा हुआ है। विभाग की दूसरी सीढ़ी पर भी वह इसी तरह पहुँचा था। प्रमुख था नगेंद्र कपूर, पर उसकी उम्र तो चालीस थी। वे लंबे चौड़े, योग्य और कर्मठ आदमी थे, राख के रंग का सफारी सूट पहनकर जब दफ्तर में घुसते तो सबकी नजरें उनकी ओर उठ जाती थीं। उन्हीं नगेंद्र कपूर की हृदयगति एक दिन अकस्मात टालीगंज के गोल्फ के मैदान में बंद हो जाएगी और वे वहीं खत्म हो जाएँगे, यह क्या किसी ने सपने में भी सोचा था? इस मृत्यु के बाद सुधीन ने पाया कि किसी प्राकृतिक नियम की तरह उसने कपूर की जगह पर अधिकार कर लिया है। हाँ, यह जरूर है कि यह सिर्फ भाग्य की बात नहीं; सुधीन इस पद के लायक नहीं, यह कोई नहीं कहेगा।

उसके बाद यह फ्लैट। सुधीन के माता-पिता उसका विवाह करने के लिए बेचैन हो उठे थे, समय भी अच्छा था, इसीलिए बाध्य होकर सुधीन को इस स्थिति के लिए तैयार होना पड़ा। पहले पार्क सर्कस में जो फ्लैट था उसके

कबूतर के पिंजड़ेनुमा छोटे-छोटे दो कमरों में संसार बसाना मुश्किल था। इसके अलावा पास में ही था एक मकान जो शादी-ब्याह के लिए भाड़े पर उठाया जाता था। आठों पहर ग्रामोफोन रेकार्ड पर शहनाई की विकृत धुन—फटे बाँस के-से स्वर में सुन-सुनकर सुधीन विरक्त हो उठा था। दलाल से खबर पाकर सुधीन पहले जो फ्लैट देखने गया वही था भवानीपुर का यह फ्लैट। फ्लैट दुमंजिले पर था, तीन खूब बड़े-बड़े कमरे, दो बाथरूम, पीछे की ओर बरामदा, संगमरमर का फर्श, खिड़कियों पर ग्रिल, फ्लैट का नक्शा बढ़िया—एक-एक चीज में कल्पना और सुरुचि की छाप। किराया आठ सौ। इसके अलावा मकान-मालिक से बात करने पर लगा कि दुनिया देखते हुए वह व्यक्ति सज्जन ही है। सुधीन को दूसरा कोई फ्लैट देखना नहीं पड़ा।

इस फ्लैट में आए उसे दो हफ्ते हो गए। पहले कुछ दिन उसने ध्यान नहीं दिया, फिर एक दिन आधी राती को नींद टूटी तो उसने देखा कि बाहर की रोशनी उसकी आँखों पर पड़ रही है। काफी तेज रोशनी। इतनी रात को रोशनी आ कहाँ से रही है?

सुधीन बिस्तर से उठकर खड़ा हुआ और बरामदे में आया। पूरे मुहल्ले में अँधेरा, केवल रास्ते के दूसरी ओर खड़े पुराने महल की तीसरी मंजिल के एक कमरे में एक बत्ती जल रही है। खुली खिड़की के पर्दे के ऊपर से बरामदे से सीधे सुधीन के कमरे में पहुँच रही है। तकिया अगर उलटी तरफ रखकर भी सोया जाए तो भी रोशनी सुधीन के मुँह पर पड़ेगी।

इतनी चिढ़ानेवाली चीज। कमरे में अँधेरा ना हो तो लोग सोते कैसे हैं? खैर, सुधीन तो रोशनी में नहीं सो सकता। ऐसा रोज होगा क्या?

एक सप्ताह और बीता तो सुधीन ने पाया कि इस नियम में कोई व्यतिक्रम नहीं होता। बारह से कुछ पहले बत्ती जलती है और सुबह तक जलती रहती है। और अपने कमरे की दक्षिण दिशावाली खिड़की बंद कर सोने में सुधीन को बहुत मुश्किल होती। किसे नहीं होती? कलकत्ते में उसी एक चीज की तो इतनी कीमत है। दक्षिण दिशा की खिड़की। खासकर उसके सामने अगर दूसरा कोई घर न हो। वही तो इस फ्लैट का एक आकर्षक पहलू है। खिड़की के सामनेवाले रास्ते पर यह पुराना अभिजात महल—महल का बागीचा जहाँ सुदूर भविष्य में नया दालान बनने की कोई संभावना नहीं। देखते ही लगता है कि

महल किसी पुराने जमींदार का है। बहुत दिनों से कोई दिखा नहीं, शायद ज्यादा लोग रहते भी नहीं—तिमंजिले पर उस कमरे के अलावा।

मालूम नहीं, उस कमरे में रहनेवाला व्यक्ति सारी रात बत्ती क्यों जलाए रखता है।

पहली मंजिल के फ्लैट में सोमेश्वर नाग सपरिवार रहते हैं। सुधीन से चारेक महीने पहले वे इस फ्लैट में आए हैं। उम्र पचपन साल, बंगाल क्लब के सदस्य। शामें वे क्लब में ही बिताते हैं। एक शनिवार की शाम को मकान के फाटक पर उनसे भेंट हो गई, सुधीन कुछ देर उनसे बात करने का लोभ संवरण नहीं कर सका।

''हमारे मकान के सामनेवाला मकान किसका है, बताइए तो?''

''चौधरी का। क्यों क्या बात है?''

''नहीं, कोई खास बात नहीं, लेकिन लगता है मकान में कोई रहता नहीं, पर तीसरी मंजिल के एक कमरे में सारी रात बत्ती जलती रहती है। इस पर ध्यान गया है क्या?''

''नहीं, मेरा ध्यान तो नहीं गया।''

''आप लोगों के कमरे में रोशनी नहीं आती?''

''नहीं, वह तो संभव ही नहीं। उनकी छत की दीवार सामने पड़ती है ना। हम लोगों को तो कमरा ही नहीं दिखाई देता।''

''बहुत बचे। मुझे तो रात को नींद ही नहीं आती उस रोशनी के कारण।''

''वैरी स्ट्रेंज (अजीब बात है) सुना है उस इतने बड़े महल में एक या दो लोग रहते हैं। मालिक हैं गगन चौधरी। वे दिखते ही नहीं। मैं तो जब से आया हूँ, उन्हें नहीं देखा। लेकिन वे हैं इतना सुना है। शायद काफी उम्र है। सुना है किसी जमाने में चित्र बनाया करते थे। आप एक काम करिए ना। सीधे उनके पास जाकर कहिए। आखिरकार वे अपने कमरे की खिड़की तो बंद कर सकते हैं। पड़ोसी की खातिर इतना लिहाज नहीं करेंगे क्या?''

''हाँ, यह काम किया जा सकता है, हालाँकि आसान नहीं है। अनुरोध करने पर वे मान ही जाएँगे, इसकी कोई गारंटी नहीं। रात को ना मालूम क्या होता है गगन चौधरी के कमरे में···''

सुधीन यह तो समझ रहा था कि रोशनी की बाबत बात करनी चाहिए,

लेकिन उस पुराने महल के उस कमरे में क्या होता है, यह जानने की इच्छा भी कम न थी। उसका मित्र महिम घुड़दौड़ के मैदान में आता-जाता रहता है; उसके पास एक बड़ा बाईनाकूलर है, उससे देखने पर कुछ पता लगेगा क्या? बाईनाकूलर की जरूरत है, क्योंकि कमरा काफी दूर है। चौधरी परिवार का मकान एकदम रास्ते पर नहीं है; दीवार के उस पार थोड़ी-सी जगह है जो बागीचे का ही एक हिस्सा है। इस दूरी के बाद और भी दूरी है, क्योंकि तिमंजिले के उस कमरे के सामने छत है।

महिम का बाईनाकूलर लगाकर देखने पर खिड़की नजदीक चली आई, लेकिन पर्दे के ऊपर दीवार के थोड़े-से हिस्से के अलावा कुछ दिखाई नहीं दिया। लेकिन उस रोशनी में दीवार पर टँगी दो तैल रंगों से बनी आवक्ष प्रतिकृति का थोड़ा-सा हिस्सा दिखाई दिया। तो क्या यह किसी चित्रकार का कमरा है? यही था क्या उनका स्टूडियो? लेकिन वहाँ कोई आदमी नहीं क्या?

हाँ, कोई है तो। बिलकुल अभी-अभी किसी एक मूर्ति की छाया खिड़की के पर्दे पर पड़ी, कोई आदमी दाहिनी तरफ से बाईं तरफ गया। लेकिन छाया से आदमी को पहचान नहीं पाया। पर्दे के कारण वह साफ दिखाई भी नहीं पड़ा।

लगभग पंद्रह मिनट तक देखने के बाद सुधीन को थकान हुई। जो थोड़ी-सी नींद आ जाने की संभावना है, इस लड़कपन में क्या उतनी भी नींद नहीं लेगा सुधीन?

बाईनाकूलर मेज पर रखकर सुधीन सो गया। उसने मन-ही-मन सोच लिया कि क्या करना चाहिए।

सीधे जाकर गगन चौधरी से मिलना होगा। उनसे कहेगा कि वे अपने कमरे की उत्तर दिशावाली खिड़की बंद रखा करें। बात मान जाएँ तो ठीक है, वरना सुधीन को इस स्थिति से समझौता करना होगा। गगन चौधरी कैसे आदमी हैं, यह पता चल जाता तो अच्छा रहता—पड़ोसी का अपमानसूचक अभद्र व्यवहार हजम कर जाना बड़ा मुश्किल होता है—भले ही वे कितने ही कुशल क्यों न हों। लेकिन इसका दायित्व उठाना ही पड़ेगा।

फाटक खुला था और दरबान को न देखकर सुधीन को कुछ आश्चर्य हुआ; लेकिन पहली बाधा इतनी सहजता से कट जाएगी, सोचकर वह कुछ निश्चिंत हो गया। उसने रात को ही जाने की बात तय की, क्योंकि अगर वे देखना चाहें

तो उन्हें दिखा सकता है कि रोशनी कैसे कमरे में पड़ती है।

भवानीपुर के इस भद्र मुहल्ले में जाड़ों की रात को ग्यारह के पहले ही चुप्पी छा गई है। कल पूर्णिमा थी; चंद्रमा की इस रोशनी में चौधरी परिवार के वृक्षों से भरे बागीचे में सबकुछ स्पष्ट दिखाई दे रहा है। सफेद पत्थर की नारी-मूर्ति दाहिनी ओर खड़ी थी, सुधीन नोना लगी ईंटोंवाले मकान के बरामदे की ओर बढ़ गया।...अभी तिमंजिले की बत्ती जली नहीं। किस्मत अगर अच्छी हुई तो गगन चौधरी शायद नीचे ही मिल जाएँगे।

मुख्य दरवाजे का कड़ा हिलाने पर एक प्रौढ़ नौकर ने दरवाजा खोलकर पूछा, "किससे मिलना है?"

"चौधरी महाशय—गगन चौधरी—वे सो गए क्या?"

"नहीं।"

"उनसे मुलाकात हो सकती है क्या? मेरा नाम है सुधीन सरकार। मैं उस सामनेवाले मकान में रहता हूँ। एक विशेष काम से आया हूँ।"

नौकर भीतर जाकर मिनट-भर बाद लौट आया।

"आप आइए।"

सारा मामला इतना आसान होता जा रहा है...यह आश्चर्य की बात है।

भीतर घुसकर बरामदे से होते हुए सुधीन एक बैठक में पहुँचा।

"बैठिए।"

चाँद की रोशनी का एक टुकड़ा खिड़की से होते हुए सोफे पर पड़ रहा था, इसीलिए उसे देखकर सुधीन कुछ हटकर बैठा। नौकर ने बत्ती क्यों नहीं जलाई? इस वक्त तो मुहल्ले में लोडशेडिंग नहीं हुई?

सुधीन ने कमरे में नजर दौड़ाकर देखा तो उसकी हृदयगति अचानक दुगनी हो गई।

यह क्या, वह किसी भीड़-भरे कमरे में आ पहुँचा है क्या! उसे घेरकर कौन-कौन उसे देखे जा रहे हैं।

कमरे की धीमी रोशनी का कुछ अभ्यस्त होने पर सुधीन ने पाया कि जो उसे देखे जा रहे हैं, वे आदमी नहीं मुखौटे हैं। हरेक मुखौटे की नजरें मानो उसे ही देख रही हैं। ये सब मुखौटे इस देश के नहीं हैं, यह भी समझ रहा है सुधीन। दखकर लगता है, अधिकतर अफ्रीका के हैं, कुछ दक्षिण अमेरिका के हो सकते

हैं। सुधीन एक जमाने में अच्छे चित्र बनाया करता था, पिता को आपत्ति न होती तो शायद आज वह पेशेवर चित्रकार होता। हाथ की तरह-तरह की कारीगरी के बारे में उसके मन में आज भी काफी कौतूहल है।

सुधीन मन-ही-मन अपने साहस की तारीफ किए बगैर रह न सका। अँधेरे कमरे की मुखौटेवाली इस मौलिक दुनिया में बहुतों की दँतोड़ी लग जाती।

कमरे में कब लोग घुस आए, सुधीन को पता ही नहीं लगा। गंभीर कंठस्वर में किया हुआ प्रश्न सुनकर सुधीन ने अपने पास सोफे पर बैठे आदमी को देखा।

''इतनी रात को ?''

यंत्रवत् अपने दोनों हाथ उठाकर नमस्कार कर सुधीन ने बात करनी चाही तो कर नहीं पाया।

वे अभिजात परिवार के हैं, इसमें कोई संदेह नहीं। उनका कीमती शाल ही इस बात का संकेत दे रहा है, लेकिन शरीर का रंग ऐसा तेजहीन, और नजर में ऐसी अस्वाभाविक तीक्ष्णता सुधीन ने पहले कभी नहीं देखी। ऐसे व्यक्ति को पहली बार देखकर किसी के मुँह से जल्दी से कोई बात नहीं निकलेगी।

वे एकटक सुधीन की तरफ देखे जा रहे हैं। खुद को सँभालने में सुधीन को लगभग एक मिनट लगा। उसके बाद उसका मुँह खुला।

''मैं आपसे कुछ कहने आया हूँ⋯बुरा मत मानिएगा,'' आप ही गगन चौधरी हैं ना ?''

उन्होंने सिर हिलाकर बताया कि वही वे व्यक्ति हैं। प्रशस्त मस्तक के तीन तरफ सिह के बालों जैसे आधे पके बाल देखकर लगा कि उनकी उम्र पैंसठ से कम न होगी।

सुधीन कहता रहा, ''मेरा नाम सुधींद्रनाथ सरकार। मैं सामनेवाले मकान में दुमंजिले के एक फ्लैट में रहता हूँ। असल में बात यह है कि आपके तिमंजिलेवाले कमरे की बत्ती सारी रात जलती रहती है, इससे बड़ी असुविधा होती है। रोशनी सीधे मेरे चेहरे पर पड़ती है। आप अगर अपनी खिड़की बंद रख सकें। नहीं तो नींद टूटती है। सारा दिन दफ्तर में काम करने के बाद अगर रात को नींद नहीं आती तो⋯''

वे सुधीन की ओर अपलक देखते रहे। इस कमरे में बत्ती नहीं जलती क्या ?

बाध्य होकर सुधीन ने ही फिर से मुँह खोला। बात कुछ और साफ-साफ

कहने की जरूरत है।

"मैं अगर वह खिड़की बंद कर लूँ तो रोशनी नहीं आएगी, लेकिन खिड़की दक्षिण दिशा की ओर है ना; इसीलिए…"

"आपको खिड़की नहीं बंद करनी होगी।"

"जी हाँ।"

"मैं ही करूँगा।"

एकाएक सुधीन के सिर का बोझ उतर गया।

"तब तो फिर ठीक है। बहुत-बहुत धन्यवाद।"

"आप जा रहे हैं?"

सुधीन उठने का उपक्रम कर रहा था, लेकिन यह प्रश्न सुनकर अवाक्; फिर बैठ गया—"रात हो गई है। और आप भी सोएँगे अब।"

"मैं रात को नहीं सोता।" वे सुधीन की ओर नजरें गड़ाए रहे।

"शायद लिखते-पढ़ते रहते हैं?" सुधीन ने भारी स्वर में प्रश्न किया। इस परिवेश में गगन चौधरी का सान्निध्य रुचिकर नहीं है, यह स्वीकार करना ही होगा।

"नहीं।"

"फिर?"

"चित्र बनाता हूँ।"

सुधीन को याद आया कि बाईनाकूलर से कमरे की दीवार पर टँगी पेंटिंग देखकर उसे लगा था कि वह किसी चित्रकार का स्टूडियो हो सकता है। नाग साहब ने बताया था कि एक जमाने में वे चित्र बनाया करते थे।

"मतलब, वह कमरा आपका स्टूडियो था?"

"ठीक पकड़ा।"

"लेकिन शायद मुहल्ले में यह बात कोई ठीक से जानता नहीं।"

गगन चौधरी फीकी-सी हँसी हँस दिए। "आपके पास वक्त है?"

"वक्त, मतलब…"

"वक्त हो तो कुछ बात करूँ। बहुत पुरानी बातें। किसी से कहने का कभी मौका नहीं मिला।"

सुधीन ने महसूस किया कि उनका अनुरोध टालने की क्षमता उसमें नहीं

है।

''बोलिए।''

''मुहल्ले के लोगों को मालूम नहीं, क्योंकि उन्हें मालूम करने की इच्छा नहीं। एक आदमी ने अपना सारा जीवन, चित्रकारी में लगा दिया, लेकिन उस संबंध में किसी को कोई कौतूहल नहीं, एक जमाने में जब एग्जीविशन (प्रदर्शनी) की है तब किसी-किसी ने आकर देखा है। थोड़ी-बहुत ख्याति भी मिली है। लेकिन जब माहौल बदलना शुरू हुआ, आदमी की जो तस्वीर रक्त और मांस के आदमी के रूप में पहचानी जाती थी, उसकी कद्र नहीं रही, तब से मैंने अपने आपको संकुचित कर लिया है। नया झंडा लेकर चलना मैंने सीखा नहीं। मन-ही-मन द विंचि को अपना गुरु मान लिया था; आज भी वे मेरे गुरु हैं।''

''लेकिन··· आप कैसे चित्र बनाते हैं?''

''आदमी के।''

''आदमी के?''

''पोर्ट्रेट।''

''मन से?''

''नहीं। वह मुझे नहीं आता, सीखा नहीं। मेरे सामने जब तक कोई आकर बैठ नहीं जाता, मैं चित्र नहीं बना सकता।''

''आधी रात को···?''

''आते हैं। मॉडल आते हैं। बैठते हैं। रोज आते हैं।''

सुधीन कुछ देर स्तंभित बैठा रहा। ये कैसी बहकी-बहकी बातें कर रहे हैं? इनकी बातें तो पागल का प्रलाप लग रही हैं।

''विश्वास नहीं हो रहा।'' गगन चौधरी के ओठों पर पहली बार साफ-सुंदर हँसी दिखी। सुधीन क्या कहे, समझ नहीं पा रहा।

''आइए हमारे साथ।''

सुधीन यह आदेश भी टाल नहीं पाया। यह मानना ही होगा कि उनकी आँखों और बातों में एक सम्मोहिनी-शक्ति है। उसे खुद कोई कौतूहल हो रहा है, ऐसा नहीं था। कैसा चित्र बनाते हैं ये सज्जन? कौन आधी रात को पोर्ट्रेट बनवाने के लिए बैठता है? कैसे उन्हें बुलाते हैं?

''मेरे स्टूडियो के अलावा पूरे मकान में कहीं बिजली नहीं, ''किरासिन-लैंप के फीके प्रकाश में काठ की सीढ़ियों पर चढ़ते हुए गगन चौधरी बोले, ''बाकी सारे कनेक्शन काट दिए हैं।''

आश्चर्य, यहाँ इस चौड़ीवाली सीढ़ी पर, सीढ़ियों की दीवार पर, बैठक में—कहीं एक पेंटिंग नहीं। तो फिर क्या सारे पेंटिंग स्टूडियो में जमा कर रखी हैं।

तिमंजिले पर बाईं ओर मुड़ने पर सामने एक दरवाजा है। उसी दरवाजे को खोलकर कमरे में सुधीन के साथ घुसने के बाद दरवाजा बंद कर बाईं ओर की दीवार पर लगे बटन को दबाने पर कमरे में उज्ज्वल रोशनी फैल गई।

यही स्टूडियो है, यह कहने की जरूरत नहीं। चित्र बनाने का पूरा सरंजाम है यहाँ। कमरे के एक कोने में बत्ती के ठीक नीचे ईजल पर एक सादा कैनवस रखा हुआ है। उसमें नया चित्र बनना शुरू होगा···यह समझ आ रहा है।

जिनका सरंजाम पूरा हो चुका है, वह हैं दीवार पर टँगी पेंटिंग्स और फर्श पर जमा कर रखी पोर्ट्रेट। कम से कम सौ तो होंगी ही। फर्श पर रखे चित्रों को आगे बढ़कर हाथ से उठाकर देखे बगैर समझ नहीं आएगा कि कितनी हैं। दीवार पर टँगे हुए पोर्ट्रेट ही आँखों के सामने हैं। अधिकतर आदमियों के चित्र हैं। सुधीन ने देखकर समझ लिया कि पुरानी शैली में बनाए गए चित्रों में काफी कलात्मकता है।

अभी भी सुधीन को लग रहा है कि वह बहुत-से जीवित आदमियों की भीड़ में आकर खड़ा हो गया है—और सब उसकी ओर देख रहे हैं—कम से कम पचास जोड़ा आँखें।

लेकिन ये सब हैं कौन? दो-एक चेहरे जाने-पहचाने लग रहे हैं, किंतु···

''कैसा लग रहा है?'' गगन चौधरी ने प्रश्न किया।

''बहुत बढ़िया काम है!'' सुधीन को बाध्य होकर स्वीकार करना पड़ा।

लेकिन तैल पोर्ट्रेट बनाने का रिवाज कम होता जा रहा है। ऐसी हालत में हमारे जैसे चित्रकारों का क्या हाल होगा, सोचिए तो सही।

''लेकिन इस कमरे में आकर तो लगता नहीं कि आप लोगों को काम की कोई कमी है।''

''क्या कह रहे हैं! यह तो अब हुआ है। एक जमाने में पंद्रह साल तक लगातार अखबार में विज्ञापन देता रहा—एक भी आदमी ने कोई प्रतिक्रिया

जाहिर नहीं की, उत्तर नहीं दिया। अंत में बाध्य होकर बंद कर दिया।"

"उसके बाद ? फिर मे चित्र बनाना कब शुरू किया।"

"स्थिति में परिवर्तन के फलस्वरूप।"

सुधीन कुछ बोला नहीं, उसका सारा ध्यान चित्र की ओर था। इस बीच वह तीन लोगों को पहचान पाया। एक आदमी चारेक महीने पहले मर गया। प्रसिद्ध गायक अनंत लाल नियोगी। आठेक साल पहले संगीत सभा में सुधीन ने उनका गाना सुना था।

दूसरे थे असीमानंद स्वामी—स्वतंत्रता सेनानी थे लेकिन बाद में संन्यासी हो गए थे। वे भी कुछेक साल पहले मर गए। अखबार में फोटो छपी थी, सुधीन को याद है।

तीसरे थे एयर इंडिया के बंगाली पायलट कैप्टेन चक्रवर्ती। तीनेक साल पहले लंदन जाते समय एक बोइंग दुर्घटना में ढाई सौ व्यक्तियों के साथ इनकी भी मृत्यु हो गई। ऐसा नहीं कि सुधीन ने सिर्फ चित्र से इन्हें पहचाना; एक बार दफ्तर के काम से रोम जाते समय प्लेन की काकपिट में इनके साथ परिचय हुआ था। सुधीन एक प्रश्न पूछे बगैर रह नहीं सका।

"ये सब क्या पोर्ट्रेट बनवाने ही आए थे ? ये अपनी तस्वीरें कभी ले नहीं गए थे ?"

सुधीन ने अब गगन चौधरी को खुलकर हँसते देखा।

"नहीं, मिस्टर सरकार, पोर्ट्रेट बनवाना इनका उद्देश्य नहीं था। यह तो सिर्फ अपने संग्रह के लिए ही मैंने बनाए हैं।"

"आप क्या कहना चाहते हैं, रोज कोई न कोई आकर यहाँ पोर्ट्रेट बनवाने के लिए बैठता है।"

"कुछ देर रुकेंगे तो देख लेंगे। आज भी एक आदमी आएगा।"

सुधीन का सिर चकराने लगा।

"लेकिन इनके साथ आप संपर्क कैसे करते हैं··· ?"

"ठहरिए, आपको बता दूँ। मेरा सिस्टम (प्रणाली) कुछ और है।"

अलमारी के शेल्फ से एक बड़ी-सी कापी निकालकर गगन चौधरी सुधीन के पास आए।

"इसे खोलकर देखिए, इसमें क्या है।"

बत्ती के नीचे जाकर सुधीन ने कापी खोली।

कापी के पन्नों पर एक के बाद एक, हरेक पन्ने पर अखबार से काटे गए मृत्यु-समाचार की खबरों की कतरनें चिपकी हुई थीं। बहुत सारी खबरों के साथ मरनेवाले की तस्वीर भी थी। सुधीन ने देखा कि कुछ कतरनों के पास पेंसिल से गुणा का निशान लगा है।

"पेंसिल का निशान हो तो समझिए उनकी तस्वीर बना ली है," गगन चौधरी बोले।

"लेकिन संपर्क कैसे करते हैं ? यह तो…"

सुधीन के हाथ से कापी लेकर गगन चौधरी ने ताक पर रख दी। फिर लौटकर बोले, "यह सबके वश का नहीं है, मैं कर लेता हूँ। यह चिट्ठी या टेलीफोन से नहीं होता। वे जहाँ हैं वहाँ टेलीफोन तो है नहीं और डाक पहुँचाने की व्यवस्था भी नहीं है। इसके लिए कोई दूसरा उपाय करना पड़ता है।"

सुधीन के हाथ-पैर ठंडे हो गए, गला सूखकर लकड़ी। फिर भी एक प्रश्न पूछे बगैर रह न सका।

"आप क्या कहना चाहते हैं ? इन सबके पोर्ट्रेट आपने इनकी मृत्यु के बाद बनाए हैं।"

"मत्यु के पहले इनकी खबर मिलेगी कैसे सुधीन बाबू ? मैं कलकत्ते में और कितने लोगों को पहचानता हूँ। मृत्यु नहीं होगी तो वे—और जिस वातावरण में ये रहते हैं—वह कैसे बदलेगा। केवल मृत व्यक्ति ही तो पूर्ण रूप से मुक्त है, पूर्ण रूप से स्वाधीन। उनके पास समय का भी अभाव नहीं, धैर्य का भी अभाव नहीं। चित्र जब तक पूरी तरह पूरा नहीं हो जाएगा, तब तक स्थिर बैठे रहेंगे उस कुर्सी पर।"

टन-टन-टन… रात्रि की निस्तब्धता को चीरती हुई एक घड़ी बज उठी। सीढ़ी के पास जो घड़ी देखी थी सुधीन ने शायद वही हो।

"बारह बजे," गगन चौधरी बोले, "अब आएँगे।"

"कौन ?" सुधीन के गले की आवाज अस्वाभाविक रूप से दबी हुई और रुक्ष। उसका सिर भन्ना रहा था।

"आज जो बैठेंगे वे। वह उनके पैरों की आवाज।"

सुधीन की श्रवण-शक्ति अभी बाकी है, इसीलिए वह स्पष्ट सुन

पाया—बाहर, नीचे से आती हुई जूतों की आवाज !

''आइए देखिए,'' गगन चौधरी पास की एक खिड़की की ओर बढ़ गए, ''मेरी बात पर विश्वास नहीं हो रहा था, आइए देखिए।''

यह क्या, वही सम्मोहिनी-शक्ति। सुधीन यंत्रवत् गगन चौधरी के पास जाकर खड़ा हो गया और नीचे देखने लगा। उसके बाद अनजाने ही उसके गले से आर्त स्वर में चीख निकली—''इसे पहचानता हूँ।''

वही गंभीर मिलिट्री अदा, वही लंबा-चौड़ा शरीर, वही राखी रंग का सफारी सूट।

यही थे सुधीन के बॉस—नरेंद्र कपूर।

सुधीन का सिर चकराने लगा। संतुलन बनाए रखने के लिए उसने झपटकर ईजल पकड़ ली।

सीढ़ियों से पैरों की आवाज ऊपर आ रही है। काठ की सीढ़ियों पर जूतों की बढ़ती हुई आवाज से पूरा मकान गूँज रहा है। अब आवाज थम गई।

निस्तब्ध वातावरण में गगन चौधरी ने फिर मुँह खोला, ''संपर्क की बात पूछ रहे थे ना, सुधीन बाबू? वैरी सिंपल (बिलकुल सीधी बात), इस तरह हाथ से इशारा करते ही चले आते हैं।''

सुधीन ने विस्फारित आँखों से देखा, कीमती शाल के भीतर से गगन चौधरी ने अपना दाहिना हाथ निकालकर सामने फैलाया। उस हाथ में मांस, चमड़ा कुछ भी नहीं—सिर्फ हाड़!

''जिस हाथ से बुलाता हूँ, उसी हाथ से चित्र बनाता हूँ।''

होश खोने से क्षण-भर पहले सुधीन ने स्टूडियो के बंद दरवाजे के बाहर से खटखटाने की आवाज सुनी—खट-खट-खट ''' खट-खट-खट ''' खट-खट-खट-खट ''' खट-खट-खट '''

''भैया जी! भैया जी!''

एक झटके में नींद खुली। दिन के उजाले में आँखें मलकर सुधीन को फिर आँखें बंद करनी पड़ीं। बाप रे! ''' कितना भयंकर सपना!

''दरवाजा खोलिए। भैया जी!'' नौकर अधीर का स्वर।

''एक मिनट ठहरो।''

सुधीन ने बिस्तर से उठकर आगे बढ़कर दरवाजा खोला। अधीर के चेहरे

पर गंभीर उत्तेजना का भाव।

आप इतनी देर तक…"

"मालूम है। कुछ अधिक देर तक सोता रहा।"

"घर के सामने इतना शोर-शराबा, कुछ पता नहीं लगा क्या?"

"ये शोर-शराबा!"

चौधरी परिवार के बड़े बाबू का कल रात देहांत हो गया। गगन बाबू! चौरासी साल के थे। बहुत दिनों से भोग रहे थे। कमरे में रात को भी बत्ती जलती रहती थी, देखा नहीं?"

"तुझे मालूम था कि वे बीमार हैं?"

"मालूम नहीं होगा? उनके नौकर भगीरथ से तो रोज बाजार में मुलाकात होती है।"

"बझो!"

बहुरूपी

न्यू महामाया केबिन की एक कुर्सी पर बैठकर हाफ कप चाय और आलू-चाप का आर्डर देकर निकुंज साहा ने एक बार चारों तरफ नजर डाली। उसकी जान-पहचान का कोई आया तो नहीं ? हाँ, आया तो है। उस तरफ रसिक बाबू बैठे हैं और ये हैं श्रीधर। पंचानन अभी तक नहीं आया। लेकिन दसेक मिनिट में जरूर आ जाएगा। जितने ज्यादा जान-पहचान के लोग आएँ, उतना ही अच्छा। परिचित मित्र मेकअप में पहचान न सके, यही तो छद्‌मवेश की सार्थकता है।

अभी तक तो सभी छद्‌मवेशों में उसे अद्‌भुत सफलता मिली है। आज तो उसने दाढ़ी भी लगाई है—आधा चेहरा ढका हुआ है। पच्चीसेक साल उम्र भी बढ़ा ली है। पिछले दिनों छोटी प्रजापति मार्का मूँछें लगाई थीं। और प्लास्टिसिन लगाकर नाक का आकार भी बदला था और चाल-ढाल, गले की आवाज तक इतनी चतुरता से बदल डाली थी कि पिछले दस वर्षों का परिचित पंचानन गुहा तक उसे उस समय भी पहचान नहीं पाया जब वह उससे दियासलाई माँगने आया था। साहस जुटाकर निकुंज ने एक-दो वाक्य बोले भी थे—"आप उसे रख लें। मेरे पास एक दियासलाई और भी है।" पंचानन गले की आवाज सुनकर भी पहचान न पाया। इसे ही कहते हैं बोलने की कला।

निकुंज साहा ने अपने सभी शौक पूरे कर लिए हैं सिर्फ यही बचा रह गया है। सिर्फ बचा ही नहीं रह गया बल्कि दिनोंदिन बढ़ता ही जा रहा है, इसका तो उसे नशा-सा हो गया है। अब उसके पास समय भी खूब है। पहले नौकरी करता था। कालेज स्ट्रीट पर ओरियंट बुक कंपनी में सेल्समैन था। अभी हाल ही में उसके एक ताऊ जी स्वर्ग सिधार गए, उन्होंने शेयर मार्केट में खूब पैसे

कमाए, उनकी अपनी तो कोई संतान थी नहीं। पत्नी सन बहत्तर में स्वर्ग सिधार गई थीं। वसीयतनामा लिखकर निकुंज के नाम वे जो रुपया छोड़ गए हैं उसका सूद ही साढ़े सात सौ रुपया होता है। इसीलिए बिना किसी लाग-लपेट के वे सेल्समैन की नौकरी छोड़ सके। यही ताऊ जी कहा करते थे—किताब पढ़ो निकुंज, किताब पढ़ो। लेकिन वह चीज ही ऐसी है जिसे सिर्फ किताब पढ़कर नहीं सीखा जा सकता। कुछ अपनी रुचि भी होनी चाहिए। स्कूल की जरूरत नहीं पड़ेगी, मास्टर की जरूरत नहीं पड़ेगी। लोगों ने किताब पढ़कर एरोप्लेन (हवाई जहाज) चलाना सीखा है, यह भी सुना है।" ताऊ जी ने किताब पढ़कर खुद भी दो चीजें सीखी थीं—हाथ देखना और होम्योपैथी। सुना है दोनों ही कलाओं पर उनका अच्छा अधिकार था। निकुंज ने उनकी बात मानकर किताबें पढ़कर चमड़े का काम और फोटोग्राफी सीखी थी। छः-एक महीने पहले कालेज स्ट्रीट के एक फुटपाथ पर मेकअप के बारे में एक मोटी-सी अमरीकी किताब देखकर निकुंज उसे खरीदने का लोभ संवरण नहीं कर सका। उस किताब को पढ़कर उसने यह नया शौक पाल लिया।

हालाँकि मेकअप की जो असली जगह है—थियेटर—उसके बारे में निकुंज के मन में कोई उत्साह नहीं है। एक बार सोचा था—ये तो एकदम नई चीज सीख ली, इससे अगर कोई रोजगार किया जाए तो कैसा रहे?

नवनट्टू कंपनी के भूलू घोष के साथ निकुंज का थोड़ा-सा परिचय भी था। दोनों ही ईस्ट बंगाल क्लब के मेंबर थे, वहीं परिचय हुआ था। आम हार्स्ट स्ट्रीट पर उनके घर जाकर जब निकुंज ने अपने मन की बात कही तो भूलू घोष ने कहा, "अच्छे खासे हो निकुंज, फिर थियेटर में आने की इच्छा क्यों? और फिर अगर हमारी कंपनी की बात सोच रहे हो, तो वहाँ से अमरेश दत्त को हटाकर तुम उसकी जगह ले कैसे सकते हो? वह पिछले छत्तीस साल से मेकअप कर रहा है, पूरी कला तो उसकी चुटकियों में है। तुम्हारी छः महीने की विद्या की बात सुनकर तो वह तुम्हारी तरफ देखेगा तक नहीं—बात करना तो दूर रहा। और भाई, वह सब भूल जाओ। सुख से रह रहे हो फिर परेशानी में पड़ने की इच्छा क्यों रखते हो?"

निकुंज ने उसी दिन से पेशेवर मेकअपमैन बनने की बात मन से निकाल दी।

तब फिर मेकअप की कला सीखकर वह करेगा क्या ? किसका मेकअप करेगा वह । बाल काटनेवाले सैलून की तरह मेकअप का सैलून थोड़े ही खोला जा सकता है, जहाँ लोग पैसा देकर अपना चेहरा बदलवाने आएँगे ।

तभी निकुंज के मन में एक खयाल आया—मेरे अपने चेहरे में क्या कमी है ? सच पूछा जाए तो उसके अपने चेहरे के कुछ लाभ ही हैं—जिसे कहते हैं नैचुरल एडवांटेजेस (स्वाभाविक लाभ) । निकुंज के शरीर में सभी कुछ ठीक-ठीक है । वह न लंबा है न नाटा, न काला है न गोरा, न सुंदर है और न ही बदसूरत । लंबी नाक चपटी नहीं की जा सकती, जो ज्यादा लंबा होता है उसे छोटा नहीं किया जा सकता, जो ज्यादा काला होता है उसे गोरा बनाने में इतना ज्यादा रंग पोतना पड़ता है कि मेकअप पकड़ में आने का डर रहता है ।

निकुंज ने दो दिन तक शीशे में अपने चेहरे को ध्यान से देखा । हर दृष्टि से अपने चेहरे का अध्ययन किया और तय किया कि वह अपने चेहरे पर ही सारे मेकअप आजमाएगा ।

लेकिन फिर क्या होगा ? इस मेकअप का उद्देश्य क्या होगा ?

दो उद्देश्य होंगे—पहला अपने शिल्प-चातुर्य को सर्वश्रेष्ठ स्तर तक ले जाना, और दूसरा होगा लोगों की आँखों में धूल झोंकने का मजा लूटना ।

किताब खरीदने के सातेक दिन के भीतर ही निकुंज ने मेकअप का पूरा सरअंजाम खरीदना शुरू कर दिया । किताब से ही उसने मैक्स-फैक्टर कंपनी के पैन मेकअप के माहात्म्य की बात जानी है । वह चीज अमरीका में बनती है, कलकत्ता में आती ही नहीं । इसीलिए देशी रंगों से किए गए मेकअप में कोई न कोई खोट आ ही जाता है । इसके लिए निकुंज को अपने पड़ोसी, डॉक्टर विराज चौधरी के पास जाना पड़ा । इन्हीं डॉक्टर चौधरी ने एक बार निकुंज का पीलिया ठीक किया था । इनका लड़का अमरीका में पढ़ता है । निकुंज ने सुना है बहन की शादी में कुछ दिनों बाद भारत आनेवाला है ।

डाक्टर साहब के पास जाकर बगैर किसी तरह की भूमिका बाँधे निकुंज ने सीधे ही कहा, "अगर आपका बेटा हमारे लिए एक चीज ला सके, चीज मिलते ही कीमत चुका दूँगा ।"

"कौन सी चीज ?" डॉक्टर साहब ने पूछा ।

"कुछ रंग । मेकअप के रंग । मैं नाम लिख लाया हूँ । यहाँ नहीं मिलती ।"

"ठीक है। आप पूरा नाम वगैरह बता दीजिए, मैं उसे लिख दूँगा।"

तीसरे सप्ताह तक मैक्स-फैक्टर के रंग आ गए। उसके पहले बाकी सारी चीजें खरीद ली थीं—ब्रुश, स्पिरिट, गोंद, भौंहें बनानेवाली काली पेंसिल, फोकले दाँत बनाने के लिए काले रंग का एनामेल पेंट, पके बाल बनाने के लिए सफेद रंग, नकली बाल लगाने के लिए नायलोन की खूब बारीक जाली। इसके अलावा कुछ खुले बाल भी खरीदने पड़े जिन्हें उस बारीक जाली पर एक-एक रखकर निकुंज ने खुद ही बीस तरह की दाढ़ी, बीस तरह की मूँछें और बीस तरह के बाल बना लिए हैं। रूखे, मुलायम, सीधे, घुँघराले, काफिरों जैसे पके—किसी भी तरह के बाल तो नहीं छोड़े।

लेकिन सिर्फ चेहरा बदलने से ही तो काम नहीं चल सकता, साथ-साथ अगर पोशाक न बदली जाए तो काम कैसे चलेगा ? शू मार्केट, बड़ा बाजार और ग्रांड स्ट्रीट में घूम-फिरकर अपनी नाप की पोशाक का जुगाड़ करने में निकुंज को सात दिन लगे। रेडीमेड भी कितनी चीजें मिल सकती थीं ? इसीलिए दर्जी से कुछ कपड़े बनवाने पड़े। सिर्फ कपड़े-लत्ते ही नहीं, पहनावे-ओढ़ावे की बाकी सभी चीजें। सात तरह का चश्मा, बारह तरह के चप्पल, जूते, सैंडल, दस तरह की टोपी—जिसमें दरोगा की टोपी भी खरीदना वह भूला नहीं—पगड़ी के लिए पाँच तरह का कपड़ा, पाँच तरह की कलाई घड़ी। सिक्ख अपने हाथ में जैसा लोहे का चूड़ा पहनते हैं वैसा चूड़ा, तागा, गंडा, तावीज, जनेऊ, तुलसी की माला, शक्ति के पुजारी जैसा रुद्राक्ष पहनते हैं वैसा रुद्राक्ष, उस्ताद लोग अपने कान में जैसा नकली हीरा पहनते हैं वैसा नकली हीरा—कुछ भी नहीं छोड़ा निकुंज ने।

और खरीदना पड़ा एक बड़ा शीशा और उसके फ्रेम में लगाने के लिए तेज रोशनीवाला एक बल्ब। और निकुंज को एक जापानी जेनरेटर भी खरीदना पड़ा ताकि लोडशेडिंग होने पर काम बंद न हो। अपने नौकर निताई को उसने समझा दिया कि जेनरेटर किस तरह चलाया जाता है।

अग्रहायण माह की सोलह तारीख से काम शुरू हुआ। निकुंज ने डायरी में तारीख लिख ली है। सुबह साढ़े आठ बजे से मेकअप करना शुरू करता है तो शाम को साढ़े चार बजे तक मेकअप पूरा हो पाता है। निकुंज ने पहले से ही सोच रखा है कि मध्य वर्ग के किसी आदमी का मेकअप करना ही ठीक रहेगा। रास्ते

के भिखारी, कुली या मजदूर का मेकअप करने से क्या फायदा । मेकअप एकदम ठीक हुआ है या नहीं, इसकी अजमाइश होगी न्यू महामाया केबिन में । इसीलिए किसी ऐसे वर्ग के व्यक्ति का मेकअप तो होना ही चाहिए जो न्यू महामाया केबिन में बैठकर चाय पी सकता हो ।

पहले ही दिन उसने मात दे दी । घनी काली भौहें और उन्हीं के मुताबिक बड़ी-बड़ी झाड़ू जैसी मूँछें लगाकर मुख्तार बना था निकुंज । सफेद पैंट और बिलकुल घिसा हूआ मुख्तारोंवाला कोट, हाथ में एक पुराना ब्रीफकेस, पैरों में घिसे हुए एकदम पुराने जूते और बगैर इलास्टिकवाले सफेद मोजे । पंचानन आकर उसी की मेज पर बैठ गया । निकुंज जब तक चाय पीता रहा तब तक उसे बराबर धुकधुकी होती रही । लेकिन सामने बैठे अपरिचित व्यक्ति के संबंध में किसी-किसी के मन में कितना कम कौतूहल होता है—खासकर तब जब उस व्यक्ति का मन किसी और तरफ होता है—यह बात निकुंज को उस दिन समझ आई । पंचानन ने उसकी तरफ देखकर भी नहीं देखा । बाएँ हाथ से घुड़दौड़ के घोड़ेवाली किताब के पन्ने पलट-पलटकर देखता रहा और दाहिने हाथ से चम्मच पकड़कर आमलेट खाता रहा । निकुंज ने जब बैरे से बिल माँगा तब भी पंचानन की आँखें उसकी ओर नहीं उठीं । उस क्षण उसे अद्‌भुत अनुभव हुआ, अद्‌भुत आनंद मिला । निकुंज ने उसी दिन सोच लिया था कि आज से यही होगा उसके जीवन का एकमात्र ध्येय ।

उस दिन घर लौटने पर बड़ा मजा आया । निकुंज को पहले से ही समझना चाहिए था कि यह होगा लेकिन निकुंज ने इस पर ध्यान ही नहीं दिया था । शशि बाबू पहली मंजिल पर सामनेवाले फाटक के पासवाले फ्लैट में रहते हैं । उनकी बैठक में बैठे-बैठे ही देखा जा सकता है कि कौन घुस रहा है, कौन नहीं । निकुंज सवा सात बजे लौटा । उस दिन लोडशेडिंग नहीं हुई थी इसलिए सामनेवाले गलियारे की बत्ती जल रही थी । मुख्तार निकुंज के घुसते ही शशि बाबू ने हाँक लगाई, ''किससे मिलना है ?''

निकुंज कुछ पल रुका । फिर शशिबाबू के दरवाजे की ओर बढ़ गया । अब वे एकदम आमने-सामने खड़े थे । शशि बाबू ने फिर पूछा, ''किसे खोज रहे हैं, साहब ?''

''निकुंज साहा इसी घर में रहते हैं क्या ?''

"जी हाँ। दूसरी मंजिल पर दाहिनी ओर उनका फ्लैट है।"

जवाब देकर शशि बाबू मुड़ गए। उसी पल भौंहें और मूँछें निकालकर निकुंज ने कहा, "एक बात पूछनी थी।"

"बोलिए," कहते ही निकुंज की ओर देखकर शशि बाबू की आँखें आश्चर्य से फैली रह गईं।

"ये क्या, ये तो निकुंज!"

निकुंज शशि बाबू के कमरे के भीतर चला आया। इनको बता ही देना चाहिए। घर में किसी एक को बता देने में नुकसान नहीं, बल्कि सुविधा ही होगी। सुनिए शशि भैया, "मैं कभी-कभी मेकअप किया करूँगा। किसी दिन डॉक्टर, किसी दिन मुख्तार, किसी दिन सिक्ख, किसी दिन मारवाड़ी—समझे आप। दोपहर बाद साढ़े तीन-चार तक निकलूँगा और शाम को लौटूँगा। आपके पास आकर मेकअप निकाल दूँगा। सिवाय मेरे और आपके यह बात किसी तीसरे को पता नहीं चलनी चाहिए।"

"लेकिन अचानक यह अर्थहीन शौक क्यों? थियेटर-टियेटर···"

"नहीं, नहीं। थियेटर नहीं। यह एक तरह का प्रयोग है। आपको बता रहा हूँ क्योंकि आप समझेंगे। बात सिर्फ इतनी-सी है कि इस संबंध में आप किसी तीसरे से चर्चा न करिए। यह मेरी प्रार्थना है।"

शशि बाबू सज्जन आदमी हैं। मुहल्ले के बंकिम वाचनालय में लाइब्रेरियन हैं, खुद भी किताबी-कीड़े हैं, निकुंज की बात मान गए। बोले, "कोई खराब मंशा नहीं तो फिर क्या? लोगों के कितनी तरह के शौक होते हैं।"

काम मेहनत का है और इसमें समय लगता है, इसलिए एक सप्ताह में दो ही दिन मेकअप कर पाएगा, निकुंज को यह बात पहले से ही मालूम थी। लेकिन बाकी समय का उपयोग करने में कोई बाधा नहीं, निकुंज के पास जो समय बचता है उसमें वह शहर-भर में घूम-घूमकर लोगों का अध्ययन करता है। एक दिन ही न्यू मार्केट जाकर वह समझ गया कि न्यू मार्केट इस मामले में रत्नों की खान है। इसके अलावा खेल के मैदान, हिंदी सिनेमाघरों के सामने टिकट खरीदनेवालों की लाइन में खड़े लोग तो हैं ही। इंट्रेस्टिंग लोगों को देखते ही निकुंज अपनी कापी में नोट कर लेता है, यहाँ तक कि किसी बहाने से वह ऐसे

लोगों से दो-चार बातें भी कर लेता है। "कितना बजा है भैया, मेरी घड़ी तो…" या यहाँ से गड़ियाहाट जाने के लिए कितने नंबर की बस लेनी होगी, जानते हैं क्या?"—ऐसे सवालों से भी काम बन जाता है। जिस दिन मेकअप नहीं करता उस दिन स्वाभाविक वेश में ही वह न्यू महामाया केबिन में जाकर बैठ जाता है। जो तीन-चार परिचित आते हैं उनसे गप्पें लगाकर, शतरंज की एक-आध बाजी खेलकर अपने बृंदावन बसाक लेन के फ्लैट में वापिस लौट आता है। उसका नौकर निताई, अभी लड़का ही है, अपने बाबू के बारे में जानता है। निकुंज के बाहर निकल जाने के बाद उसकी चीजें देखता है और उनका उपभोग भी करता है। लेकिन यह नहीं कहा जा सकता कि उसका नौकर बुद्धिमान है।

"पहचान रहे हो?"

"हाँ।"

"एक थप्पड़ लगाऊँगा। तुम्हारे बाबू जैसा दिखता हूँ?"

"आप तो मेरे बाबू हैं। यह तो मालूम ही है।"

"तुम्हारे बाबू की ऐसी मूँछें हैं, ऐसा गंजा सिर है? ऐसे कपड़े पहनते हैं तुम्हारे बाबू? ऐसा चश्मा पहनते हैं, कंधे पर ऐसी चादर रखते हैं?"

निताई खीसें निपोरते हुए दरवाजे की टेक लगाए खड़ा रहता है। निकुंज जानता है उसका यह छद्मवेश मूर्खों के लिए नहीं है। वे कहाँ इस आर्ट (कला) को समझ पाएँगे।

लेकिन क्या सिर्फ तीन-चार जनों को बेवकूफ बनाकर उसका काम खत्म?

यह प्रश्न कई दिनों से उसके दिमाग में उमड़-घुमड़ रहा है। उसने जान लिया है कि उसकी उच्च आकांक्षा आकाश की ऊँचाइयाँ छूना चाहती है। उसकी कला कहाँ तक पहुँच सकती है यह भी जानने की उसकी गुप्त आकांक्षा है।

कुछ ही दिनों में इस आकांक्षा की परीक्षा का एक सुअवसर उसे मिल गया। इस बिल्डिंग में रहनेवाले कुछ लोग शशि बाबू के कमरे में ही बैठे-बैठे बातें कर रहे थे। निकुंज वहीं बैठा हुआ था। भुजंग बाबू कुछ देर धर्म-चर्चा करते रहे, उसी में प्राणायाम, निश्वासरोध, निश्वास मोचन, नाक से जल खींचने, आदि की चर्चा भी कर डालते हैं। लोग बागों से यह भी सुना है कि वे संन्यासी बनते-बनते सांसारिक बन गए। फिर भी बहुत से साधु संन्यासियों से उनका

परिचय है। कुंडू स्पेशल में वे केदारनाथ, बद्रीनाथ, काशी, कामाख्या सब कहीं घूम आए हैं। उन्होंने बताया कि तारापीठ में एक संन्यासी ने अपना तंबू गाड़ा है, उनकी क्षमता के सामने पौराणिक साधुओं की क्षमता भी कहीं नहीं टिक सकती।

''क्या नाम बताया ?'' बैंक कर्मचारी हरविलास ने प्रश्न किया।

''नाम नहीं बताया ?'' विरक्त स्वर में भुजंग बाबू बोले। गुस्सा आने पर उनकी भौंहें चढ़ जाती हैं जिसके कारण चश्मा नाक से सरक जाता है।

''हिचकी बाबा नाम है क्या ?'' हरविलास ने प्रश्न किया।

हिचकी बाबा नाम के एक साधु की कहानी अखबार में छपी थी। भक्तों से बात करते हुए कभी-कभी उनकी ऐसी हिचकी बँध जाती है कि लगता है उनका अंतिम समय आ गया है लेकिन जरा-सी देर में सँभलकर ऐसा व्यवहार करते हैं मानो कुछ हुआ ही न हो। हालाँकि, वहाँ उपस्थित डॉक्टरों तक ने कहा है कि ऐसी हिचकियाँ अंतिम समय की ही हिचकियाँ होती हैं।

भुजंग बाबू ने दाहिने हाथ की तर्जनी से नाक पर चश्मा चढ़ाकर बताया, ''साधु का नाम है कालिका नंद स्वामी।''

''आएँगे क्या ?'' बीमा एजेंट तनय बाबू ने पूछा। ''आप जाएँ तो मैं भी आपके साथ चलूँ। साधु-दर्शन की बहुत अभिलाषा है। कलकत्ता की यह थोक अश्लीलता अब और अच्छी नहीं लगती।''

भुजंग बाबू ने बताया कि उन्होंने सोचा है कि वे जाएँगे।

निकुंज और कुछ न कहकर दूसरी मंजिल पर अपने फ्लैट में लौट आया। उसकी नसों में रक्त कितनी तेजी से बह रहा है, यह तो वह अच्छी तरह समझ रहा है। तांत्रिक बनने के लिए क्या-क्या चीजें चाहिए, क्या क्या उसके पास हैं और किन-किन चीजों का जुगाड़ करना होगा—यही देखना होगा।

बंकिम, ग्रंथावली उठाकर कपाल-कुंडल तांत्रिकों का वर्णन उसने खूब अच्छी तरह पढ़ डाला। आज भी वह वर्णन आजकल के संन्यासियों पर ज्यों का त्यों लागू होता है। साधु-संन्यासियों का चेहरा पौराणिक युग में जैसा था वैसा ही आज भी है। निकुंज एक बार बनारस गया था। दशाश्वमेघ घाट पर जाकर उसे लगा था कि प्राचीन भारतवर्ष यहाँ मौजूद है।

निकुंज ने अपनी योजना निश्चित कर ली।

तारापीठ वीरभूमि में है। रामपुर के बाजार में निकुंज का चचेरा भाई रहता है। तांत्रिक रूप धारण करने का सारा तामझाम लेकर वह वहीं चला जाएगा। वहीं से तांत्रिक का रूप धरकर वह तारापीठ में हाजिर होगा। उसके बाद उसकी परीक्षा होगी। साधु बाबाओं की भीड़ में वह मिल पाएगा या नहीं यही उसे देखना होगा। भुजंग बाबू भी वहाँ मौजूद होंगे, वे छद्मवेश में उसे पहचान पाते हैं या नहीं, देखा जाए।

लाठी, चिमटा और कमंडल के अलावा तांत्रिक रूप बनाने की अधिकांश चीजें निकुंज के पास थीं। बिलकुल रूखे बाल थे, उन्हें एकदम जटा जैसा बनाना होगा। यह काम वह कर लेगा, चिंता की कोई बात नहीं।

भुजंग बाबू बुधवार को सपरिवार रवाना होंगे, सुनकर निकुंज मंगलवार को ही निकल गया। संतोष को उसने पहले ही सूचना दे दी थी। हालाँकि यह नहीं बताया था कि किसलिए आ रहा है। संतोष बत्तीस साल का है, पिछले वर्ष पिता की मृत्यु हो गई। वे थे रामपुर बाजार के पूर्णिमा सिनेमा हाल के मालिक। अब संतोष ही मालिक हो गया है और हिंदी सिनेमा दिखा-दिखाकर पैसा भी खूब कमा लिया है। शायद हिंदी सिनेमा दिखाने के कारण ही उसे निकुंज की योजना में किसी बड़े एडवेंचर की गंध मिली। बोला, "चिंता की कोई बात नहीं निकुंज भैया, मैं अपनी गाड़ी में बिठाकर तुम्हें सीधे श्मशान के सामने उतार दूँगा।

निकुंज को याद नहीं था कि तारापीठ के श्मशान घाट पर ही मंदिर है, और श्मशान पर साधुओं के तंबू गड़े हुए हैं। संतोष ने बताया तो याद आया कि तारापीठ के प्रसिद्ध संन्यासी वामाख्याया श्मशान में ही साधना किया करते थे, ठीक बात है।

बृहस्पतिवार की सुबह से ही निकुंज ने तांत्रिक रूप धारण करना शुरू किया, दाढ़ी-मूँछ और जटा लगाने के बाद उसको पहचानना मुश्किल हो गया। फिर माथे पर चंदन का लेप और लाल टीका लगाकर उसने गले में तीन बड़ी-बड़ी रुद्राक्ष की मालाएँ पहनीं, गेरुआ वस्त्र धारण करते ही संतोष एकाएक कूद पड़ा और बार-बार निकुंज को प्रणाम करने लगा। ओफ निकुंज भैया, क्या रूप धरा है। किसी का बाप भी आपको पहचान नहीं पाएगा। ठीक आपके सामने खड़ा हूँ वरना मैं भी बेवकूफ बन जाता।

इन कुछ महीनों में ही वह रूप धरने की कला में पारंगत हो गया है इसलिए दोपहर ढाई बजे तक मेकअप पूरा हो गया। चिमटा और कमंडल नया खरीदा था, इसलिए उनका भी थोड़ा-सा मेकअप कर पुराना कर लिया। चार बजे तक निकुंज साहा उर्फ घनानंद महाराज एकदम तैयार हो गए। कोई नाम न रखने से काम नहीं चलेगा। हालाँकि निकुंज ने निश्चय किया कि वह बीच-बीच में 'ओम ओम' नहीं कहेगा। साधुओं का संसार ही अलग होता है, साधारण आदमियों के साथ उनका बात करना कोई जरूरी नहीं। नाम की जरूरत तो संतोष के लिए है। उसने ही कहा, "तुम जब गाड़ी से उतरोगे, लोग घेर लेंगे। तब अगर पूछें—कौन हैं तो उन्हें बताने के लिए कोई नाम होना ही चाहिए।" घनानंद खूब भारी-भरकम नाम है। संतोष अब निश्चिंत हो गया।

संतोष अक्सर खुद ही गाड़ी चलाता है। लेकिन इस बार उसने एक ड्राइवर साथ ले लिया। बोला, "मुझे तो साधु बाबा के साथ घूमना पड़ेगा, गाड़ी आपके जिम्मे रहेगी।"

लेकिन निकुंज ने एक बात संतोष से कह ही डाली,"वहाँ पहुँचने पर मैं अकेला ही रहना चाहता हूँ। मैं कालिकानंद को देखना चाहता हूँ। उनके आसपास और भी पाँचेक साधु तो होंगे ही, बल्कि जरूर होंगे। मैं उसी दल में घुस जाऊँगा। तुम मुझसे दूर भक्तों के साथ जाकर बैठ जाना।"

"आप किसी बात की चिंता न करिए निकुंज भैया!"

संतोष की गाड़ी जब तारापीठ श्मशान पर पहुँची तब सूरज डूबने में आधा घंटा बाकी था और पाँच प्राचीन देवालयों जैसी भीड़ यहाँ भी थी—पंडों की भीड़, रास्ते के दोनों किनारों पर बनी दुकानों में गेंदे के फूल, अबीर, कुमकुम, किताबें, कैलेंडर, चाय-बिस्कुट, तेल में निकाली हुई जलेबियों पर बैठी हुई मक्खियाँ, इत्यादि सभी कुछ है।

न्यू महामाया केबिन के बाद यहाँ आकर निकुंज को अद्‍भुत अनुभव हुआ। गेरुआ वस्त्र धारण किए लोगों को देखते ही लोगों के मन में कैसे भक्तिभाव जाग उठता है—यह एक आश्चर्य की बात है। निकुंज ने देखा कि गाड़ी से उतरते ही लोगों ने नमस्कार करना शुरू कर दिया। बच्चे, बूढ़े, औरतें आदमी कोई तो नहीं बचा। निकुंज का हाथ खुद-ब-खुद आशीर्वाद की मुद्रा में उठ गया और वह आगे की ओर बढ़ने लगा। बाद में तो उसे हाथ खींचने का भी अवसर

नहीं मिला। अगर संतोष साथ नहीं होता तो शायद उसे एक जगह पर ही रुकना पड़ता। ''भैया जरा हटिए, माँ निकलने का रास्ता दीजिए, रास्ता दीजिए''—ऐसा करते हुए संतोष निकुंज को एक सुनसान जगह पर ले आया। यहाँ चारों तरफ़ साधुओं की कमी नहीं, इसीलिए अलग से निकुंज की ओर लोगों का ध्यान जाने का कोई कारण नहीं था।

इधर-उधर नजरें दौड़ाकर निकुंज ने देखा कि कुछ दूरी पर बरगद के पेड़ के नीचे भीड़ जमा है। गेरुआ रंग के साथ-साथ वहाँ दूसरे रंग भी दिख रहे हैं। संतोष बोला,''आप यहीं ठहरिए, मैं जरा देख आऊँ क्या कालिकानंद वहीं बैठे हुए हैं। उनके सामने तक आपको पहुँचाकर मेरा काम खत्म। मैं आपको देखता रहूँगा, जब भी चलने की इच्छा हो आप मुझे इशारा करिए मैं समझ जाऊँगा।''

संतोष जाकर देख आया, आकर फुसफुसाकर बोला, ''भीड़ कालिकानंद के लिए ही है। निकुंज भैया आप सीधे आगे बढ़ जाइए। किसी की चिंता मत करिए।''

कोई चिंता निकुंज को वैसे भी नहीं थी। यहाँ पहुँचते ही वह सहज हो गया था और उसे परम तृप्ति का अनुभव हो रहा था। मेकअप में उसकी बराबरी का कोई नहीं इसका उसे पक्का विश्वास हो गया था।

निकुंज उस ओर बढ़ गया जिस ओर भीड़ थी। रास्ते में दो-एक लोगों ने नमस्कार किया। निकुंज ने भी रीति के मुताबिक हाथ बढ़ाकर आशीर्वाद दिया।

उदात्त कंठ से उच्चारित स्वर कुछ दूर से ही सुन पड़ रहा था। निकुंज जैसे-जैसे आगे बढ़ता गया शब्द जोर-जोर से सुनाई पड़ने लगे। कुछ और आगे बढ़ते ही उसे कालिकानंद दिख पड़े, बाघ जैसा चेहरा, वे बैठे भी थे बाघ की छाल के ऊपर और भक्तों को प्रवचन दे रहे थे। सब अर्थहीन बातें, लेकिन बोलने के तरीके में विशेषत्व है। आँखों की नजर में भी कुछ खास बात दिखती है। आँख की पुतली के आसपास जो सफेद रंग होता है वह सफेद नहीं गुलाबी है। गाँजा खाने का परिणाम है क्या? हो भी सकता है।

भक्तों की संख्या पचास से अधिक नहीं होगी, फिर भी एक-एक दो-दो लोग ही आगे बढ़ रहे हैं। वे खड़े हैं, भुजंगबाबू और उनकी पत्नी। भीड़ में कहीं

तनय बाबू भी जरूर होंगे।

कालिकानंद के दोनों ओर और पीछे भी गेरुआधारी बैठे हुए हैं, सभी की दाढ़ी मूँछ और जटाएँ हैं, रुद्राक्ष की माला और पूरे शरीर पर भस्म। अर्थात निकुंज के और उनके चेहरों में अंतर कर पाना मुश्किल है।

निकुंज भीड़ के पीछे की ओर से साधुओं की तरफ बढ़ गया। न मालूम कहाँ से एक गाने के बोल सुन पड़ रहे हैं—

कौन हरि बोल हरि बोल बोलने आया है
जाओ बीच में जाकर देख आओ
देखो पीतवणी आया है और निताई आया है
जिनके सोरे के पायल राँगे के होते हैं

एकाएक गाने के बोल और स्पष्ट सुन पड़े। क्यों? कारण और कोई नहीं, कालिकानंद का प्रवचन बंद हो गया है।

निकुंज की आँखें साधु बाबा की ओर उठीं।

कालिकानंद उसी की तरफ देख रहे थे। टकटकी लगाए। उनकी आँखें क्रोध से फटी जा रही थीं।

निकुंज चलते-चलते रुक गया।

दूसरे साधुओं और भक्तों की नजरें भी उसी की ओर उठी हुई थीं।

कालिकानंद ने उदात्त स्वर में प्रश्न किया, "बाबा जी का रूप धारण किया है," क्यों? गेरुआ वस्त्र धारण करके ही साधु बन जाते हैं? गले में माला पहनने से ही साधु? शरीर में राख लगाने से ही साधु? क्यों? तेरी स्पर्धा तो कम नहीं है? तेरी जटाएँ पकड़कर अगर खींच दूँ, तब क्या होगा? कहाँ जाएगी तेरी साधुगिरी?"

क्षण भर में ही संतोष निकुंज के पास पहुँच गया।

"और नहीं भैया, सीधे गाड़ी में चलें।"

निकुंज के शरीर में जान नहीं, लेकिन फिर भी भागने के अलावा कोई दूसरा रास्ता नहीं। संतोष के कंधे पर सिर रखकर, आँखें बंद-सी कर वह श्मशान के फाटक की तरफ चल पड़ा। कान तो खुले हुए थे, इसीलिए कानिकानंद की बातें सुनाई पड़ ही गईं— "इस तरह साधुओं का परिहास करने का नतीजा क्या होगा,

जानता है तू निकुंज साहा ?"

कलकत्ता पहुँचकर घर बदलना पड़ा। लेकिन उस मुहल्ले में नहीं। भुजंग बाबू के सामने ही घटी थी वह घटना। वे आते ही ढिंढोरा पीटेंगे। सुनकर जब लोग चिढ़ाएँगे तब कान में रुई डालकर नहीं बैठा जा सकेगा। भवानीपुर में कांसरीपाड़ा लेन में भाग्य से एक फ्लैट मिला। फ्लैट क्या डेढ़ कमरों का एक घर। किराया ढाई सौ रुपया। बाप रे बाप—तांत्रिकी में कितना तेज था, कैसी अंतर्दृष्टि थी। पादरी, पुरोहित, मुल्ला, फकीर—इन सबका रूप धरने के लिए निकुंज की पेटी में जो सब सरअंजाम था निकुंज ने उसे पेटी से निकालकर गंगा की लहरों में फेंक दिया।

सहज-स्वाभाविक होने में उसे तीन सप्ताह लगे। इस बीच नए मुहल्ले में दो-एक लोगों से परिचय हुआ है। यहाँ पर भी घर से लगभग आध मील दूर बड़ी सड़क पर एक रेस्तराँ है—नाम पराशर केबिन। यहाँ निकुंज के कलंकमय इतिहास के बारे में कोई भी नहीं जानता—तारक बाबू, नगेन मास्टर, शिबू पोद्दार। शिबू थियेटर में अभिनय करता है। एक दिन जबर्दस्ती निकुंज को तपन थियेटर में 'आज की चिनगारियाँ' दिखाने ले गया था। शिबू ने चलने से पहले कहा था कि देखिएगा कैसा बढ़िया मेकअप किया है। निकुंज यह सोच नहीं पाया कि देखकर हँसेगा या रोएगा। ये मेकअप ! इन लोगों ने बढ़िया मेकअप देखा भी है ? मेरा मेकअप देखकर तो शर्म से इनका सिर झुक जाएगा।

लेकिन दूसरे ही क्षण उसे याद आ गया तारापीठ का अपना अनुभव। लेकिन तांत्रिकों की अलौकिक क्षमता की बातें तो अक्सर सुनने में आती हैं। इतना अवाक् रह जाने की तो कोई बात नहीं। निकुंज से हल्की-सी भूल हो गई थी, इसीलिए ऐसा हुआ।

लेकिन क्या इसी वजह से उसे अपने शौक बर्बाद कर देना होगा ? ऐसा होता नहीं, हो नहीं सकता। उसे अभी और कितनी ही तरह के रूप धरने हैं। जैसे अभी तक उसने असली गुंडे बदमाश का रूप नहीं धरा है। तांत्रिक के अलावा अब तक ऐसे साधारण निरीह मनुष्यों के रूप धरे हैं—जिनकी तरफ वैसे भी लोगों की नजर नहीं जाती—अगर नजर चली भी जाती है तो लोग पहचान नहीं पाते—ऐसे किसी चरित्र का रूप धरे बगैर उसकी सफलता की परीक्षा कैसे होगी ?

कैसा होगा गुंडे बदमाश का चरित्र ? सिर पर कदंब की पत्तियों जैसे बाल, चेहरे पर चार दिन की बढ़ी हुई दाढ़ी, आँख के नीचे घाव का चिह्न—जिसे अंग्रेजी में स्कार कहते हैं—चपटी नाक—पहलवानों जैसा शरीर, हाथ में गोदना, गले में चेन, चारखानेवाली कमीज, जिसकी सामने की बटनें खुली हुई हों और वर्मा की लुंगी।

तारापीठ में हुए अनुभव के बाद निकुंज को छद्म रूप धरने का शौक इस तरह नहीं छोड़ देना चाहिए था। लेकिन शौक कुछ इस तरह नसों में बसा हुआ था कि समय पड़ने पर मालूम हुआ कि निकुंज इस बार दुगुने उत्साह से शीशे के सामने बैठ गया।

सुबह चाय पीकर मेकअप करने बैठा तो उस दिन अखबार पढ़ने का ख्याल निकुंज को नहीं आया। इसलिए खिदिरपुर में एक साथ किए गए दो खूनों की खबर के बारे में भी उसे पता नहीं था और विख्यात गुंडा बाघा मंडल की तस्वीर भी नहीं देखी थी। अगर देखी होती तो निश्चय ही उसने आज कोई दूसरा रूप धरा होता। लगभग छः-एक महीने पहले बाघा मंडल की तस्वीर अखबार में छपी थी—एक दुःसाहसिक डकैती के बाद। उस बार भी बाघा मंडल पुलिस की आँखों में धूल झोंककर भाग निकला था। साधारण जन को सतर्क करने के उद्देश्य से अखबार में तस्वीर छापी गई थी। क्या वह तस्वीर निकुंज ने देखी थी—क्या वह चेहरा निकुंज के अवचेतन मन पर बसा हुआ था ? अगर ऐसा नहीं होता तो निकुंज ने आज बाघा मंडल का रूप क्यों धरा होता ?

अगर तस्वीर देखी भी हो तो बाघा मंडल की ताजा घटना के बारे में निश्चय ही निकुंज को कोई जानकारी नहीं थी। अगर उसे घटना की जानकारी होती तो उसे यह देखकर आश्चर्य नहीं होता कि पराशर केबिन उसके बैठते ही क्यों खाली हो गया।

आखिरकार बात क्या है ? ये सब ऐसा अजीबोगरीब व्यवहार क्यों कर रहे हैं ? मैनेजर उठकर कहाँ गए ? बॉय (पराशर केबिन का नौकर) का चेहरा फक्क क्यों पड़ गया है ? उस कोने में खड़ा-खड़ा वह डर के मारे काँप क्यों रहा है ?

मैनेजर पासवाले दवाखाने से पुलिस को फोन करने गए हैं और वह फोन सुनकर पुलिस की गाड़ी चुंबकीय गति से निकुंज के मुहल्ले में चली आएगी, यह

निकुंज को कैसे पता लगता। फिर भी अक्सर ऐसा होता है कि व्यक्ति के चरम संकट के समय अगर उद्धारकर्ता, उसका भाग्यदेवता पूरा सहारा नहीं देता तो भी थोड़ा सहारा तो दे ही देता है। वह अंगुल-भर का सहारा दिया निकुंज के पास रखी कुर्सी पर पड़े दैनिक अखबार ने। पूरा अखबार देखने की जरूरत नहीं है, जो पन्ना खुला पड़ा है उसी में छपी है हत्यारे बाघा मंडल की तस्वीर और साथ ही दी हुई है संक्षिप्त ताजा खबर।

आज जब निकुंज शीशे के सामने बैठा था तब यही चेहरा धीरे-धीरे उसकी आँखों के सामने उभरता गया था।

तस्वीर देखते ही निकुंज के हाथ-पैरों में जान नहीं। फिर भी अखबार उठाकर निकुंज पूरी खबर पढ़ने का लोभ संवरण नहीं कर सका। और पढ़ते ही सारी बात निर्मल जल की तरह उसके सामने स्पष्ट हो गई।

बाहर निकलकर तेज चाल से (दौड़ने पर लोगों का ध्यान जाएगा) चलकर कांसरिपाड़ा लेनवाले मकान तक आने में दस मिनिट लगे। उसे पीछे से आती गाड़ी की आवाज सुन पड़ी थी और उसका संदेह ठीक ही था वह थी पुलिस की गाड़ी की आवाज—लेकिन उसने पीछे मुड़कर नहीं देखा। आने दो पुलिस को। पुलिस ही बेवकूफ बनेगी। सीढ़ी चढ़कर दुमंजिले में उनके पहुँचने से पहले ही निकुंज छद्‌मवेश उतार फेंकेगा। निकुंज साहा ने तो कोई अपराध नहीं किया है, बाघा मंडल ने किया है।

घर में घुसते ही नौकर से चाय का पानी चढ़ाने के लिए कहकर उसने दरवाजा बंद कर सिटकनी लगा दी। ओह देखो! लोड शेडिंग। अब जापानी जेनरेटर चलाने में समय लगेगा।

चिंता की कोई बात नहीं। मोमबत्ती है। लेकिन पहले कपड़े बदल लेने चाहिए। यह काम तो अंधेरे में भी हो सकता है।

क्षण-भर में ही निकुंज ने लुंगी, शर्टवाला कोट उतार फेंका और खाट पर चढ़कर एक झटके में आलने से पजामा निकालकर पहन लिया। इसके बाद माचिस की एक तीली जलाकर दराज से मोमबत्ती निकाली और उसे जलाकर मेज पर रख दिया।

अभी भी पुलिस की गाड़ी की कोई आवाज नहीं सुन पड़ी। शायद पुलिस मुहल्ले में पूछताछ कर रही है कि किस घर में घुसा है बाघा मंडल। इस मकान

के लोगों ने उसे घुसते नहीं देखा है। सामने या अगल-बगल के मकानों की बाबत उसे मालूम नहीं।

इन्हीं सब चिंताओं के बीच निकुंज ने हाथ चलाना शुरू किया। सबसे पहले नकली मूँछों पर।

नकली मूँछ?

अगर नकली हैं तो खींचने पर निकल क्यों नहीं रहीं? स्पिरिट और गोंद से लगाई हुई मूँछें तो एक बार खींचने पर खुल जाती हैं—तब?

मोमबत्ती मुँह के पास लाकर शीशे की तरफ निकुंज ने झुककर अपना चेहरा देखा तो वह फक्क रह गया।

यह मूँछ तो नकली नहीं लगती। यह तो तुम्हारे चेहरे पर निकली हैं।

ये नकली बाल तो नकली बाल नहीं हैं—ये तो तुम्हारे अपने बाल हैं? ये चार दिनों की बढ़ी हुई दाढ़ी—यह दाढ़ी जिसे उसने एक-एक कर चेहरे पर लगाया है—इसमें भी तो नकलीपन का कोई चिह्न नहीं।

और आँख के नीचे का यह घाव? किस क्षण में जन्मा शिल्पी रंग, ब्रुश, आटे और प्लास्टिसिन की सहायता से ऐसा घाव बना सकता है? यह तो उन्नीस साल पहले एन्टाली के गाँजा पार्क में बद्री शेख के साथ हाथापाई के समय चाकू लग गया था—यह तो उसी का परिणाम है। बाघा तब तक बाघा के नाम से प्रसिद्ध नहीं हुआ था, तब तो उसका नाम राधू मंडल था, उम्र इक्कीस साल थी, हर तरह की गुंडागर्दी में मेघनाथ रक्षित से तालीम ले रहा था।

पुलिस को दरवाजा तोड़कर भीतर घुसना पड़ा। अवचेतन हालत में पड़े बाघा मंडल की ओर टॉर्च फेंककर दरोगा ने नौकर निताई से पूछा, "यह आदमी क्या इसी घर में रहता है?"

"जी हाँ। वे तो हमारे मालिक हैं।"

"नाम क्या है? जानते हो उसको?"

"निकुंज बाबू। साहा बाबू।"

"हूँ... महानुभाव ने रूप धरा है।" ठंडी मुस्कान हँसकर दरोगा बाबू ने कहा। फिर कांस्टेबल की ओर घूमकर बोले, "उसे पकड़कर जोर से हिलाओ तो। होश में आए तो कुछ काम करें।" रिवाल्वर निकालकर बेहोश आततायी की ओर निशाना लगाकर दरोगा खड़े रहे।

हिलाते ही बाघा मंडल के नकली बाल जमीन पर गिर पड़े। उसके बाद मूँछें गिरीं। प्लास्टिसिन से बनाया गया घाव और नकली बढ़ाई हुई नाक नेट समेत निकल आई।

इतनी देर में निकुंज साहा को होश आ गया।

कापालिक की डाँट-फटकार से जो काम नहीं हो सका, वह आज पुलिस की डाँट से हो गया।

अब किताब पढ़कर निकुंज मृदाशिल्प या मूर्तिकला सीख रहा है। गंगा नदी पास ही है। निताई वहाँ से मिट्टी ले आता है। निकुंज का मन है कि निताई उसका पहला मॉडल बने।

अंबर सेन के अंतर्धान होने का रहस्य

''आप मेरी लिखी हुई चीजें सुधार देते हैं,'' लाल मोहन बाबू बोले, ''अब से इसकी जरूरत नहीं पड़ेगी।''

फेलू भैया अपने प्रिय सोफे पर पैर फैलाए हाथों में रूबिक्स क्यूब का एक पिरामिड संस्करण लिए उसे व्यवस्थित करने में लगे हुए थे। उन्होंने मुँह नीचे किए-किए ही कहा, ''अच्छा ! जानते हैं हमारे मुहल्ले में एक सज्जन आए हैं, कल पार्क में उनसे मुलाकात हुई। एक ही बेंच पर बैठकर लगभग आधा घंटा बात की। ग्रेट स्कालर (बड़े विद्वान)। नाम है मृत्युंजय सोम।''

''स्कालर ?''

''स्कालर ! लगता है हार्वाट यूनिवर्सिटी के डबल एम. ए. या इसी तरह की कोई डिग्री उनके पास होगी।''

''ऊफ्फ !'' इस बार फेलू भैया मुँह उठाए बगैर नहीं रह सके। ''हार्वाट नहीं साहब हार्वर्ड, हार्वर्ड।''

''ठीक है वही होगा। हार्वर्ड।''

''हार्वर्ड कैसे समझे ? नाक से अमरीकी मार्का अंग्रेजी बोलते हैं क्या ?''

''अंग्रेजी कुछ ज्यादा बोलते हैं। नाक से बोलते हैं या नहीं, ध्यान नहीं दिया। लेकिन बड़े विद्वान आदमी हैं। बहरामपुर में रहते हैं। एक किताब लिख रहे हैं, उसी पर रिसर्च करने के लिए कुछेक दिनों के लिए कलकत्ता आए हैं। चेहरे पर ऐसा एक भाव है। फ्रैंच कट दाढ़ी, आँखों पर सोने की फ्रेमवाला बाई-फोकल चश्मा, कपड़े-लत्ते भी एकदम दुरुस्त। मैंने 'हंडूरस का हाहाकार' पढ़ने के लिए दिया था। चौंतीस गलतियाँ निकालीं। लेकिन बोले, ''वेरी एजलायबुल'' (बहुत मजेदार है)।

"तब फिर क्या ? आपका पेट्रोल का खर्च काफी कम हो जाएगा। और गड़पार से बालीगंज तक आना-जाना नहीं पड़ेगा।"

"लेकिन बात तो सुनिए..."

बात क्या थी यह पता नहीं लग सका क्योंकि उसी समय फेलू भैया के मुवक्किल अंबर सेन आ गए। नौ बजे मुलाकात तय थी। ठीक नौ बजे हमारी घंटी बजी।

अंबर सेन पैंतालीस-पचास के बीच के लगते हैं, गोरा रंग, दाढ़ी-मूँछ साफ, आँखों पर चश्मा, धोती और कुर्ते के ऊपर एक पुराना बढ़िया कढ़ाईवाला शॉल लिए हुए थे। कश्मीरी शॉल कितनी तरह के होते हैं यह उस दिन फेलू भैया के साथ म्यूज़ियम जाकर देख आया था।

अंबर सेन फेलू भैया के सामनेवाली कुर्सी पर बैठकर बोले, "आप भी व्यस्त आदमी, मैं भी व्यस्त। इसीलिए बेकार समय नष्ट ना कर काम की बात करना ही अच्छा होगा। पहले यह देखिए।"

कुर्ते की जेब से एक कागज निकालकर फेलू भैया की ओर बढ़ा दिया। कापी से फाड़ा हुआ कागज मुड़ा-तुड़ा था, पर हाथ से उसे ठीक करने की कोशिश की गई थी। कागज पर लाल स्याही से लिखा था—"भयंकर विपत्ति का सामना करने के लिए तैयार हो जाओ। और सात दिनों की भियाद दे देता हूँ। भागने पर भी रास्ता नहीं खोज पाओगे।"

कागज को घुमा-फिराकर फेलू भैया ने प्रश्न किया, "कैसे मिला आपको ?"

"अपने घर में पहली मंजिल पर अपने पढ़ने-लिखनेवाले कमरे में," सज्जन बोले, "रात को खिड़की से फेंका गया कागज मेरे डेस्क के ऊपर आकर गिरा। सुबह मेरे नौकर लक्ष्मण को मिला। वह मेरे पास ले आया।"

"आपका कमरा रास्ते की ओर है क्या ?"

"नहीं। कमरे के बाहर बगीचा है, उसके बाद चाहरदीवारी है, उसके बाद रास्ता। लेकिन दीवार से कूदना आसान है।"

"भयंकर विपत्ति की बात लिखी है, है क्या ?"

अंबर सेन ने सिर हिला दिया, "देखिए मिस्टर मित्तिर, मेरे साथ कोई झमेला नहीं। व्यापारी हूँ। लेकिन काम यानी असली काम मेरा भाई ही करता

है। मेरे पाँच प्रकार के और शौक हैं, उन्हीं में व्यस्त रहता हूँ। याद नहीं आता कि जान-बूझकर कभी किसी का नुकसान किया हो। और ऐसा नुकसान तो निश्चय ही कभी नहीं किया कि ऐसी धमकी भरी चिट्ठी मिलती। मुझे तो पूरी बात एकदम निराधार लगती है।''

फेलू भैया ने भौंहें सिकोड़कर कुछ सोचकर कहा, ''हाँ, यह एक प्रकार का मनोरंजन भी हो सकता है—जिसे कहते हैं प्रैक्टिकल जोक। आपके मुहल्ले के आस-पास उच्छृंखल लड़कों का डेरा तो नहीं है।''

''हम लोग पाम एवेन्यू में रहते हैं,'' अंबर सेन बोले, ''पूर्व की तरफ कुछ दूर पर एक मुहल्ला है वहाँ वैसे लड़के रहते हों तो कोई आश्चर्य नहीं।''

''पूजा का चंदा माँगने के लिए आते हैं?''

''आते हैं, लेकिन चंदा तो मैं नियमित देता हूँ।''

श्रीनाथ चाय ले आया, इसीलिए कुछ देर तक काम की बात नहीं हुई। लालमोहन बाबू दो बार मुँह के भीतर-ही-भीतर 'रिवेंज' (बदला) बोले। फेलू भैया ने उसी वक्त हम दोनों का परिचय उस सज्जन को दे दिया।

''आप ही हैं प्रसिद्ध लालमोहन गाँगुली?''

''हाँ, हाँ।''

सज्जन ने बड़ी तृप्ति से चाय की चुस्की ली और फिर फेलू भैया से बोले, ''असल में आपके बारे में मैं आपकी कहानियों से ही जानता हूँ। इसीलिए लगा कि आपके पास ही हूँ।''

''पुलिस को खबर नहीं दी?'' फेलू भैया ने प्रश्न किया।

''मेरे भाई ने पुलिस को खबर देने की बात कही थी, लेकिन इन सब मामलों में मैं जरा दकियानूसी हूँ। प्रचलित नियम-कानूनों को झटपट मानने की इच्छा नहीं होती। और सच कहूँ तो अब भी लगता है कि इतना घबराने की कोई बात नहीं हुई है, आपके पास आया हूँ इसका एक कारण यह भी है कि आपसे मिलने की इच्छा थी। हमारे परिवार के लगभग सभी लोग आपसे परिचित हैं।''

''परिवार में और कौन-कौन है?''

''मेरा भाई अंबुज। उसने शादी की है, मैंने नहीं की। अंबुज की पत्नी है, दसेक साल की एक बेटी। बेटे दोनों बड़े हैं वे बाहर रहते हैं। इसके अलावा मेरी विधवा माँ है और हमारा एक दूर का रिश्तेदार। वह हमारे घर पर ही बड़ा हुआ

है। परिवार के सदस्य की तरह ही है, इसके अलावा तीन नौकर, एक चौका-बर्तनवाली, रसोईदारिन, माली, दरबान और ड्राइवर। हम पाँच बटा एक पाम एवेन्यू में रहते हैं। पिता थे प्रसिद्ध हार्ट स्पेशलिस्ट (हृदय रोग विशेषज्ञ) अनाथ सेन।''

लेकिन फेलू भैया के चेहरे पर प्रश्न चिह्न देखकर सज्जन बोले, ''आपको मैंने सिर्फ बात बता दी। हो सकता है प्रैक्टिकल जोक के अलावा यह और कुछ न हो, लेकिन मालूम ही होगा कि प्रसिद्ध व्यक्तियों को ऐसे मनोरंजन का टारगेट कभी-कभी बनाया जाता है, लेकिन मैं तो उनमें से नहीं हूँ, इसीलिए...''

फेलू भैया बोले, ''समझते ही होंगे कि अगर यह धमकी बेबुनियाद हो तो मैं भी कुछ नहीं कर सकता। खैर जो भी हो, यह चिट्ठी अभी मैं रख लूँ?''

''जरूर,इसे तो आपको देने के लिए ही लाया था।''

ऐसी धमकी भरी चिट्ठी लेकर अंबर सेन का फेलू भैया के पास इस तरह आना कुछ विचित्र लगा। दूसरे दिन सुबह पाम एवेन्यू से जो फोन आया उससे पूरी घटना ने एक नया ही मोड़ लिया।

बैठक से फेलू भैया के कमरे में फोन ट्रांसफर कर कान लगाकर जो सुना, वह था—

''कौन, मिस्टर मित्तिर?''

''जी, बोल रहा हूँ।''

''मैं अंबुज सेन बोल रहा हूँ। शायद कल एक धमकी भरी चिट्ठी लेकर मेरे भैया आपके पास गए थे?''

''हाँ, हाँ।''

''वेल! ही इज़ मिसिंग।'' (अच्छा, वे लापता हो गए हैं)

''मतलब?''

''भैया मिल नहीं रहे।''

''मिल नहीं रहे?''

''नहीं। भैया रोज सुबह गाड़ी में बैठकर निकलते हैं, गंगा के किनारे गाड़ी खड़ी कर एक-दो मील सैर करते हैं। आज भी गए थे, लेकिन आज लौटे नहीं।''

''यह क्या?''

''एक घंटा इंतजार कर ड्राइवर गाड़ी लेकर लौट आया। उसने खूब अच्छी तरह खोजा पर दादा मिले नहीं।''

''पुलिस को खबर की?''

''एक मुश्किल है मिस्टर मित्तिर। मेरी माँ अस्सी साल की हैं, स्वास्थ्य भी ठीक नहीं। अभी भैया के बारे में उन्हें कुछ नहीं बताया। पुलिस के आने पर बात दबाकर नहीं रखी जा सकती। तब उन्हें सँभालना मुश्किल होगा। इसीलिए हम लोगों की इच्छा है कि यह मामला आप ही सँभालिए। आप पर हम सबका पूरा विश्वास है। हम लोग आपको उचित पारिश्रमिक देंगे। ...बिल्कुल नहीं। आप यहीं चले आइए। हमारे घर का नंबर तो मालूम है?''

''पाँच बटा एक पाम एवेन्यू।''

''हाँ, हाँ।''

साहबों जैसा बड़ा सा दुमंजिला घर—सामने गाड़ी खड़ी करने की जगह, आगे एक छोटा-सा बागीचा और पीछे हरा-भरा-सा देखकर लगा कि शायद टेनिस कोर्ट जैसा कुछ हो। फाटक पर सफेद पत्थर पर अंबर बाबू के पिता का नाम, नाम के बाद बहुत से अंग्रेजी अक्षर, अर्धविराम और विराम चिह्न। सबके बाद ब्रेकेट में 'एडिन' लिखा हुआ देखकर समझा कि डाक्टरी पढ़ने के लिए उन्हें स्कॉटलैंड जाना पड़ा होगा।

हमारी टैक्सी की आवाज सुनकर जो सज्जन बाहर आए वे अंबर बाबू से मिलते-जुलते थे लेकिन वे नाटे, मोटे और काले थे। अर्थात चेहरे का मेल अगर छोड़ दिया जाए तो वे अंबर बाबू से ठीक उलट।

हमें देखकर वे मुस्कराए, लेकिन चिंता के कारण मुस्कान तुरंत गायब हो गई।

''आइए, भीतर आइए!''

सफेद पत्थरवाली बीच की जगह पार कर हम बैठकखाने में घुसे। यहाँ भी संगमरमर, उसके ऊपर गलीचा और उस पर कीमती फर्नीचर। जिस सोफे पर बैठा उसकी गद्दी इतनी नरम थी कि बैठने पर लगभग छः इंच धँस गई।

''रूना, आओ।''

फ्रॉक पहने हुए एक लड़की दरवाजे के पास आकर खड़ी हो गई और फेलू भैया की ओर आश्चर्य भरी नजरों से देखने लगी। अंबुज बाबू के बुलाने पर धीमी चाल से कमरे के भीतर घुसी।

''वे कौन हैं जानती हो?'' अंबुज बाबू ने प्रश्न किया।

''फेलू भैया!'' दबे स्वर में उत्तर मिला।

''और वे?''

''तपस।''

''अरे वाह, तुम तो हम दोनों को पहचानती हो,'' फेलू भैया बोले।

''जटायु कहाँ है?'' लड़की ने प्रश्न किया।

सब जान गए कि वह इस तीसरे व्यक्ति को ना देखकर कुछ हताश हुई है।

''वे तो आए नहीं,'' फेलू भैया बोले, ''लेकिन उन्हें एक दिन जरूर लाऊँगा।''

''तपस इतना झूठ क्यों बोलता है?''

यह क्या! मेरी इतनी बदनामी क्यों?

''झूठ मतलब?'' फेलू भैया ने प्रश्न किया।

''एक किताब में लिखा फेलू भैया उनके मौसेरे भाई हैं, और एक किताब में लिखा ताऊ जी के लड़के हैं। झूठ ही तो हुआ।''

फेलू भैया ने मुझे बचा लिया। बोले, ''हाँ, ठीक है,पहले मौसेरा भाई लिखा, तब वे झूठ-मूठ गढ़कर लिखने की कोशिश कर रहे थे। मैंने डाँटा तो सच लिखना शुरू किया। ताऊ जी का लड़का ही हूँ।''

''आपके सारे एडवेंचर (साहसिक काम) पढ़े हैं,'' अंबुज सेन बोले।

''ताऊ जी को खोज लोगे तुम?'' फेलू भैया की ओर सीधे देखकर रूना बोली।

''कोशिश करनी पड़ेगी।'' फेलू भैया बोले।

''तुम यदि कोई क्लू (सुराग) ढूँढ़ सकौ तब तो कहना ही क्या?''

''क्लू?''

''क्लू जानती हो ना?''

''जानती हूँ।''

"है कोई सुराग तुम्हारे पास जिसके सहारे हम फट से तुम्हारे ताऊ जी को खोज निकालें ?"

"सुराग, वह तो तुम ढूँढ़ोगे। जासूस तो तुम हो।"

"ठीक कह रही है। बड़ी चालाक लड़की है। तुम्हारा क्या नाम है ? एक नाम तो जानता हूँ, दूसरा क्या है ?"

"स्कूल का नाम झरना।"

फेलू भैया अंबुज बाबू की ओर देखकर बोले, "देखिए, अगर आप लोगों से कोई सहायता न मिली तो काम करने में मुझे मुश्किल होगी।"

"कैसी सहायता, बोलिए ना !"

"पहले तो आप लोगों के साथ बातचीत करनी होगी। आपके भैया से तो मेरी कुछेक मिनट की ही मुलाकात है। उन्हें अच्छी तरह समझना होगा। उनका पढ़ने-लिखनेवाला कमरा भी देखना होगा यहाँ तक कि जरूरत पड़ने पर उनकी चीजें भी अच्छी तरह देखनी होंगी। आशा है आपको कोई आपत्ति नहीं होगी।"

"बिलकुल नहीं," अंबुज बाबू बोले।

"और आपके भैया सुबह जहाँ सैर के लिए जाते थे वह जगह भी देख आने की जरूरत है।"

"कोई असुविधा नहीं। हमारा ड्राइवर विलास ही आपको गाड़ी में ले जाकर वह जगह दिखा लाएगा।"

फेलू भैया सोफे से उठकर चहलकदमी करने लगे। तीन बड़े-बड़े बुक-शेल्फों में किताबें भरी हुई थीं, उनकी नजरें उन्हीं बुकशेल्फों पर गड़ी हुई थीं।

"ये सब किताबें किसकी हैं ?"

"भैया की।"

"तरह-तरह के विषयों में रुचि रखते हैं ?"

"जी हाँ।"

"यहाँ तक कि जासूसी पर भी किताबें हैं।"

"हाँ, एक जमाने में उस पर भी किताबें पढ़ी हैं।"

"विज्ञान, इतिहास, पाकशास्त्र, मुद्रा संग्रह, थियेटर (नाटक)..."

"नाटक तो भैया का नशा ही है। पूजा के समय हमारे मैदान में स्टेज

बनाया जाता है। नाटक होते हैं। भैया ही निर्देशक; परिवार के सभी लोग रंग-रूप बदलकर स्टेज पर आ जाते हैं यहाँ तक कि वह भी।'' रूना की ओर देखकर अंबुज बाबू बोले। रूना अब भी उसी तरह अवाक् फेलू भैया की ओर देख रही थी।

''अब अंबर बाबू का पढ़ने-लिखने का कमरा दिखाएँगे?''

''आइए, मेरे साथ।''

अंबुज बाबू सोफे से उठ खड़े हुए। बैठक के पास एक पैसेज, पैसेज से होकर पीछेवाले मैदान की तरह के एक कमरे में हम घुसे।

पूर्व की ओरवाली खिड़की से धूप आ रही थी जिसके कारण कमरे में रोशनी थी। एक बड़ा-सा डेस्क उसके सामने एक रिवॉलविंग कुर्सी और उसके दूसरी तरफ और दो कुर्सियाँ। खिड़की के पास एक आरामकुर्सी। इसके अलावा मेज के पीछे की ओर एक शेल्फ, एक केबिनेट और एक गोदरेज की अलमारी रखी हुई थी। उसके पासवाली दीवार में फोल्डिंग ब्रैकेट पर राखी रंग का एक कोट टँगा हुआ था।

डेस्क के ऊपरी हिस्से को देखकर लगा अंबर बाबू बड़े व्यवस्थित आदमी थे। कागज-पत्र, टेलीफोन, पेनहोल्डर, पिनकुशन, पेपरवेट, चिट्ठियाँ रखने का रैक सब अच्छी तरह सजे हुए थे। एक तारीख-कैलेंडर रखा हुआ था, उस पर तीन दिन पहले की तारीख लगी हुई थी। उसे देखकर मुझे भी खटका हुआ, फेलू भैया ने उसकी ओर अंबुज बाबू का ध्यान खींचा तो अंबुज बाबू बोले, ''भैया को कुछेक दिनों से कुछ उखड़ा-उखड़ा देख रहा था, लेकिन साधारणतया भैया से ऐसी गलती नहीं होती।''

''दराज खोलकर देखूँ क्या?'' फेलू भैया ने प्रश्न किया।

''देखिए ना।''

एक के बाद एक तीनों दराजें खोलकर उनमें रखी चीजें फेलू भैया ने देखीं, लगा कि ऊपर के दराज में मिले कागज के एक टुकड़े में उनकी दिलचस्पी जागी है, क्योंकि उसे उन्होंने घुमा-फिराकर देखा।

''आपके भैया हिमालय ऑप्टीकल्स से चश्मा बनवाते थे?''

''हाँ।''

''एक कैशमेमो मिला है। उस पर सात दिन पहले की तारीख पड़ी हुई है।

नया चश्मा बनवाया था क्या?''

''नहीं तो।'' रूना बोली। वह भी हमारे पीछे-पीछे आई है।

''तुम्हें कैसे मालूम, रूना?'' फेलू भैया ने प्रश्न किया।

''मुझे तो दिखाया नहीं ताऊ जी ने।''

अंबुज बाबू हल्के से मुस्कराकर बोले, ''भैया कब क्या कर रहे हैं, इसकी खबर हमें हमेशा नहीं मिलती थी।''

हम लोग अंबुज बाबू के पढ़ने-लिखनेवाले कमरे से निकल आए।

''आप लोगों के एक आत्मीय स्वजन भी शायद यहीं रहते हैं,'' पैसेज से निकलकर फेलू भैया बोले, ''आपके यहाँ ही बड़े हुए हैं?''

''कौन समरेश? हाँ रहता तो है।''

फेलू भैया के अनुरोध पर समरेश बाबू को बुला भेजा गया। पैंतीसेक साल की उम्र, चेहरे पर चेचक के दाग, आँखों पर चश्मा। उनके चेहरे पर बेचैनी, हमसे दसेक हाथ दूर आकर खड़े हुए।

''बैठिए,'' फेलू भैया बोले।

समरेश बाबू काफी दूर रखी एक कुर्सी पर बैठ गए

''आपकी पदवी क्या है?''

''मल्लिक।''

''कितने दिनों से हैं इस घर में?''

''पच्चीस साल से।''

''करते क्या हैं?''

''एक फिल्म डिस्ट्रिब्यूशन ऑफिस (फिल्म वितरण कार्यालय) में काम करता हूँ।''

''कहाँ?''

''धरमतल्ले में।''

''कंपनी का क्या नाम है?''

''कोहिनूर पिक्चर्स।''

''कितने दिनों से वहाँ हैं?''

''सात साल से।''

''इसके पहले क्या करते थे?''

''इस घर का काम-काज ।''

वे दोनों हाथ समेटे खड़े हुए थे । उनके चहेरे पर अब जाऊँ अब उठूँ का भाव ।

''आप अंबर बाबू के अंतर्धान होने के संबंध में कोई सुराग दे सकते हैं ?''

समरेश बाबू चुप । फेलू भैया बोले, ''मालूम है उन्हें एक धमकी भरी चिट्‌ठी मिली थी ?''

''जानता हूँ ।''

''आपका कमरा क्या पहली मंजिल पर है ?''

''हाँ ।''

''अंबर बाबू से मिलने बाहर के लोग आते थे ?''

''हाँ आते थे, कभी-कभी ।''

''हाल ही में किसी ऐसे आदमी को देखा था जिसे पहले कभी नहीं देखा ?''

''इस पर ध्यान नहीं दिया । लेकिन...''

''लेकिन क्या ?''

''इस मुहल्ले में कुछ लड़कों को देखा है जिन्हें पहले कभी नहीं देखा ।''

''कहाँ ?''

''मोड़ के किनारे ।''

''वे क्या करते थे ?''

''लगता था इस घर पर नजर रख रहे थे ।''

''उनकी उम्र क्या थी ?''

''बीस से पच्चीस साल के बीच होंगे ।''

''कितने लड़के थे ?''

''चार ।''

फेलू भैया कुछ देर चुप रहे, न मालूम क्या सोचा । फिर बोले, ''अच्छा ठीक है, अब आप जा सकते हैं ।''

इस बातचीत से फेलू भैया को कोई सुराग मिला या नहीं, कह नहीं सकता । जिस बात से लगा कि सचमुच काम बना, वह थी अंबुज बाबू की पत्नी से हुई बातचीत ।

काफी सुंदर महिला इसके अलावा बुद्धिमान भी । उम्र चालीस से अधिक ही

होगी, पर देखने में चालीस से कम की लगती हैं। दूसरी मंजिल की एक छोटी-सी बैठक में बैठकर बातचीत हुई।

फेलू भैया ने पहले ही क्षमा चाही, उन्हें इस तरह परेशान करने के लिए।

''इसमें क्या,'' श्रीमती अंबुज सेन बोलीं, ''जासूस को इस तरह सवाल-जवाब करना पड़ता है। वह तो फेलू भैया की कहानियाँ पढ़कर मालूम हुआ है। जासूसी कहानी पढ़ने में बड़ा अच्छा लगता है।''

''तब तो अच्छा ही हुआ,'' फेलू भैया बोले। ''मेरी सबसे बड़ी मुश्किल क्या है बताऊँ? अंबर बाबू को धमकी-भरी एक चिट्ठी मिली थी, शायद आपको मालूम हो?''

''हाँ मालूम है।''

''वह चिट्ठी देखी है?''

''हाँ, देखी है।''

''मैंने अंबर बाबू से पूछा था कि उनके जीवन में ऐसी कोई घटना घटी थी या नहीं जिससे किसी आदमी का सर्वस्व लुट सकता हो। वे बोले थे कि ऐसी किसी घटना की उन्हें याद नहीं। हाँ, मुझे कहना चाहिए था कि जरूरी नहीं है कि ऐसी कोई घटना हाल की हो, पुरानी हो तो भी बताइए, क्योंकि कई बार बदले की भावना आदमी अपने मन में छिपाए रखता है। मैं जानना चाहता हूँ कि आपको ऐसी किसी घटना की जानकारी तो नहीं है? बीस साल पहले भी घटी हो तो भी बताइए।''

श्रीमती अंबर सेन कुछ देर चिंतित रहीं फिर बोलीं, ''फिर आपको बताऊँ। आप देखिए ऐसी किसी घटना की बात पूछ रहे हैं या नहीं। कल रात एकाएक मुझे याद आया। अभी मैंने अपने पति को भी नहीं बताया।''

''क्या घटना,बताइए तो।''

''एक एक्सीडेंट हुआ था।''

''एक्सीडेंट!''

''बहुत दिन पहले। तब रूना नहीं आई थी। शायद उसके दूसरे साल ही उसका जन्म हुआ। मेरे जेठ तब खुद ही गाड़ी चलाते थे। मेरे ससुर की गाड़ी। अस्टिन। श्याम बाजार की तरफ एक आदमी उनकी गाड़ी के नीचे आ गया। वह आदमी मर गया।''

हम दोनों चुप। कमरे का वातावरण बोझिल हो गया। अंबुज बाबू पास ही बैठे थे, दबे स्वर में बोले, "आश्चर्य, यह तो मुझे याद ही नहीं था।"

"और क्या याद आ रहा है?" फेलू भैया ने दोनों से प्रश्न किया।

"निम्न-मध्य वर्गीय परिवार," अंबुज बाबू बोले, "वे सज्जन क्लर्क थे।"

"नाम याद आ रहा है?"

"ऊहूँ।"

"पत्नी थी, तीन बेटे-बेटियाँ थीं," श्रीमती सेन बोलीं, "लड़के की उम्र तेरह-चौदह साल रही होगी। बेटियाँ दोनों छोटी थीं। विपण के हाथ में पाँच हजार रुपए रख दिए।"

"किसने, अंबर बाबू ने?"

"हाँ।"

"उस दिन से भैया ने आज तक गाड़ी नहीं चलाई।" अंबुज बाबू बोले, "अब याद आया।"

"हूँ..." फेलू भैया कुछ देर चुप रहे, "मतलब हुआ अब उस लड़के की उम्र पच्चीसेक साल होगी। इस घटना के कारण परिवार का सर्वनाश हुआ होगा यह तो बिलकुल स्वाभाविक है। पाँच हजार रुपए से कितने दिन निकले होंगे।"

"इससे अधिक और कुछ याद नहीं आ रहा," श्रीमती सेन बोलीं।

"मुझे भी नहीं," अंबुज बाबू बोले।

"अंबर बाबू डायरी लिखते थे क्या?" फेलू भैया ने प्रश्न किया।

"कहाँ, अब तक तो कभी सुना नहीं," अंबुज बाबू बोले।

फेलू भैया खड़े हो गए। "बहुत-बहुत धन्यवाद श्रीमती सेन! आपने अँधेरे में रोशनी दिखाई है, इसके लिए मैं आपका विशेष रूप से कृतज्ञ हूँ।"

"लेकिन हम जी-जान से चाहते हैं कि आप भैया का पता लगा दें।" बात श्रीमती सेन ने इतनी आंतरिकता से कही थी कि क्या बताऊँ।

अंबर बाबू की बीमार माँ को परेशान करने से कोई लाभ नहीं, इसीलिए हम लोग सेन परिवार की एंबैसडर में पाम एवेन्यू से गंगा के किनारे चले गए।

"जिस दिन वे नहीं लौटे उस दिन मैं हैस्टिंग्स तक जाकर उन्हें खोज आया। रास्ते में लोगों को रोक-रोककर पूछा। गाड़ी रोक-रोककर रास्ते में

उतर-उतरकर खोजा कि कहीं गिर तो नहीं पड़े। दिल कमजोर था ना।"

"रास्ते में जो लोग बाग में मिले वे कैसे थे?"

"सुबह इस तरह काफी भीड़ होती है। सब घूमने-फिरने आते हैं। लेकिन यूँ हावड़ा ब्रिज की तरफ सुनसान रहता है। बाबू तो उसी तरफ जाया करते थे। अगर कुछेक जवान खींचकर गाड़ी में बैठा लें तो किसी को पता भी नहीं लगेगा।"

दस मील की गति से गाड़ी चलवाकर हम लोग हैस्टिंग्स तक घूम आए लेकिन संदेहास्पद कुछ भी नहीं मिला।

इसके बाद दो दिन तक पाम एवेन्यू से कोई खबर नहीं आई। बृहस्पतिवार, की शाम को लालमोहन बाबू ने आते ही कहा, "बात कुछ आगे बढ़ी?" अंबर सेन के लापता हो जाने की खबर सुनकर लालमोहन बाबू की आँखें चढ़ गईं। बोले, "आपको एक भी मामले में असफल नहीं देखा। आप बड़े भाग्यवान हैं।"

"आपके विद्वान पड़ोसी महान मृत्युंजय सोम के क्या हाल हैं?"

"दुर दुर। विद्वान नहीं सिर।"

"यह क्या साहब, इस बीच फिर क्या हो गया? उस दिन तो अतिरंजना में बातें कर रहे थे।"

"और कुछ मत कहिए साहब।"

"क्यों? क्या हुआ?"

"बताने में भी शर्म आती है।"

"अरे मुझसे क्या शर्म? कह डालिए ना।"

बात क्या है मालूम नहीं, लेकिन लालमोहन बाबू उसे बताना नहीं चाहते, इतना समझ रहा हूँ। इधर फेलू भैया भी बिना जाने छोड़नेवाले नहीं। अंततः उन्हें बताना ही पड़ा।

"अरे साहब, सोच सकते हैं, उन्होंने प्रदोष मित्र का नाम नहीं सुना। आपका मित्र कहकर अपना परिचय दिया, एकदम मूर्ख बन गया। बोले—हू इज प्रदोष मित्र?"

"इससे क्या हुआ, इतने बड़े विद्वान, हार्वर्ड के डबल एम. ए. मैंने भी तो उनका नाम नहीं सुना।"

इस बात से शायद लालमोहन बाबू कुछ आश्वस्त हुए। बोले, "हाँ, ठीक

ही कह रहे हैं। इतनी बड़ी दुनिया में कितने आदमी कितनों को पहचानते हैं। और शायद उनका अधिकतर समय विदेश में बीता है। इसीलिए क्षमा किया जा सकता है, क्यों ठीक है ना?"

हम बातचीत कर ही रहे थे कि पाम एवेन्यू से फोन आया। अंबुज सेन। उनके नाम एक बेनामी चिट्ठी आई है। टेलीफोन पर उसे पढ़कर सुनाया सज्जन ने।

"कल शाम साढ़े छः बजे सौ-सौ रुपए के दो सौ नोट लेकर अर्थात् एक बेग में 20,000 रुपए भरकर प्रिंस घाट के दक्षिणी-पूर्वी कोने के किनारेवाले खंभे के पास रख जाइए। अंबर सेन को ठीक हालत में पाने का यही एक उपाय है। पुलिस या जासूस की सहायता लेने का परिणाम बुरा होगा।"

फेलू भैया ने फोन पर कहा, "अभी तुरंत किसी नतीजे पर पहुँचने की जरूरत नहीं। अभी हमारे पास चौबीस घंटे हैं। इस बीच मुझे कुछेक काम करने हैं। कल दोपहर दो बजे तक मैं आपके घर आकर बता दूँगा कि आप लोगों को क्या करना चाहिए। लेकिन हाँ, रुपए की व्यवस्था कर रखिए। वह बहुत जरूरी है।"

"लेकिन जासूस की सहायता लेने पर धमकी देने की बात की है," फेलू भैया के फोन रख देने के बाद लालमोहन बोले।

फेलू भैया ने सिर्फ इतना कहा, "मालूम है।"

रॉकेट की गति से मामला आगे बढ़ रहा था। यह रुपया न दिया जाए तो दूसरा उपाय क्या है मुझे भी नहीं समझ आ रहा।

"लालमोहन बाबू, कल आपकी गाड़ी मिल सकती है क्या?" लगभग पाँच मिनट चुप रहकर फेलू भैया ने अन्ततः प्रश्न किया।

"एनी टाइम" (किसी भी वक्त) जटायु बोले। "कब चाहिए? बोलिए?"

"सुबह एक बार निकलूँगा। साढ़े नौ के लगभग मिल जाए तो ठीक रहेगा। एक-दो घंटे में मेरा काम हो जाएगा। इसके बाद शाम पाँच बजे के लगभग अगर आप गाड़ी ले आएँ तो अच्छा रहेगा।"

"वेरी गुड।"

इसके बाद फेलू भैया ने और कोई बात नहीं की।

दूसरे दिन फेलू भैया लालमोहन बाबू की गाड़ी में निकले। अकेले ही

निकले, इसलिए कहाँ गए, क्या किया, जानने का कोई उपाय नहीं। लगभग बारह बजे लौटे तो देखा उनके मुँह का भाव बदल गया है।

''क्या निश्चित किया फेलू भैया ?'' डरते-डरते पूछा।

''रुपए देने ही होंगे,'' फेलू भैया बोले। ''लेकिन हाँ, जासूसवाली धमकी मानने की जरूरत नहीं।''

''मतलब ? तुम खुद रहोगे वहाँ ?''

''फेलू मित्तिर इतनी जल्दी घबड़ानेवाले आदमी नहीं, तपस।''

''और हम ? हम कहाँ रहेंगे ?''

''तुम लोग भी आसपास ही रहना, क्योंकि हेल्प की जरूरत हो सकती है।''

मैं तो उनकी बात सुनकर चौंक गया।

दोपहर को खा-पीकर हम लोग पाम एवेन्यू गए।

अंबुज बाबू घर पर ही थे, फेलू भैया को देखते ही बेचैन हो उठे। ''कल रात आँखों से नींद ही गायब हो गई। देखते-देखते, देखिए तो सही क्या हो गया।''

फेलू भैया गंभीर होकर बोले, ''रुपए तो आपको देने ही होंगे, मिस्टर सेन। अंबर बाबू को वापिस पाने का यही एक रास्ता है।''

''तुम पकड़ नहीं पाए अब तक ?'' रूना कमरे में घुसते हुए दरवाजे पर ही चिल्ला उठी।

''बहुत कुछ पकड़ लिया है रूना,'' फेलू भैया बोले। ''कोशिश कर रहा हूँ ताकि आज शाम तक बाकी बचा हुआ भी पकड़ लूँ।''

''बस, ठीक है।''

रूना काफी निश्चिंत दिखी। फेलू भैया की कोशिश नाकाम होगी तो उसे भयानक दुख होगा।

''फिर क्या करना ठीक रहेगा ?'' अंबुज बाबू ने प्रश्न किया। ''हाँ, रुपए का इंतजाम कर लिया है। घर में इतना नकद रुपया नहीं रहता इसीलिए आज समरेश को भेजकर बैंक से मँगवा लिया है।''

''वह रुपया और जिस बैग में रुपया दिया जाएगा—ये दोनों चीजें मैं एक बार देखना चाहता हूँ।''

रुपया और बैग मँगवाया गया। इतना रुपया पहले कभी एक साथ देखा है क्या ? याद तो नहीं आता।

फेलू भैया के सामने ही सौ-सौ के बीस नोटों की दस गड्डियों में रबर बैंड लगाकर बैग के भीतर भर दी गईं। परिणामस्वरूप बैग कछुए की पीठ जैसा हो गया।

''वैरी गुड.'' फेलू भैया बोले। ''अब हम लोग पौने छः बजे के लगभग निकलें।''

अंबुज बाबू चौंक उठे,''यह क्या आप जाएँगे?''

''अपराधी को पकड़ने की कोशिश मुझे करनी ही होगी, मिस्टर सेन! आप रुपया रख आइए, और वह आदमी उसे उठाकर ले जाएगा, ऐसा तो नहीं होने देना चाहिए। अंबर बाबू का वापिस मिलना जरूरी है, लेकिन उसके साथ इन गुंडों को भी सजा मिलनी चाहिए कि नहीं? नहीं तो वे सब तो ऐसे कुकर्म करते ही रहेंगे। लेकिन आप चिंतित मत होइएगा। सावधानी बरते बगैर मैं कुछ नहीं करता।''

''तब फिर...''

''मैं बता रहा हूँ आप ध्यान से सुनिए। आप अपनी गाड़ी में रुपए लेकर जाइएगा। न्यू हावड़ा ब्रिज की ओर से आइएगा। उस तरफ भीड़भाड़ नहीं रहती। प्रिंस घाट से लगभग दो सौ गज की दूरी पर गाड़ी खड़ी कर आप ड्राइवर से रुपए रख आने के लिए कहिए। मैं वहीं आसपास ही रहूँगा। काम सही तरीके से हो रहा है या नहीं, वह मैं देखूँगा। हम लोग काम हो जाने के बाद मिलेंगे, रेस्तराँ के सामने। आप रुपया रखकर सीधे वहाँ चले आइएगा। मैं भी वही करूँगा। अपराधी को अगर पकड़ पाया तो वह मेरे साथ ही होगा, इतना कहना ही काफी है।''

अंबुज बाबू को लगा कि वे बहुत नर्वस (उत्तेजित) हो रहे हैं। नर्वस होना स्वाभाविक ही है। रुपए भी तो कम नहीं। और गुंडे क्या करेंगे. क्या नहीं, कौन जाने?

शाम को साढ़े चार बजे लालमोहन बाबू के आते ही फेलू भैया बोले, ''साहब, ऐसा मामला मुझे पहले कभी नहीं मिला।''

''हाँ, मुझसे पूछा जाए तो मैं अब भी नहीं बता पाऊँगा कि इसकी विशेषता किस चीज में है।''

''फिर हम क्या करें?'' लालमोहन बाबू ने प्रश्न किया।

''ध्यान से सुनिए,'' फेलू भैया बोले। ''तुम भी सुनो तपस। साढ़े पाँच बजे आप अपनी गाड़ी में तपस को लेकर गे रेस्टोरेंट जाइए। वहाँ अपनी पसंद का जलपान कर सवा छः बजे रेस्टोरेंट से निकलकर सीधे दक्षिणी प्रिंस घाट देखते हुए चले जाइए। गाड़ी रेस्टोरेंट के सामने खड़ी कर दीजिएगा। खंभेवाले घाट से कुछ पहले ही दाहिनी ओर एक गुंबजवाली बैठने की जगह दिखेगी। दोनों जने वहाँ जाकर बेंच पर बैठ जाइएगा। चेहरे पर कुछ ऐसा भाव रखिएगा कि लगे कि संध्या भ्रमण और वायु सेवन के अलावा आपका दूसरा कोई उद्देश्य नहीं है। छुपी नजरों से घाट की तरफ देखिएगा, ताकि यह ना लगे कि आप उस ओर देख रहे हैं। इसके बाद छः चालीस पर वहाँ से उठकर आप अपनी गाड़ी में लौट जाइएगा। मैं भी वहीं आप लोगों से मिलूँगा।''

फरवरी का महीना खत्म होने को आया लेकिन अब भी काफी ठंड है। फिर भी सर्दियों की तरह दिन छोटे नहीं रहे, छः बजे तक काफी उजाला रहता है। मैंने और लालमोहन बाबू ने मुरगी का कटलेट खाकर कॉफी पी और ठीक सवा छः बजे रेस्टोरेंट से निकलकर प्रिंस घाट की ओर रवाना हुए।

रास्ते में लालमोहन बाबू ठंडी आह भरकर आह-ऊह कर संध्या भ्रमण का नाटक करते रहे, लेकिन उनका नाटक कुछ विश्वसनीय नहीं हो रहा था। लेकिन धीरे-धीरे आसपास के लोगों की भीड़ इतनी कम होती गई और गोलगप्पेवाले और भेलपुरीवालों की भीड़ इतने पीछे छूट गई कि अब वे जो चाहें करें अब देखनेवाला कोई नहीं।

गुंबजवाली जगह तक पहुँचने में दस मिनट लगे। बेंच पर बैठने के बाद इधर-उधर देखकर लालमोहन बाबू ने धीमे स्वर में प्रश्न किया, ''तुम्हारे भैया यहीं कहीं दिखाई दे रहे हैं तपस?''

भैया! घाट के नाविकों के अलावा तो और कोई दिख नहीं रहा। कहाँ छुपे हुए हैं फेलू भैया कौन जाने। घाट के डेढ़ सौ साल पुराने खंभे सिर उठाए खड़े हैं। उनके बीच की खाली जगह में धीरे-धीरे अँधेरा भरता जा रहा है। वहाँ जाकर किसने रुपयों का बैग रखा और कौन वह बैग लेने आया, कोई देख नहीं पाएगा।

''वह देखो।'' लालमोहन बाबू ने मेरा हाथ पकड़ लिया।

हाँ, ठीक ही देखा लालमोहन बाबू ने। एक आदमी हाथ में बैग लिए सफेद

पैंट और काला कोट पहने हुए प्रिंस घाट की ओर बढ़ा चला जा रहा है। अंबर बाबू का ड्राइवर, विलास बाबू।

विलास बाबू फिर खंभों के बीच की खाली जगह से भीतर घुसकर अँधेरे में विलीन हो गए।

मिनट भर बाद ही वे फिर दिखाई दिए। इस बार खाली हाथ। चौड़े वाले रास्ते पर पहुँचकर दाहिनी ओर मुड़कर पेड़ के पीछे छुप गए।

साढ़े छः बज गए। अँधेरा बढ़ गया। अब सामने खड़े लंबे-लंबे खंभों के सिवाय कुछ भी नजर नहीं आ रहा है। एक बार लगा कि अँधेरे में कोई हिला लेकिन वह तो नजरों का धोखा भी हो सकता है।

अब देखा सेन परिवार की गाड़ी हमारे सामने से रेस्टोरेंट की ओर चली गई। उसके बाद जीन्स पहने हुए कुछ लड़के आए और उनके पीछे ढीला-ढाला पैंट पहने हाथ में लाठी लिए एक वृद्ध अंग्रेज भी उसी तरफ चला गया।

हम लोग भी उठ खड़े हुए।

इस बार गाड़ी तक पहुँचने में ठीक दस मिनट लगे। लेकिन फेलू भैया कहाँ हैं?

गाड़ी के भीतर नजर गई। नस्सी रंग का शाल ओढ़े और लुंगी पहने एक बूढ़ा, ड्राइवर हरिपद बाबू की बगल में बैठा हुआ था—सख्त छोटी दाढ़ी, लेकिन मूँछें नहीं।

"सलाम करता···।" लालमोहन बाबू की ओर देखकर बूढ़ा बोला।

अब यह कहने की जरूरत नहीं कि वह मुसलमान माझी और कोई नहीं, फेलू भैया ही थे। अंबुज बाबू भी रास्ता पार कर आ खड़े हुए। फेलू भैया को उन्हें अपना परिचय खुद ही देना पड़ा।

"नाव से घाट अच्छी तरह दिखाई देता है, इसीलिए वहीं से उत्पात करने की बात सोची थी।"

"लेकिन क्या हुआ मिस्टर मित्तिर बताइए ना।"

फेलू भैया चुप। "वैरी सॉरी, मिस्टर सेन!"

"मतलब?"

"मैं घाट से उठकर आया, उसके पहले ही आदमी रुपए लेकर भाग गया।"

"क्या कह रहे हैं? रुपया नहीं, आदमी को भी पकड़ नहीं पाए?"

''कह तो रहा हूँ मैं बहुत दुखी हूँ।''

अंबुज बाबू कुछ देर फटी-फटी नजरों से फेलू भैया को देखते रहे। शायद उनकी बात पर विश्वास नहीं हो रहा। सच तो यह है कि हम लोगों का सिर भी चकरा गया। फेलू भैया को इस तरह हार मानते पहले कभी नहीं देखा।

''आप लोगों को पुलिस की सहायता लेना होगी, मिस्टर सेन!'' फेलू भैया बोले, ''आप घर जाइए। अब तो अंबर बाबू लौट आए होंगे। हम लोग एक बार घर जाकर आपके यहाँ ही पहुँचेंगे। इस वेश-भूषा में तो पाम एवेन्यू की बैठक में पहुँचना ठीक नहीं।''

घर जाने की एकमात्र वजह यह थी कि फेलू भैया फिट-फाट होना चाहते थे। इसके अलावा हाथ में काला रंग लगा हुआ था—पूछने पर बोले अलकतरा—उसे भी धो लेने की जरूरत है। अलकतरा भी मेकअप का हिस्सा है या नहीं, पूछने पर फेलू भैया ने कोई जवाब नहीं दिया।

जब हम पाम एवेन्यू के लिए रवाना हुए तब साढ़े सात बज रहे थे। ''आपके ऐसे ब्रिलियंट (प्रतिभाशाली) मेकअप की ऐसी भद्द उड़ेगी सोचा नहीं था।'' लेकिन इस पर फेलू भैया ने कुछ नहीं कहा।

पाम एवेन्यू पहुँचते ही रूना ने चिल्लाकर बताया, ''ताऊ जी आ गए हैं।''

अंबर बाबू हमारे पहुँचने के दस मिनट पहले ही पहुँचे थे। बैठक में घुसते ही अंबर बाबू ने सोफे से उठकर हाथ बढ़ाकर फेलू भैया से मिलाया। भाई, भाई की पत्नी, भाई की लड़की, समरेश बाबू, विलास बाबू सभी घर पर थे।

''कहाँ आपको छुपा रखा था?'' लालमोहन बाबू ने हलके से हँसकर पूछा।

''ओ, मत पूछिए!''

फेलू भैया ने हाथ उठाकर अंबर बाबू को रोका।

''ओ वे तो बताएँगे ही नहीं, और आप भी नहीं बताएँगे, मिस्टर सेन! कारण बताने पर कल्पना का सहारा लेना होगा। 'झूठ' शब्द का प्रयोग नहीं किया, क्योंकि वह अच्छा नहीं लगता।''

''हुर्रे हुर्रे हुर्रे!'' रूना चिल्ला उठी। ''फेलू भैया ने पकड़ लिया, फेलू भैया ने पकड़ लिया।''

फेलू भैया ने चारमिनार निकालकर कहा, ''आप लोगों ने जो इतना बड़ा

जाल बिछाया था वह पकड़ लिया, लेकिन उसका कारण ठीक-ठीक समझ नहीं रहा।"

"कारण बताऊँ मिस्टर मित्तिर," अंबर सेन ने हँसकर कहा। "कारण मेरे भाई की यह लड़की है। कहना चाहिए वह आपकी पूजा करती है। उसका विश्वास है आप किसी भी तरह की गलती नहीं कर सकते। इसीलिए उस दिन मैंने उससे कहा कि तुम्हारे फेलू भैया को मैं भरमा सकता हूँ। बस उसी एक वाक्य से इस पूरे जाल की उत्पत्ति हुई। इसमें हम सबकी भूमिका है।"

"अर्थात् यह भी आप लोगों का एक पारिवारिक नाटक है?"

बिल्कुल सही। सबको सबकुछ मैंने ही सिखाया-पढ़ाया। आपके क्या पूछने पर क्या उत्तर दें, सब लिखकर रख दिया था—यहाँ तक कि ड्राइवर और नौकर को भी प्रधान नारी चरित्र, हमारे घर की बहू—से झूठमूठ एक मनगढ़ंत दुर्घटना की बात कहलवाई गई थी। मैंने नहीं सोचा था कि आप बात पकड़ लेंगे—असल में, इस पूरे मामले को लेकर मैंने अपने भाई से सौ रुपए की एक शर्त भी लगाई थी। इस मामले में सबसे ज्यादा उत्तेजित रूना थी। उसका नायक अगर असफल होता तो उसके दुख की कोई सीमा ही न होती। हालाँकि यह भार मुझे लेना ही पड़ा, लेकिन अब वह निश्चित है। अब बताइए आपने कैसे जाना। किस बात से आपको पहले पहल शक हुआ मिस्टर मित्तिर?"

फेलू भैया बोले, "सबसे पहले और महत्त्वपूर्ण दो सुराग आपके पढ़ने-लिखनेवाले कमरे में ही मिले। एक था हिमालयन ऑपटिकल्स का केशमेमो। मैंने वहाँ जाकर पूछा तो पता लगा कि आपने सातेक दिन पहले सुनहरे रंग का नया चश्मा बनवाया है। लेकिन आपके घर में उसके बारे में कोई नहीं जानता था, और किसी ने आपको उसे लगाते भी नहीं देखा था। प्रश्न उठा, इस चश्मे की जरूरत पड़ी क्यों। और ठीक उसी वक्त उसकी क्या जरूरत।

"दूसरा था आपके तारीख कैलेंडर में तीन दिन पहलें की तारीख। आपका नौकर अगर तारीख नहीं बदलता इसका मतलब हुआ आप ही बदलते हैं। तो फिर बदली क्यों नहीं?"

"तभी लगा कि अगर अपहरण किए जाने का नाटक कर ढेर भर रुपए देने का मान आपको करना है तो दो दिन पहले एक डेरा ठीक कर वहाँ रहने की आदत डालनी होगी। नई जगह जमने में समय लगता है। और अगर यही बात हो तो

सावधानी बरतने के लिए आपको छद्‌मवेश और नया नाम रखना होगा। इसी कारण एक नया चश्मा लेना कोई अस्वाभाविक बात नहीं।"

"पकड़ लिया फेलू भैया ने सब पकड़ लिया।" रूना फिर चिल्लाई।

इस बीच लालमोहन बाबू अचानक पिंजड़े में बंद शेर की तरह चहलकदमी करने लगे; क्यों, समझ नहीं पाया। लालमोहन बाबू कुछ कर न बैठें सोचकर उन्हें सँभालने के लिए उठने ही वाला था कि वे चिल्ला उठे–

"यूरेका!"

"पहचान लिया इन सज्जन को?" फेलू भैया ने प्रश्न किया।

"पहचानूँगा नहीं? मृत्युंजय सोम।"

अंबर बाबू हो-हो कर हँसने लगे।

"आपके साथ दो दिन पार्क में मुलाकात संयोगवश ही हुई। असल में अपने एक मित्र के पास सात दिनों के लिए गड़पारा गया था। जब आपने खुद आगे बढ़कर जटायु, जटायु कहकर अपना परिचय दिया तब सोचा वाह यह तो बड़े मजे की बात है। जिसे पकड़ना चाहता हूँ उसके चेले से मुलाकात हो गई। अब अगर इनकी रगड़ाई की जाए तो कैसा रहे? बाद में मित्तिर साहब के घर पर आपसे मुलाकात हुई तब मैं अपने असली वेश में था लेकिन आप पहचान नहीं पाए।"

"लेकिन फिर मामला है क्या," फेलू भैया बोले, "नाटक तो यहाँ खत्म नहीं हुआ अंबर बाबू। इस स्थल पर तो परदा गिराने से काम नहीं चलेगा।"

घर का वातावरण क्षणभर में बदल गया, क्योंकि फेलू भैया ने बात बड़े गंभीर भाव से कही थी। "वेअर इज़ द मनी?" (रुपया कहाँ है), फेलू भैया ने प्रश्न किया।

अंबर सेन ने फेलू भैया की ओर तीक्ष्ण दृष्टि से देखा और बोले, "मिस्टर मित्तिर, आप मुझे भी शौक़िया जासूस कह सकते हैं। मैं अगर कहूँ कि आप ही रुपया लेकर हम लोगों की रगड़ाई कर रहे हैं तो क्या गलत होगा? जब अपराधी ही नहीं है, अपहरणकर्त्ता नहीं है, तो रुपया आखिरकार जाएगा कहाँ, मिस्टर मित्तिर?"

फेलू भैया सिर हिलाकर बोले, "मिस्टर सेन, मुझे यह कहते हुए दुख है कि आपकी शौकिया जासूसी यहाँ असफल रही। प्रिंस घाट के पास मेरे अलावा और

भी एक आदमी छद्मवेश में आए थे।"

"क्या कह रहे हैं?" अंबर सेन बोले, "आपने उन्हें देखा?"

"देखा, लेकिन पहचाना नहीं।"

"लेकिन आपने उसी वक्त उसे पकड़ा क्यों नहीं?"

"उस समय पकड़ लेता तो मामला इतना नाटकीय नहीं होता। आप लोग नाटक पसंद करते हैं ना। मुझे लगता है आप लोगों के सामने पकड़ना काफी नाटकीय होगा। मुझे शक है कि वे यहीं हैं। यह शक ठीक है या नहीं यह मैं एक बार परखना चाहता हूँ।"

कमरे में पूर्ण नीरवता! मैंने कनखियों से रूना की तरफ देखा। उसका चेहरा भी फक्क।

"विलास बाबू अपने जूते का तला एक बार देखिए," फेलू भैया ने कहा।

विलास बाबू कमरे के दरवाजे के पास खड़े हुए थे, बोले, "देखूँ क्या साहब, जूते के तले में तो अलकतरा चिपका हुआ है। बैग रखकर लौटते वक्त तो पैर रास्ते में ही चिपके जा रहे थे।"

"वह अलकतरा खंभे के चारों ओर मैंने ही डाला था," फेलू भैया बोले, "क्योंकि एक आदमी पर मुझे शक हो गया था, उसके भी कारण थे। आप सब लोगों ने बना-बनाकर बातें कीं। लेकिन उन्होंने जो झूठ बोला था वह अलग किस्म का था। उन्होंने कहा था—"यह क्या, आप जा कहाँ रहे हैं?"

लेकिन भागने का रास्ता नहीं। दरवाजे के सामने खड़े थे विलास बाबू! एक झटके में जिन्हें विलास बाबू ने पकड़ रखा था वे थे समरेश मल्लिक।

"अब अपनी सेंडल का तला इन लोगों को दिखा दीजिए," फेलू भैया बोले। "विलास बाबू जरा मदद कीजिए तो मामला कुछ सहज हो जाए।"

विलास बाबू ने नीचे झुककर समरेश बाबू के पैर से सैंडल खींचकर सबको दिखाए। प्रिंस घाट के खंभे के पास वे भी गए थे, इसमें कोई शक अब किसी को नहीं रहा।

"आपकी कोहिनूर कंपनी दो साल पहले नीलाम हो गई," फेलू भैया बोले, "फिर आप कैसे वहाँ नौकरी करते थे जरा इन लोगों को समझा दीजिए। और अगर नौकरी नहीं करते थे तब इन दो सालों में आपने कैसा काम किया है वह बता दीजिए।"

समरेश बाबू निरुत्तर। विलास बाबू अभी भी उन्हें पकड़े हुए थे, लगा कि पुलिस के पहुँचने तक वे उन्हें उसी तरह पकड़े खड़े रहेंगे।

"हाँ, इस व्यक्ति का खुलासा करने के लिए आप लोगों को मुझे धन्यवाद करना ही होगा," फेलू भैया बोले। "आप लोग तो खंभे के पास बीस हजार रुपए नहीं रखते। लेकिन जब मैंने कहा कि धमकी की मुझे परवाह नहीं, मैं खुद वहाँ जाऊँगा, तब बाध्य होकर आप लोगों को रुपए रखने पड़े और उस रुपए को उठा लेने का मौका हासिल किया समरेश बाबू ने। खैर कुछ भी हो, अब तो मालूम हो गया रुपया कहाँ है। अब उसे पाने का रास्ता आप लोग खोलिए। अगर वह रुपया उन्होंने कहीं और छुपाकर रख दिया हो तो पुलिस तो है ही, पुलिस को यह सब खोजने के अनेक तरीके मालूम हैं। मेरा काम तो यहीं खत्म।"

फेलू भैया के साथ हम दोनों उठ खड़े हुए। लेकिन जाना नहीं हुआ। श्रीमती सेन ने रोका।

"खत्म क्या? इतनी आसानी से खत्म होगा क्या? आप लोगों से ढेर-ढेर झूठी बातें कीं, उसका क्या प्रायश्चित नहीं करना होगा? आज रात आप लोगों को हमारे घर भोजन करना होगा।"

"और उस बीस हजार में से कुछ तो आप लोगों को मिलना चाहिए," अंबर सेन बोले, "उसे लिए बगैर कैसे जाएँगे?"

"और तुम लोग तीनों एक साथ आए हो," श्रीमती रूना बोली, "मेरे आटोग्राफ बुक में दस्तखत नहीं करेंगे क्या?"

"एंड्स वेल देट ऑल इज वेल!" (अंत भला तो सब भला) लालमोहन बाबू बोले।

जहाँगीर की स्वर्णमुद्रा

''हलो···प्रदोष मित्र हैं ?''

''हाँ कहिए बोल रहा हूँ।''

''सुनिए···पानिहारी से आपका काल है···हाँ बात करिए।''

''हलो···''

''कौन, मिस्टर प्रदोष मित्र ?''

''बोल रहा हूँ···''

''मेरा नाम शंकरप्रसाद चौधरी है। मैं पानिहारी से बोल रहा हूँ। मुझे आप पहचानते नहीं, लेकिन एक विशेष अनुरोध करने की खातिर आपको फोन कर रहा हूँ।''

''कहिए।''

''मैं चाहता हूँ कि आप एक बार मेरे घर आएँ।''

''पानिहारी ?''

''जी हाँ मैं यहीं रहता हूँ। गंगा के किनारे। हमारा सौ साल पुराना घर है। नाम है अमरावती। आपके काम के बारे में मैं अच्छी तरह जानता हूँ और आप तीन जने जो एक साथ घूमते-फिरते हैं उसकी भी मुझे जानकारी है। मैं आप तीनों को आमंत्रित कर रहा हूँ। इस शनिवार को सुबह आइए– यही लगभग दस के आसपास–रात को ठहरिए, रविवार को लौटिए।''

''किसी मुश्किल में पड़ गए हैं क्या ? मतलब मेरे काम-धंधे की तो जानकारी है न आपको, कोई रहस्य···?''

''अगर ऐसा ना होता तो आपको बुलाता क्यों ? लेकिन उस संबंध में मैं फोन पर कुछ नहीं बताऊँगा, आप आएँगे तब बताऊँगा। मेरे घर पर आपको

अच्छा ही लगेगा, बढ़िया इलिश मछली खिलाऊँगा। अगर वीडियो कैसेट पर फिल्म देखना चाहें तो वह भी दिखाऊँगा और इसके अलावा आपके लिए दिमागी खुराक भी जुटाऊँगा···ऐसा सोचता हूँ।''

''वैसे तो मेरे पास अभी कोई दूसरा काम नहीं है···''

''तब फिर आ जाइए। सोच-विचार में मत पड़िए। लेकिन एक बात है।''

''क्या ?''

''यहाँ मेरे अलावा भी कई लोग होंगे। पहले मैं किसी को आपका असली परिचय नहीं देना चाहता···एक खास वजह है।''

''रूप बदलकर आने के लिए कह रहे हैं ?''

''शायद उसकी जरूरत नहीं। आप फिल्मी अभिनेता तो हैं नहीं, मुझे विश्वास है जो लोग वहाँ होंगे वे चेहरे से आपसे परिचित नहीं होंगे। सिर्फ आप अपने तीनों के लिए तीन भूमिकाएँ चुन लीजिए। कैसी भूमिकाएँ चुनें इसका सुझाव भी मैं दे सकता हूँ।''

''कैसी ?''

''मेरे परदादा बनवारीलाल चौधरी बड़े विचित्र व्यक्ति थे। उनके बारे में बाद में बताऊँगा, लेकिन इतना कह सकता हूँ कि उनकी जीवनी लिखने की खास जरूरत है। मान लीजिए कि आप उनके बारे में तथ्य संग्रह करने आए हैं।''

''ठीक है बहुत अच्छा···और मेरे मित्र श्री गांगुली ?''

''आपके पास बाइनॉकूलर (दूरबीन) है ?''

''हाँ है।''

''फिर उनसे पक्षी विशेषज्ञ की भूमिका अदा करने के लिए कहिए। मेरे बागीचे में तरह-तरह के पक्षी आते हैं। उनके लिए एक काम हो जाएगा।''

''बहुत खूब ! मेरा चचेरा भाई बन जाएगा पक्षी विशेषज्ञ का भतीजा।

''बस, फिर तो सब हो ही गया।''

''फिर परसों शनिवार को सुबह दस बजे ?''

''दस बजे ?''

''अमरावत्ती ?''

''अमरावती। और मेरा नाम शंकरप्रसाद चौधरी है।''

फेलू भैया को मेरी खातिर पूरी बात टेलीफोन पर दुहरानी पड़ी। बोले, ''कुछ लोग होते हैं जिनके स्वर में विश्वास जमानेवाला ऐसा सहृदयतापूर्ण माप होता है कि उनका अनुरोध टालना बड़ा मुश्किल होता है।'' मैं बोला, ''टालोगे क्यों ? मुझे तो लग रहा है कि यह कोई मुवक्किल है। तुम्हें अपने काम-धंधे की बात भी तो ध्यान में रखनी होगी।''

असल में फेलू भैया में एक खास बात है। लगातार एक-दो केस कर लेते हैं तो कुछ दिन के लिए जासूसी छोड़कर कुछ दूसरा काम करने लगते हैं। कोई दूसरा काम पैसा कमाने के लिए नहीं बल्कि शौक के लिए करते हैं। इन दिनों वह अपना शौक पूरा कर रहे हैं। आजकल उन्हें आदिम मानव के बारे में पढ़ने का शौक चर्राया है। अभी हाल ही में पूर्वी अफ्रीका के जीवतत्वविद् रिचर्ड लोकर का एक साक्षात्कार पढ़कर उन्हें पता लगा है कि लोकर के किसी आविष्कार के फलस्वरूप आदिम मनुष्य की उत्पत्ति का समय आँके गए समय से कई लाख वर्ष पीछे से आँका जाना चाहिए। इन दिनों फेलू भैया आदिम मानव और उसकी बानर पूर्व अवस्था के विषय में पढ़ने में मशगूल हैं। पाँच बार म्यूज़ियम, तीन बार नेशनल लाइब्रेरी और एक बार चिड़ियाघर जा चुके हैं। एक दिन बोले, ''एक थ्योरी क्या कहती है जानते हैं। कहती है कि मनुष्य का जन्म एक विशेष वर्ण के बंदर से हुआ है, उसे कहते हैं 'किलर एप' (खूनी बन्दर)। और उसी वजह से मनुष्य की नसों में एक हिंस्र प्रवृत्ति रह गई है, जो कि युद्ध,दंगा और खून-खराबी के समय दिखाई पड़ती है।''

पानिहारी में मनुष्य की इस हिंस्र प्रवृत्ति का नमूना देखने की उम्मीद उन्हें है या नहीं, मालूम नहीं, परंतु इतना मालूम है कि बीच-बीच में कलकत्ता से कुछ दिनों के लिए कहीं और जाना उन्हें अच्छा ही लगता है। अभी उसी दिन तो हम लोग लालमोहन बाबू की गाड़ी में बर्धमान के रास्ते पर बना पांडवों का प्रसिद्ध ऐतिहासिक गुंबज और हिंदू मंदिर के ऊपर सोलहवीं शताब्दी में बनाई गई मुसलमानों की मस्जिद देखकर आए हैं।

लालमोहन बाबू के ड्राइवर साहब हरिपद बाबू दस दिनों की छुट्टी लेकर गाँव गए हुए थे, इसलिए फेलू भैया को ही गाड़ी चलानी पड़ी। गाड़ी में लालमोहन बाबू ने कहा—''अरे भई, मुझे सौंप तो दिया है एक जिम्मा, पकड़ा दिए बाइनॉकुलर और दे दीं दो किताबें। इस ओर नीले आकाश में चिड़ियाँ और

कौए के अलावा किसी दिन कोई पक्षी देखा हो, यह तो याद नहीं आता।"

एक सलीम अली की किताब 'इंडियन बर्ड्स' थी और दूसरी थी अजय होम की 'बांगलार पाखि।'

फेलू भैया बोले, "चिंता की कोई बात नहीं। याद रखिएगा कौए को कारमास स्प्लेनडेंस कहते हैं और चिड़ियों को पाशेर डोमेस्टिकास। हमेशा लैटिन नाम बोलने में जीभ को तकलीफ होगी इसलिए अंग्रेजी नामों का प्रयोग भी कर सकते हैं—जैसे फिंग (एक विशेष पक्षी) कोड्रागों टुबटुन को टेलर बर्ड, छतरदुमा को जंगल बॉबर्लर। अगर पक्षी ना भी दिखें तो भी बीच-बीच में बाइनॉकुलर आँखों पर रख लेने से ही काम बन जाएगा।"

"मेरा भी तो कोई नाम होना चाहिए," लालमोहन बाबू ने कहा।

"आप भावतोष सिंह, आपका भतीजा प्रवीर और मैं सोमेश्वर राय।"

पौने नौ बजे चलकर दस बजकर पाँच मिनट पर हम शंकरप्रसाद चौधरी के घर अमरावती पहुँचे। बंदूकधारी गोरखा दरबान ने गाड़ी देखते ही लोहे का फाटक खोला। फाटक खोलने पर कैंच-कैंच की आवाज आई।

फेलू भैया कहते हैं, "कहानी के शुरू में ही ढेर सारा वर्णन कर देने से पाठक डूबने-उतराने लगता है, कहानी सुनाते हुए वर्णन बीच-बीच में करना।" इसलिए सिर्फ इतना बता रहा हूँ विशाल जमीन पर विशाल मकान खड़ा हुआ गंभीर मूर्ति की तरह दिख रहा है। विदेशी महलों के प्रकार का यह महल।

मकान की दक्षिण दिशा में फूलों का बागीचा है, बागीचे के बाद पेड़-पौधे रखने की खातिर शीशे का कमरा और उसके भी और आगे फलों का बागीचा। हम लोग रास्ते पर बिछाए गए छोटे-छोटे पत्थरों पर चलकर मुख्य दरवाजे तक पहुँचे।

मकान मालिक गाड़ी की आवाज सुनकर बाहर आकर खड़े हो गए थे। हम सबके उतरते ही बोले, "वेलकम टू अमरावती" (अमरावती में आपका स्वागत है)। उनका कद मझोला, रंग साफ और उम्र यही कोई पचास के आसपास होगी। उन्होंने पाजामा और मलमल का कुर्ता पहना हुआ था, पैरों में लाल रंग के नागरी जूते और दाहिने हाथ में चुरुट।

"मेरा चचेरा भाई जयंत भी कल आया है, उसे भी दल में शामिल कर लिया है। अर्थात उसे आपका असली परिचय दे दिया है। लेकिन वह किसी और को

नहीं बताएगा।''

''और लोग क्या आ गए हैं?'' फेलू भैया ने प्रश्न किया।

''नहीं। वे लोग शाम को आएँगे। चलिए कुछ देर आराम कीजिए। और कुछेक बातें भी हो जाएँ।''

हम लोग मकान के पश्चिम की ओर बने विशाल बरामदे में आकर बैठ गए। सामने गंगा नदी बह रही है, देखने मात्र से ही आँखों को आराम मिलता है। सामने दाहिनी ओर बना अमरावती का प्राइवेट घाट भी दिख रहा है। एक खंभे के नीचे बनी सीढ़ियों से उतरकर जाया जाए तो गंगा का निर्मल जल।

''क्या उस घाट को बापरते हैं?'' फेलू भैया ने पूछा।

''बापरते हैं,'' शंकर बाबू बोले। ''मेरी काकी जी यहीं तो रहती हैं। वे रोज सुबह गंगा-स्नान करती हैं।''

''वे इस मकान में अकेली रहती हैं?''

''अकेली क्यों? मैं भी तो पिछले दो वर्षों से यहीं रह रहा हूँ। मैं टीटागढ़ में काम करता हूँ। कलकत्ता में अमहर्स्ट स्ट्रीट के घर की तुलना में यह मकान काफी पास है।''

''आपकी काकी जी की उम्र क्या है?''

''अठहत्तर साल। हमारा पुराना नौकर अनंत उनकी देखभाल करता है। वैसे तो उनका स्वास्थ्य अच्छा ही है, लेकिन कुछ दिन पहले मोतियाबिंद का आपरेशन कराना पड़ा है, काफी दाँत भी गिर गए हैं और कुछ सठिया-सी गई हैं। नाम भूल जाती हैं, खाना भूल जाती हैं, आधी रात को बैठकर कूटने लगती हैं—यह सब क्या है। नींद तो वैसे भी नहीं आती, रात को अधिक से अधिक दो घंटा सोती होंगी। असल में चार साल पहले काका के मरने के बाद वे कलकत्ता में नहीं रहना चाहती थीं। पर यहाँ भी उनका रहना काशीवास की तरह ही है।''

बैरा चाय और मिठाई की ट्रे ले आया।

''खाते-खाते दोपहर एक-डेढ़ बज जाएगा,'' शंकर बाबू बोले, ''इसलिए आप लोग प्रेमपूर्वक मिठाई खाइए। यह मिठाई कलकत्ता में नहीं मिलेगी।''

चाय का कप हाथ में लेकर फेलू भैया ने एक चुस्की ली और बोले, ''हमारे असली और नकली—दोनों ही रूपों से आप परिचित तो हैं—अब आपका भी

परिचय मिल जाता तो अच्छा रहता। यह पूछना अभद्रता तो नहीं होगी कि आप क्या करते हैं?''

''बिलकुल नहीं,'' शंकर बाबू बोले, ''आपको बुलाया है तो सब बातें खुलकर करने के लिए ही; नहीं तो आप अपना काम कैसे कर पाएँगे। सीधे-सादे शब्दों में कहूँ तो मैं हूँ व्यापारी। समझ ही रहे होंगे कि इतने बड़े मकान की देख-रेख अच्छी तरह करवाता हूँ तो हमारा व्यापार अच्छी तरह ही चलता होगा।''

''आपका व्यापार खानदानी है क्या?''

''नहीं। यह मकान बनवाया था मेरे परदादा बनवारी लाल चौधरी ने।''

''अर्थात जिनकी जीवनी मैं लिखनेवाला हूँ।''

''इग्जेक्टली'' (बिलकुल ठीक) वे थे रामपुर के बैरिस्टर। खूब पैसा कमाकर जीवन के अंतिम वर्षों में कलकत्ता आ गए थे; यहाँ आकर यह घर बनवाया। वे यहीं रहते थे, यहीं उनकी मृत्यु हुई। मेरे दादा जी भी बैरिस्टर थे, लेकिन उनका काम-काज मेरे परदादा की तरह नहीं था। इसके दो कारण थे–जुआ और शराब, जिस कारण चौधरी परिवार की हालत कुछ खराब हो गई। घर में बनवारीलाल की कुछ कीमती संपत्ति थी–उस सबके बारे में बाद में बताऊँगा। उसमें से कुछ मेरे दादा जी ने बेच दी। व्यापार शुरू किया मेरे पिता ने और उससे वंश की नींव कुछ मजबूत हुई। उसके बाद मैं।''

''और आपका चचेरा भाई?''

''जयंत ने व्यापार नहीं किया। वह एक इंजीनियरी फर्म में काम करता है। उसका काम अच्छा ही है, लेकिन सुना है आजकल क्लब में जाकर जोकर (ताश का एक खेल) खेलता है। दादा जी का यही एक गुण उसे मिला है। जयंत मुझसे पाँच साल छोटा है।''

इस बीच फेलू भैया ने पाकेट से अपना माइक्रो-कैसेट निकालकर चालू कर दिया। इसे हाँगकाँग से लाए थे। आजकल मुवक्किल की बात कापी में नहीं लिखते, रेकार्डर चला देते हैं, इससे बहुत सुविधा हो गई है।

शंकर बाबू बोले, ''आत्मीयों की चर्चा की, अब अनात्मीय की भी कुछ चर्चा कर ली जाए।''

''उसके पहले एक सवाल पूछ लूँ,'' फेलू भैया बोले। ''आपके माथे पर

लगा चंदन का टीका फैलकर उतर-सा गया है। इसका मतलब...''

''इसका मतलब कुछ नहीं। आज मेरी सालगिरह है। टीका लगाया है काकी जी ने।''

''सालगिरह है, क्या इसीलिए अतिथियों को आमंत्रित किया है?''

''अतिथि क्या सिर्फ तीन जन। पिछले साल की फिफ्टीयथ बर्थ डे (पचासवीं सालगिरह) उस बार भी इन्ही तीन जनों को बुलाया था। सोचा था बस पचासवीं सालगिरह मनाऊँगा। लेकिन एक विशेष कारण से इस बार भी मना रहा हूँ। समझ ही रहे होंगे, इस घर में जो एक बार आया उसे दुबारा आने में कोई आपत्ति नहीं होगी।''

''इस दूसरी बार का क्या कारण है?''

शंकर बाबू कुछ देर सोचकर बोले, ''अगर चाय पीकर आप एक बार मेरे साथ दूसरी मंजिल पर चलते तो अच्छा होता--मेरी काकी जी के कमरे में। तब बाकी घटना आसानी से समझ पाएँगे। और मैं भी पूरी घटना सहेजकर अच्छी तरह बता सकूँगा।''

हम लोग एक-आध मिनट में ही चाय पीकर ऊपर चले गए।

सीढ़ी तक जाने के लिए बैठक से होकर निकलना पड़ता है। यहाँ यह बता दूँ सुंदर कीमती सामान, कार्पेट (गलीचा), मखमल के पर्दे, शैंडलेअर (झाड़फानूस) सफेद पत्थर की मूर्ति इत्यादि–सब मिलाकर ऐसी चमक- दमकवाली बैठकें मैंने कम ही देखी हैं।

सीढ़ी चढ़ते-चढ़ते फेलू भैया ने पूछा, ''आपकी काकी जी के अलावा दुमंजिले पर और कौन रहता है?''

''काकी जी उत्तर की ओर रहती हैं,'' शंकर बाबू बोले ''और मैं दक्षिण की ओर रहता हूँ। जयंत जब भी आता है दक्षिण की ओर के ही एक कमरे में ठहरता है।''

दूसरी मंजिल पर पहुँचते ही काकी जी का कमरा है। खूब बड़ा कमरा, लेकिन किसी तरह की कोई चमक-दमक नहीं। पश्चिम की ओर बने दरवाजे के बाहर से आ रहे प्रकाश और मंद-मंद वायु के झकोरों से इतना तो समझ में आ रहा है कि उसी तरफ गंगा नदी है। दरवाजे के पास ही चटाई पर बैठे हुए वृद्धा माला जप रही थीं। पास ही एक खलबट्टा रखा हुआ था। एक पानदान और

मोटी-सी किताब पड़ी हुई थी। निश्चय ही रामायण या महाभारत होगी। सामान के नाम पर एक चारपाई और एक छोटी सी अलमारी।

कमरे में घुसते ही काकी जी ने सिर उठाकर चश्मे के भीतर से हमारी ओर देखा।

''कलकत्ते से कुछ मेहमान आए हैं,'' शंकर बाबू बोले।

''इसीलिए कब्र में पैर लटकाए बैठी इस बुढ़िया को दिखाने लाए हो?''

हम तीनों ने आगे बढ़कर प्रणाम किया तो वृद्धा बोली, ''भैया तुम सबका परिचय जानकर क्या करूँगी, नाम तो याद रहते नहीं। कभी-कभी तो अपना नाम भी भूल जाती हूँ। यहाँ बैठे-बैठे दिन काट रही हूँ।''

''आइए।''

शंकर बाबू की आवाज सुनकर वृद्धा फिर से बुड़बुड़ कर माला जपने लगी।

अब देखा कमरे के दूसरे किनारे पर चारपाई के पास एक बहुत बड़ी पेटी रखी है। पाकेट से चाबी निकालकर पेटी खोलते हुए शंकर बाबू बोले, ''अब आप लोगों को जो चीज दिखाऊँगा वह है हमारे परदादा की संपत्ति। जब वे रामपुर में थे तब बहुत से नवाब और ताल्लुकदार उनके मुवक्किल थे। ये उन्हीं की सौगातें हैं। इनमें से बहुत-सी मेरे दादा ने विपत्ति में पड़कर बेच दी थीं। लेकिन फिर भी कुछ संपत्ति बची रह गई है। जैसे ये देखिए…''

शंकर बाबू ने एक थैली निकाली उसे खोला और हथेली फैलाकर उस पर उलट दी। झन-झन की आवाज हुई और कुछेक गोल मैडल हथेली पर आ गिरे।

''जहाँगीर के जमाने की स्वर्ण मुद्रा,'' शंकर बाबू बोले, ''देखिए हरेक में एक राशिचक्र खुदा हुआ है। यह चीज एकदम दुष्प्राप्य है।

''राशिचक्र है तो ग्यारह क्यों?'' फेलू भैया ने प्रश्न किया। ''बारह होनी चाहिए या नहीं?''

''एक मिसिंग (गायब) है।'' हम एक-दूसरे की ओर देखने लगे।

''और भी चीजें हैं,'' शंकर बाबू बोले, ''वे सब इस आइवरी बाक्स (हाथी दाँत के बक्स) में हैं। सोने के ऊपर माणिक जड़ा नस्सी का एक इटालियन बक्स है, एक मुगलकालीन सुरापात्र है जिसमें जेड और पन्ना जड़ा हुआ है, अँगूठी,

लॉकेट, लेकिन वह सब आप लोग शाम को सबके सामने देखिएगा। अभी नहीं।"

"इसकी चाबी तो आपके पास ही रहती है?" फेलू भैया ने प्रश्न किया।

"हाँ, मेरे ही पास रहती है। एक दूसरी चाबी भी है, वह काकी जी की अलमारी में रहती है।"

"लेकिन पेटी आप अपने कमरे में क्यों नहीं रखते?"

"यह कमरा मेरे दादा का है। पेटी उन्हीं की पीढ़ी की है। इसे यहाँ से हटाया नहीं। बाहर फाटक पर कड़ा पहरा रहता है। काकी जी इस कमरे में लगभग दिन-रात रहती हैं, इसलिए एक तरह से वह यहाँ काफी सुरक्षित है।"

हम लोग नीचे बरामदे में लौट आए। कुर्सी पर बैठकर फेलू भैया ने टेप रिकार्डर चलाकर पूछा, "एक मुद्रा खोई कैसे?"

"वही बात तो बता रहा हूँ," शंकर बाबू बोले। "पिछली सालगिरह पर वीक एंड पर तीन जनों को बुलाया था। एक थे हमारे बिजनेस पार्टनर नरेश कांजी लाल, और एक थे हमारे यहाँ के ही डाक्टर अर्धेंद्र सरकार। और तीसरे थे कालीनाथ राय। वे स्कूल में मेरे सहपाठी थे। पैंतीस साल बाद मुझसे मिले थे। मेरे परदादा की संपत्ति की बाबत इन सबों ने सुना था, लेकिन उसे देखा नहीं था। मेरी परिकल्पना का अनुयायी जयंत रात को खाने के बाद पेटी से स्वर्णमुद्रा की थैली निकालकर नीचे बैठक में ले आया। मैंने मुद्राएँ मेज पर फैलाकर रख दीं। सब घेरकर देखने लगे। उसी समय लोडशेडिंग हुई। कमरे में अँधेरा हो गया। निश्चय ही यह कोई अस्वाभाविक घटना नहीं थी। नौकर दो मिनट में ही मोमबत्ती ले आया। मैंने उस समय नहीं देखा कि एक मुद्रा गायब हो गई। ऐसा हो सकता है इसकी कल्पना तक नहीं कर सका। दूसरे दिन सुबह जब सब चले गए तब मन में खटका हुआ। पेटी खोलकर देखा। कर्क राशि की मुद्रा गायब।"

"मुद्राएँ आपने ही उठाकर रखी थीं?"

"हाँ, मैंने ही। मिस्टर मित्तिर पूरी बात समझिए। तीन जन आमंत्रित थे। एक जन से पच्चीस साल से जान-पहचान है—मेरे बिजनेस पार्टनर। अर्धेंद्र सरकार डाक्टर हैं और अच्छे डॉक्टर हैं। मेरा चचेरा भाई टीटागढ़ से उस दिन शाम को ही आया था। और कालीनाथ मेरे बाल-बन्धु हैं।"

''लेकिन क्या ये सभी ऑनेस्ट हैं ?''

''यही गड़बड़ है । कांजीलाल को ही लीजिए । व्यापार में बहुत से लोग सबकुछ समझ-बूझकर गलत रास्ता अपनाते हैं, लेकिन कांजीलाल जैसा मस्त आदमी मैंने नहीं देखा । मुझसे मजाक-मजाक में कहता है—तुम धर्म प्रचारक बन जाओ—तुमसे व्यापार नहीं होगा ।''

''और बाकी दो लोग ?''

''डॉक्टर की बाबत मैं कुछ नहीं कह सकता । काकी का वात रोग अक्सर बढ़ जाता है, डॉक्टर आकर उन्हें देख जाते हैं । इससे अधिक उनके बारे में मुझे कुछ मालूम नहीं । लेकिन लगता है कालीनाथ गहरे पानी की मछली हैं । एक युग से मुलाकात नहीं, हठात् एक दिन टेलीफोन करके मुझसे मिलने आया । बोला,''उम्र जितनी बढ़ती जाती है बीते दिनों की बातें उतनी ही याद आती हैं । इसीलिए सोचा तुमसे मिलूँ ।''

''आप उन्हें देखते ही पहचान गए थे क्या ?''

''हाँ पहचान गया था'' इसके अलावा स्कूल की बहुत-सी पुरानी बातें कीं । वह मेरा सहपाठी ही है इसमें तो कोई शक नहीं । गड़बड़ यह है कि वह कभी भी यह नहीं बताता कि आजकल वह क्या कर रहा है । पूछने पर कहता है तुम्हारी ही तरह व्यापार करता हूँ । यह बात नहीं कि वह गुणवान नहीं है । खूब मजाकिया आदमी है । स्कूल में था तब जादू दिखाया करता था, अभी भी दिखाता है । हाथ की सफाई काफी अच्छी है ।''

''जब अँधेरा हुआ तब आपके भाई भी कमरे में थे ?''

''हाँ, था । फिर उसने तो ये चीजें पहले भी देखी हैं, इसीलिए वह मेज के नजदीक नहीं था । अगर लिया होगा तो उन्हीं तीनों में से किसी एक ने लिया होगा ।''

''फिर आपने क्या किया ?''

''क्या कर सकता हूँ, बताइए । ऐसे भी लोग हैं जो ऐसी स्थिति में सीधे पुलिस को बुलाकर तीनों के घर सर्च करवाते । लेकिन मैं वह सब नहीं कर सकता । उन तीनों के साथ बैठकर कितनी ही बार ब्रिज खेला है, और अब उन्हें चोर कहूँगा ?''

''इसका मतलब आपने पूरी घटना पचा ली ।''

''हाँ, सिर्फ पचा ली। इसीलिए किसी को मालूम ही नहीं कि मुझे इस बात का पता भी लग गया है। उस घटना के बाद भी इन सबके साथ बहुत बार मुलाकात हुई है, लेकिन लगता नहीं कि किसी को भी किसी तरह का खटका या अपराध-बोध हुआ है। लेकिन मैं जानता हूँ कि इन्हीं तीनों में से कोई एक अपराधी है। कोई एक चोर है।''

हम तीनों चुप थे घटना रहस्यमय है इसमें तो कोई संदेह नहीं। लेकिन ऐसी हालत में किया क्या जाए?

मेरे भीतर जो सवाल घुमड़ रहा था उसे फेलू भैया ने पूछ ही डाला।

शंकर बाबू बोले, ''ये समझते हैं, मुझे इन पर शक नहीं। इसीलिए इन्हें फिर बुलाया है, और आज रात फिर इनके सामने बनवारी लाल की कुछ मूल्यवान संपत्ति निकालूँगा। लगभग महीने-भर से रोज ठीक सात बजे यहाँ लोडशेडिंग होती है। उसके ठीक पहले मैं चीजें मेज पर सजाऊँगा। कमरे में फिर से अँधेरा होगा। उम्मीद है उस अँधेरे में चोर की इच्छा फिर से जाग उठेगी। कुल मिलाकर इस संपत्ति की कीमत चालीस-पचास लाख से कम नहीं होगी। शायद मेरी भूल ही हो, लेकिन मेरा विश्वास है कि चोर लालच का संवरण नहीं कर सकेगा। चोरी के बाद आप अपनी असली भूमिका अदा करिए। तब प्रदोष मित्तिर का काम होगा चोर पकड़ना और चोरी का माल निकलवाना।''

फेलू भैया बोले, ''इस बाबत आपके भाई का क्या कहना है?''

''उसे भी तो कल तक कुछ नहीं मालूम था,'' शंकर बाबू बोले। ''कल आपको इन्वाइट करने के बाद उसे बताया।''

''उन्होंने क्या कहा?''

''खूब गुस्सा हुआ। बोला, इतने दिन तुमने बताया नहीं—उसी वक्त पुलिस बुलानी चाहिए थी। एक साल बाद मिस्टर मित्तिर कुछ कर पाएँगे, इत्यादि।''

''एक बात कहूँ मिस्टर चौधरी?''

''कहिए।''

''आप इतने कोमल हृदय के हैं, इसीलिए चोर ने ऐसा किया। अतिथि को पकड़वाने में दूसरा कोई भी आदमी पीछे नहीं रहता।''

"वह मालूम है। इसीलिए तो आपको बुलाया। मैं जो काम नहीं कर सकता, उसे आप कर पाएँगे।"

दोपहर के खाने में गंगा की ताजी इलिश मछली थी, जिसमें पिसी हुई सरसों डाली गई थी—खाना खूब अच्छा लगा। खाने की मेज पर जयंत बाबू से परिचय हुआ। उनका कद मझोले कद से कम ही होगा,खूब स्वस्थ,हृष्ट-पुष्ट आदमी। शंकर बाबू की पर्सनैलिटी जैसी थी वैसी नहीं,लेकिन काफी हँसमुख, चतुर-चालाक आदमी।

खाने के बाद शंकर बाबू बोले, "आप लोगों को डिस्टर्ब नहीं करूँगा, जो चाहें करें। मैं कुछ देर आराम कर लूँ। शाम को चाय पर फिर मुलाकात होगी।"

हम लोग जयंत बाबू के साथ मकान के आसपास की जगह देखने निकले। पश्चिम की ओर नदी की धार के किनारे-किनारे एक खंभेवाली दीवार है। दीवार जहाँ खत्म होती है वहीं से नीचे पानी के पास तक ढलवा जमीन है। यह दीवार तीन तरफ लगभग सात-आठ फुट ऊँची होगी। जयंत बाबू को फूलों का शौक है इसीलिए हम लोगों को बागीचे में ले गए और गुलाबों के संबंध में एक छोटा-सा भाषण दे डाला। मैंने पहली बार सुना कि गुलाब तीन सौ प्रकार के होते हैं।

मकान के उत्तर की ओर जाकर देखा कि उस तरफ भी एक गेट है। शहर में कहीं भी जाना हो तो इसी गेट से जाया जाता है।

उस तरफ सीढ़ियाँ भी हैं। जयंत बाबू बोले, काकी जी यानी उनकी माँ उन्हीं सीढ़ियों से उतरकर गंगा स्नान करने जाती हैं। पहली मंजिल पर नदी के किनारे गंगा की तरफ चौड़ा-सा बरामदा है, नीचे उतरने के लिए दोनों तरफ सीढ़ियाँ हैं।

देख-दाखकर हम लोग अपने कमरे में लौट आए। आर्चिड फूलों को देखने की खातिर जयंत बाबू शीशेवाले कमरे में चले गए।

पहली मंजिल पर पैसेज की ओर बने अगल-बगल के दो कमरों में हमें ठहराया गया। सामने की ओर पास-ही-पास एक साथ बने तीन कमरों को

देखकर लगता है बाकी तीन अतिथि यहीं ठहरेंगे। कमरे में आकर सुंदर-सी चारपाई पर बिछे नरम बिछौने को देखकर लालमोहन बाबू शायद दिव्य निद्रा का सुख भोगने की कल्पना करने लगे। लेकिन अंत तक कहते रहे, "पक्षियों की किताबों को अच्छी तरह देखने की जरूरत है।"

न चाहते हुए भी मुझे फेलू भैया से एक प्रश्न पूछना ही पड़ा। "अच्छा, एक साल पहले जिस आदमी ने चोरी की थी, अगर वह फिर चोरी न करे तो तुम चोर को पकड़ोगे कैसे?"

फेलू भैया बोले, "इन तीन सज्जनों को अच्छी तरह देखे-सुने बगैर यह बताना मुश्किल है। जिस आदमी में चोरी की प्रवृत्ति है, उसमें और पाँच ईमानदार लोगों में सूक्ष्म अंतर तो होना ही चाहिए। आँख-कान खुले रखने पर वह अंतर समझ में आ सकता है। भूलना मत, जो आदमी चोरी करता है वह बाहर से कितना ही सभ्य दिखे उसे सभ्य सुसंस्कृत नहीं कहा जा सकता। सच बात तो यह है कि सुसंस्कृत दिखने के लिए उसे काफी नाटक करना पड़ता है।"

शाम को एक के बाद एक दो गाड़ियों की आवाज सुनते ही समझ गया कि अतिथि आ गए हैं। बरामदे में बैठकर हमने चाय पी और फिर अतिथियों से परिचय कराने के लिए शंकर बाबू खुद हमें ले गए।

डॉक्टर सरकार एक-आध मील दूर ही रहते हैं, वे पैदल ही आए हैं। उम्र लगभग पचास साल, आँखों पर चश्मा, सिर के बाल कम हो गए हैं, मूँछे काली हैं लेकिन कनपटी के बाल कुछ पकने लगे हैं।

नरेश कांजीलाल भारी भरकम आदमी हैं, ये सूट टाई पहनकर आए हैं—साहबों जैसे। फेलू भैया का परिचय सुनकर बोले, "बनवारी लाल की जीवनी लिखने की बात मैंने शंकर से कई बार कही है। सुनकर खुशी हुई कि इस काम का भार आपने लिया है। ही वाज ए रिमार्केबल मैन।" (वह अद्भुत आदमी थे।)

मजेदार आदमी हैं कालीनाथ राय। उन्होंने कंधे पर एक बैग लटका रखा है, सोचा उसमें शायद जादू का सरअंजाम हो। लालमोहन बाबू के साथ परिचय होने पर बोले, "पक्षी विशेषज्ञ मुर्गी का अण्डा पॉकेट में लेकर घूमता है, यह तो मालूम ही था क्यों साहब?" कहते ही झट से लालमोहन बाबू के कुर्ते की

जेब में हाथ डालकर मुर्गी के अण्डे के आकार का एक सफेद पत्थर निकालकर आक्षेप के स्वर में बोले, ''एँ एँ हे हे, ये तो पत्थर है । मैंने तो फ्राई कर खाने की बात सोची थी ।''

तय हुआ कि रात को खाने के बाद कालीनाथ बाबू अपने हाथ की सफाई दिखाएँगे ।

गंगा के जल पर सूर्य का प्रतिबिंब पड़ रहा है, गंगा का जल धीरे-धीरे बह रहा है, हवा धीरे-धीरे बह रही है, शायद इसीलिए नरेश बाबू और कालीनाथ बाबू नीचे उतर गए—बाहर की शोभा का उपभोग करने के लिए । लालमोहन बाबू कुछ देर से उठने के लिए कसमसा रहे थे । अब उनसे और रहा नहीं गया । बाइनाकुलर निकालकर उठ गए । बोले, ''दोपहर को एक पैराडाइज फ्लाइकैचर की आवाज सुनी थी, देखूँ चिड़िया यहीं कहीं आसपास है या नहीं ।''

फेलू भैया का गंभीर चेहरा देखकर मैंने भी हँसी रोक ली ।

चाय की एक चुस्की लेकर डॉक्टर सरकार शंकर बाबू की ओर मुड़े और बोले, ''आपके भाई नहीं दिख रहे—क्या बागीचे में घूम रहे हैं ?''

''उनके फूलों के नशे के बारे में तो आपको मालूम है ।''

''उनसे कहा है कि सिर पर टोपी लगाए बगैर धूप में न घूमें । वह आदेश उन्होंने माना है क्या ?''

''जयंत क्या डॉक्टर का आदेश माननेवाला आदमी है ? आप उसे पहचानते नहीं ?''

फेलू भैया हाथ में चारमीनार लिए हुए कनखियों से डॉक्टर के हाव-भाव देख रहे हैं, जो मैं अच्छी तरह समझ रहा हूँ ।

''आपकी काकी कैसी हैं ?'' शंकर बाबू की ओर मुड़कर डॉक्टर सरकार ने पूछा ।

''वैसे तो वे ठीक ही हैं,'' शंकर बाबू बोले । ''पर कुछ अस्वस्थता की शिकायत की थी । आप एक बार उन्हें देख आइए ।''

''अच्छा देख आता हूँ ।''

डॉक्टर सरकार काकी जी को देखने चले गए । उसी समय जयंत बाबू बागीचे से लौट आए—ओठों पर टेढ़ी मुस्कान लिए ।

''बात क्या है ? मुस्कराने की क्या बात है ?'' शंकर बाबू ने प्रश्न किया ।

चाय की केतली से कप में चाय डालकर फेलू भैया की ओर मुड़कर बोले, ''आपके मित्र आँखों पर बाइनॉकुलर लगाए बड़े जोर-शोर से पक्षी विशेषज्ञ की भूमिका अदा कर रहे हैं।''

फेलू भैया हँसकर बोले, ''थोड़ा बहुत नाटक तो आज सबको करना होगा। आपके भैया की परिकल्पना भी तो नाटकीय ही है।''

जयंत बाबू गंभीर हो गए।

''क्या भैया की परिकल्पना आपको पसंद आई?''

''लगता है आपको पसंद नहीं आई,'' फेलू भैया बोले।

''एकदम नहीं,'' जयंत बाबू बोले। ''मेरा विश्वास है कि चोर बड़ा चालाक आदमी है। उसे क्या समझ नहीं आएगा कि उसके लिए जाल बिछाया जा रहा है। उसे क्या पता नहीं होगा कि भैया को मालूम हो गया है कि पेटी से एक मूल्यवान चीज गायब हो गई है?''

''सब समझता हूँ,'' शंकर बाबू बोले, ''लेकिन फिर भी मैं कोशिश करके देखना चाहता हूँ। यही सोच लो कि जासूसी कहानियों को पढ़ने का नतीजा है।''

''क्या तुम पेटी की बाकी सब चीजें निकलवाना चाहते हो?''

''नहीं। सिर्फ नस्सी का इटालियन बक्स और मुगलकालीन सुरापात्र। डॉक्टर सरकार काकी जी को देखने गए हैं। उनके आते ही तुम ऊपर जाकर दोनों चीजें निकाल लाना। मैं जेब में रख लूँगा। यह लो चाबी।''

जयंत बाबू ने अनमने भाव से चाबी ले ली।

पाँचेक मिनिट में डॉक्टर सरकार लौट आए। आते ही हँसकर बोले, ''आपकी काकी जी एकदम ठीक हैं। बरामदे में बैठी दूध-भात खा रही हैं। आप लोगों को अभी काफी दिन परेशान करेंगी।''

जयंत बाबू चुपचाप उठ खड़े हुए।

''यह क्या कुर्सी पर बैठे हुए हैं।'' फेलू भैया की ओर मुड़कर डॉक्टर सरकार बोले। ''चलिए कुछ देर घूम-फिरकर हवा खा आएँ। यह हवा कलकत्ता में नहीं मिलेगी।''

शंकर बाबू सहित हम चारों सीढ़ी से नीचे उतरे। बाईं ओर नजर उठी तो देखा कि लालमोहन बाबू बागीचे के बीच में एक सफेद पत्थर की मूर्ति के पास

खड़े बाइनॉकुलर लगाए हुए इधर-उधर देख रहे हैं। ''आपको पैराडाइज फ्लाईकैचर दिखी ?'' फेलू भैया ने प्रश्न किया।

''नहीं, पर बिलकुल अभी-अभी शायद जंगल बार्बलर देखी है।''

''अब पक्षियों का अपने घोंसलों में लौटने का समय है,'' फेलू भैया बोले। ''इसके बाद उल्लू के अलावा और कुछ नहीं देख पाएँगे।''

बाकी दो लोग कहाँ गए ? मकान के सामने की ओर या शीशेवाले कमरे के पीछे फलों के बागीचे में ?

शायद शंकर बाबू के मन में ही प्रश्न उठा था क्योंकि उन्होंने ही हॉक लगाई—''क्यों नरेश ? कालीनाथ कहाँ गया ?''

''एक आदमी को इस ओर की सीढ़ियों से घर में घुसते देखा,'' लालमोहन बाबू बोले।

''किसको ?'' शंकर बाबू ने प्रश्न किया।

''शायद उसी जादूगर को।'' लेकिन लालमोहन बाबू ने गलत देखा था, घर से निकले कालीनाथ बाबू, नरेश कांजीलाल नहीं।

''शाम को तापमान एकदम कम हो जाता है,'' कांजीलाल बोले, ''इसीलिए दुशाला ले आया।''

''और कालीनाथ ?'' शंकर बाबू ने प्रश्न किया।

''वे तो बागीचे में आते ही अलग हो गए थे। कह रहे थे सूखे हुए फलों को ताजा करने का एक जादू दिखाएँगे, इसीलिए…''

मिस्टर कांजीलाल की बात पूरी नहीं हो पाई क्योंकि उसी समय बूढ़े नौकर अनंत की चीख सुन पड़ी, ''भैया जी !''

अनंत गंगा की तरफवाली सीढ़ियों से जल्दी-जल्दी उतरता हुआ हमारी ओर बढ़ आया।

''क्या हुआ अनंत ?'' शंकर बाबू उद्विग्न स्वर में प्रश्न करते हुए आगे बढ़े।

''छोटे भैया दूसरी मंजिल पर बेहोश पड़े हैं।''

दूसरी मंजिल पर पहुँचते ही एक ओर काकी जी का कमरा है, यह पहले ही बताया जा चुका है जयंत बाबू उसी कमरे की चौखट के बाहर लगभग तीनेक हाथ दूरी पर बेहोश पड़े थे, उनके सिर के बीचोबीच पीछे की ओर फर्श पर

कुछेक खून की बूँदें पड़ी हुई थीं।

डॉक्टर सरकार बड़ी तेजी से सीढ़ियाँ चढ़कर सबसे पहले पहुँचे और जयंत बाबू की नाड़ी देखने लगे। फेलू भैया भी लगभग उसी समय पहुँचे और जयंत बाबू के पास घुटनों के बल बैठ गए। उनका चेहरा गंभीर हो उठा, माथे पर चिंता की लकीरें उभर आईं।

''क्या लग रहा है?'' धीमे स्वर में शंकर बाबू ने प्रश्न किया।

''नाड़ी कुछ धीमी है।'' डॉक्टर सरकार बोले।

''सिर की चोट?''

''लग रहा है गिरने से लगी है। इस वक्त बिना टोपी लगाए धूप में घूमना खतरनाक है, कई बार उससे कहा है।''

''कांकशन···(सिर के भीतर चोट)?''

''जाँच किए बगैर कुछ भी कहना मुश्किल है। और आज तो मैं अपने साथ कोई उपकरण वगैरह लाया नहीं हूँ। एक बार अस्पताल ले जाऊँ तो अच्छा रहेगा।''

''वही करिए ना। गाड़ी तो है ही।''

जयंत बाबू खूब अच्छी तरह बेहोश हुए थे क्योंकि चार जनों ने जब पकड़कर गाड़ी में बैठाया तब भी उन्हें होश नहीं आया। सीढ़ी से उतरते समय कालीनाथ बाबू से मुलाकात हुई। बोले, ''मैं अभी-अभी ही दवा खाने के लिए कमरे में गया था, उस बीच यह कांड हो गया।''

''मैं भी साथ चलूँ क्या?'' शंकर बाबू ने डॉक्टर से प्रश्न किया।

''कोई जरूरत नहीं,'' डॉक्टर सरकार बोले, ''मैं अस्पताल से आपको फोन करूँगा।''

गाड़ी चली गई। इस दुर्घटना के कारण शंकर बाबू की योजना बेकार हो गई। यह समझ रहा हूँ। बेचारे की सालगिरह पर ऐसी घटना घट गई, इसलिए मुझे भी बुरा लग रहा था।

हम सब आकर बैठक में बैठे ही थे कि फेलू भैया बोले, ''अभी आता हूँ,'' इतना कहकर कहीं चले गए। क्यों और कहाँ, मालूम नहीं। लेकिन दो-एक मिनट में ही लौट आए।

अतिथियों के सामने शंकर बाबू ने यथासंभव स्वाभाविक हँसी-खुशी का

व्यवहार किया था। यहाँ तक कि अपने परदादा के बारे में अद्भुत घटनाएँ भी सुनाईं, लेकिन मुझे समझ में आ रहा था कि इसमें उन्हें काफी परेशानी हो रही है।

इस तरह की बातों में लगभग एक घंटा बीत जाने के बाद अस्पताल से डॉक्टर सरकार का फोन आया कि जयंत बाबू को होश आ गया है। वे काफी ठीक हो गए हैं। लग रहा है कल सुबह घर आ सकेंगे।

इस खुशखबरी के बाद घर का माहौल काफी हलका हो गया लेकिन मुझे मालूम है, शंकर बाबू को एकदम अच्छा नहीं लग रहा है। क्योंकि अब चोर का रहस्य, रहस्य ही रह जाएगा।

खाने-पीने के बाद जब पूछा कि विडियो-कैसेट फिल्म देखना चाहते हैं या नहीं, तब हम सभी ने ना कर दी। इस माहौल में फुर्ती से काम नहीं हो पाता। इसलिए जादू भी नहीं दिखाया गया।

सबसे गुडनाइट कहकर अपने कमरे में आते ही जो सवाल मैं फेलू भैया से पूछना चाहता था वह लालमोहन बाबू ने पूछ डाला, ''आप उस समय कहाँ निकल गए थे?''

''काकी जी के कमरे में?''

''काकी जी को देखने गए थे?'' अविश्वास के स्वर में प्रश्न किया लालमोहन बाबू ने।

''और साथ ही पेटी का ताला भी खींचकर देख आया।''

''खुला था क्या?''

''बन्द था। स्वाभाविक यही था क्योंकि कमरे के दरवाजे की ओर उनके पैर थे, इससे लगता है कि कमरे में घुसने से पहले ही गिर पड़े थे।''

''लेकिन चाबी कहाँ है फेलू भैया?'' मैंने प्रश्न किया। यह प्रश्न कुछ देर से मेरे मन में घुमड़ रहा था।

फेलू भैया बोले, ''हो सकता है दुर्घटना के समय शंकर बाबू चाबी की बात भूल ही गए हों।''

बात हो ही रही थी कि शंकर बाबू हमारे कमरे में घुसे। ''देखिए तो सही कितनी गड़बड़ हुई,'' शंकर बाबू बोले। ''जयंत को पहले भी कई बार ऐसा हो चुका है। बीच-बीच में उसका ब्लड प्रेशर काफी कम हो जाता है।''

''फोन पर और क्या कहा डॉक्टर सरकार ने ?''

''वही तो बताने आया हूँ। उस समय लोगों के सामने नहीं बताया। उस गोलमाल में चाबी की बात तो भूल ही गया था। अब क्या हुआ है, मालूम है ? डॉक्टर से पूछा तो बोले जयंत के पास चाबी नहीं थी। हो सकता है जब बेहोश हुए हों तो हाथ से गिर गई हो।''

''आपने चाबी खोजी ?''

''बहुत अच्छी तरह खोजी है। सीढ़ी के आस-पास, मुख्य दरवाजे के बाहर, कहीं कोई जगह नहीं छोड़ी। वह चाबी हवा हो गई।''

''जाने दीजिए, दूसरी चाबी तो है,'' फेलू भैया बोले। ''उसे लेकर चिंता न करिए।''

''उसे लेकर चिंता नहीं करूँगा,'' गंभीर स्वर में शंकर बाबू बोले, ''लेकिन रहस्य तो दूर नहीं हुआ। चोर तो अज्ञात रह गया। और सोचा था आपको एक रहस्य खोलने का अवसर दूँगा, वह भी नहीं हो पाया।''

''उससे क्या ?'' फेलू भैया बोले। ''यहाँ आकर लाभ ही हुआ है। एक तो ऐसा मकान, दूसरे आपका आतिथ्य।''

जाते समय शंकर बाबू कह गए कि सुबह साढ़े छः बजे चाय भेजेंगे और आठ बजे नाश्ता।

''यह हत्या का प्रयास था क्या ?'' लालमोहन बाबू ने प्रश्न किया।

''मिस्टर कांजीलाल और मिस्टर मैजिशियन दोनों ही घर में घुसे थे।''

''हत्या की क्या जरूरत ? काम तो केवल बेहोश करके भी किया जा सकता है।''

''काम ?''

''जयंत बाबू को बेहोश कर उनके हाथ से चाबी लेकर पेटी खोलकर जो निकालना था निकालकर चाबी हाथ में ठूँस आना।''

''सर्वनाश। यह तो मैंने सोचा ही नहीं,'' मैं बोला . ''तब तो तीन नहीं सिर्फ दो जन रह गए संदेहास्पद—कांजीलाल और कालीनाथ।''

''नहीं तपस,'' फेलू भैया बोले, ''मामला इतना आसान नहीं, अगर घर का कोई आदमी जयंत बाबू के सिर पर मारता तो होश आने पर वे बताते; वह तो उन्होंने बताया नहीं। और बेहोश करके पेटी खोली गयी होगी यह भी कैसे

संभव है—काकी जी तो कमरे में रही होंगी। किसी बाहरी आदमी को पेटी खोलते हुए देखकर क्या वे चुप बैठी रहतीं ?''

आशा की एक किरण दिखते-दिखते गायब हो गई। मैं लेट गया था लेकिन इतनी जल्दी नींद नहीं आई। फेलू भैया चहलकदमी कर रहे थे, लगभग बारह बजे लालमोहन बाबू हमारे कमरे में आए और धीमे स्वर में बोले, ''बरामदे में गया था। चंद्रमा की चाँदनी छिटकी पड़ रही है, साहब, और प्रकाश निखरा पड़ा है।''

''निखरा नहीं, बिखरा,'' फेलू भैया बोले।

''सॉरी, बिखरा। लेकिन एक बार बाहर निकलकर देखिए तो सही।''

''ऐसे दृश्य का फिर आप अकेले ही कैसे काव्यानन्दमय उपभोग करेंगे, ऐसा नहीं होने दिया जाएगा।'' फेलू भैया बोले।

हम बिस्तर से उठ गए।

बाहर जाकर लगा कि यह तो दिन के दृश्य से कहीं अधिक सुंदर है। हल्का कुहासा छाया हुआ है और नदी लगभग अदृश्य हो गई है। गंगा के जल पर चाँद की किरणें धीरे-धीरे हिलोरे ले रहीं हैं। झींगुरों का कोलाहल, पद्मफूल (एक प्रकार का जापानी फूल--हास्नूहाना की महक, मंद-मंद बयार—सब मिलाकर सचमुच ही अमरावती।

फेलू भैया कुछ देर तक त्रयोदशी के चाँद की ओर देखते रहे फिर बोले, ''चाँद की मिट्टी पर आदमी खेल आया है, लेकिन आदमी इसका आनंद किसी दिन भी खत्म नहीं कर पाएगा।''

''चाँद पर एक बहुत बढ़िया कविता है,'' लालमोहन बाबू बोले ''आपके एथिनियम इंस्टिट्यूशन के उन्हीं बांग्ला शिक्षक ने लिखी है।''

''हाँ। बैकुंठ मल्लिक। इस सड़े हुए देश के लोगों से रेकगनिशन (प्रतिष्ठा) नहीं मिली, लेकिन आप सुनिए कविता। सुनो, तपस।''

अब तक हम लोग धीमे स्वर में बातें कर रहे थे। लेकिन कविता सुनाते हुए लालमोहन बाबू की आवाज खुद-ब-खुद तेज हो गई।

''आहा, देखो चाँद की महिमा
कभी तो सुन्दर सुगोल रजत जैसा
कभी आधा कभी शलाका कभी पतला

प्रतीत होता है कि अभी-अभी ताजा
काटा गया नाखून आकाश में पड़ा हुआ है–
उतना भी नहीं रह जाता है, जब
आती है अमावस्या–
उस रात तुम
अदृश्य हो जाते हो हे चंद्र ।''

''समझ गए होंगे, तपस यह कविता एक महिला के लिए लिखी गई है ।''

''देख रहा हूँ कि एक महिला को तो कविता सुनाकर आपने कमरे से बाहर निकाल लिया है ।''

फेलू भैया की आँखें बरामदे की ओर उठी हुई थीं । काकी जी के कमरे की ओर । वृद्धा बरामदे में दरवाजे की दहलीज पर खड़ी हुई थी । मिनट भर इधर-उधर देखकर फिर कमरे में लौट गई ।

इसके बाद लगभग आधा घंटे तक हम लोग बरामदे की सीढ़ियों पर बैठे रहे । मन-मिजाज ताजा हो गए थे । रात का भोजन हजम हो गया था । इसके बाद फेलू भैया अपनी कलाई-घड़ी का रेडियम डायल आँखों के पास तक लाकर बोले, ''पौने एक ।''

हम तीनों खड़े हो गए और तीनों ने एक साथ एक आवाज सुनी । लगा कि यह आवाज घर के दुमंजिले से आ रही है ।

खट्-खट्-ठन, खट्-ठन, खट्-खट्-खट्-खट्...

घाट की सीढ़ियों से हम ऊपर चढ़ आए ।

''सेंध मार रहे हैं क्या ?'' लालमोहन बाबू ने फुसफुसाकर प्रश्न किया । मेरी आँखें फिर काकी जी के कमरे की ओर उठ गईं । कमरे में एक बत्ती टिमटिमा रही है । आवाज उसी कमरे से आ रही है ।

खट्-खट्-खट्-खट्-खट् ठन-ठन...

लेकिन उस कमरे के अलावा एक दूसरे कमरे में–दक्षिण की ओर किनारे वाले कमरे में भी बत्ती जल रही है । खुली खिड़की से दिखाई पड़ रहा है–एक आदमी हाथ-पैर पटकते हुए उत्तेजित स्वर में बोल रहा है । कुछ देर बाद आदमी कमरे से बाहर निकल गया ।

''मिस्टर कांजीलाल,'' फेलू भैया बोले । ''वह शंकर बाबू का कमरा है ।''

''आधी रात को क्या हो रहा है ?'' लालमोहन बाबू ने प्रश्न किया ।

''मालूम नहीं ।'' फेलू भैया बोले । ''व्यापार के बारे में कुछ होगा ।''

''आप लोगों को भी नींद नहीं आ रही ?''

अनपहचानी-सी आवाज सुनकर चौंककर देखा—मैजिशियन कालीनाथ बाबू । वे सीढ़ी से उतर आए । खट्-खट् की आवाज अब भी आ रही है । कालीनाथ बाबू उसी ओर मुड़ गए ।

''कैसी आवाज आ रही है, समझ रहे हैं ?'' प्रश्न किया कालीनाथ बाबू ने ।

''खलबट्टे की है क्या ?'' फेलू भैया बोले ।

''ठीक कह रहे हैं । इतनी रात गए वृद्धा कूटने बैठी है । यह आवाज पहले भी सुनी है ।'' कहकर माचिस की एक तीली जलाकर हाथ में सिगरेट पकड़कर फेलू भैया की ओर तीक्ष्ण नजरों से देखकर बोले, ''बनवारी लाल की जीवनी लिखने के लिए जासूस की जरूरत क्यों हुई ?''

मैं भौचक खड़ा रहा । लालमोहन बाबू का मुँह भी खुला रह गया । फेलू भैया हल्की-सी हँसी हँसकर बोले, ''आखिरकार एक आदमी मेरा असली परिचय जानता है यह जानकर अच्छा ही लगा ।''

''उसे क्यों नहीं जानूँगा मिस्टर मित्तिर ? इस ब्राह्मण ने अनेक घाटों का पानी पिया है । बहुत-कुछ देख-सुनकर आँख-कान दोनों खुल गए हैं ।''

फेलू भैया नजरें गड़ाए उन्हें देख रहे हैं । उसके बाद बोले, ''आप पहेलियाँ ही बुझाएँगे या स्पष्ट कुछ बताएँगे ?''

''स्पष्ट बात कितने लोग कर पाते हैं मिस्टर मित्तिर ? स्पष्टवक्ता कितने लोग होते हैं ? ज्यादातर तो मुँहदेखी करते हैं । और दुख की बात तो यह है कि मैं भी उसी दल में आता हूँ । आप जासूस हैं । स्पष्ट बात कहने का काम आपका है । लेकिन फिर भी आपसे एक बात कहना चाहता हूँ । यहाँ आकर अपने पेशे की बात आप भूल जाइए । अमरावती में आए हैं, दो दिन गंगा की हवा खाकर चले जाइए, वरना मुश्किल में पड़ सकते हैं ।''

''आपके उपदेश के लिए धन्यवाद ।''

कालीनाथ बाबू अपने कमरे में लौट गए ।

''मालूम होता है इस आदमी को बहुत कुछ मालूम है ?'' धीमे स्वर में लालमोहन बाबू ने कहा ।

"एक बात तो मालूम हो ही सकती है," फेलू भैया बोले।

"क्या ?" हम दोनों ने एक साथ प्रश्न किया।

"चोरी किसने की थी। जिसने की थी वह तो उनके पास ही खड़ा था।"

मैं बोला, "लेकिन चोरी तो शायद उन्होंने ही की हो। हाथ की सफाई जानते हैं।"

"इग्जैक्टली," फेलू भैया बोले।

अगर साढ़े छः बजे बेड टी नहीं मिलती तो शायद नींद और देर से टूटती, लेकिन फेलू भैया को देखकर लगा कि वे बड़ी देर से जाग रहे हैं। पूछने पर बोले, "सिर्फ उठा ही नहीं हूँ, इस बीच एक चक्कर भी लगा आया हूँ।"

"कहाँ ?"

"शहर की ओर।"

"क्या देखा ?"

"यह मत पूछो क्या देखा। पूछो क्या नहीं देखा।"

"कुछ समझे ?"

"इतना समझा हूँ कि पानिहारी आना बेकार नहीं हुआ।"

लालमोहन बाबू ने आकर बताया कि इतनी गहरी नींद उन्हें बहुत दिनों बाद आई है।

"काकी जी नहीं उठीं यह देखकर शायद ये भी गहरी नींद सोए," फेलू भैया बोले।

मैं बोला, "आपको कैसे मालूम ?"

"अनंत से पूछा था। उसने बताया काकी जी अभी गंगा स्नान करने नहीं गईं। वैसे तो सुबह छः बजे से पहले ही स्नान कर आती हैं।"

हम तीनों बरामदे में जाकर बैठ गए, दसेक मिनिट में शंकर बाबू आ गए। नहा-धोकर एकदम फिट-फाट।

"मुझे पहचान लिया गया है मिस्टर चौधरी," फेलू भैया बोले। "आपके बाल सखा मुझे पहचान गए हैं।"

"यह क्या ?"

''आपने ठीक ही कहा था। वे गहरे पानी की मछली ही हैं।''

''फिर क्या सलाह है, आपका परिचय दे दूँ?''

''लेकिन साथ ही आपको यह बताना होगा कि आपने मुझे क्यों बुलाया है। अर्थात इतने दिनों तक जो बात दबाकर रखी थी वह बतानी होगी।''

शंकर बाबू के मस्तक पर एक बार फिर चिंता की रेखाएँ उभर आईं।

पाँच मिनट भी न बीत पाए होंगे कि कालीनाथ बाबू और कांजीलाल बरामदे में आ गए, और उसी वक्त बाहर एक गाड़ी की आवाज सुन पड़ी। कांजीलाल और कालीनाथ बरामदे में बैठे रहे, हम चारों मुख्य दरवाजे के सामने आकर खड़े हुए।

लाल क्रासवाली एक काली एम्बैसडर गाड़ी से जयंत बाबू और डॉक्टर सरकार उतरे। जयंत बाबू के सिर के पीछे के कुछ बाल काटकर प्लास्टर लगाया गया है।

जयंत बाबू ने उतरते ही अपने भैया से क्षमा चाही, ''वेरी सॉरी। तुम्हारी सालगिरह पर ऐसा कर डाला। असल में प्रेशर...।''

''चिंता की कोई बात नहीं,'' डाक्टर सरकार बोले, ''मैंने दवा दे दी है। लेकिन धूप में घूमना-फिरना नहीं।''

''आप लोग चाय पीएँगे न?'' शंकर बाबू बोले।

''चाय तो पीना चाहता हूँ। अभी तक चाय पीने का समय नहीं मिला।''

''सब लोग कहाँ गए?'' जयंत बाबू ने प्रश्न किया।

''बरामदे में,'' शंकर बाबू बोले।

जयंत बाबू और डाक्टर सरकार बरामदे की ओर चले गए। ''चलिए, सब एक साथ बैठें,'' फेलू भैया की ओर मुड़कर शंकर बाबू बोले।

''ठहरिए, पहले एक काम पूरा करने की जरूरत है।''

फेलू भैया ने बात कुछ तेज स्वर में ही कही थी। किस काम की बात कर रहे हैं वे?

''काम?'' शंकर बाबू ने कुछ अवाक् होकर ही प्रश्न किया।

''आपकी काकी जी के पास पेटी की जो दूसरी चाबी है वह माँगने पर मिल जाएगी न?''

''जरूर मिल जाएगी, लेकिन...''

''एक बार पेटी खोलकर देखना चाहता हूँ।''

काकी जी के कमरे में जाकर देखा वृद्धा गमछा लेकर स्नान के लिए निकल रही हैं।

''आज तुम्हें इतनी देर हो गई?'' शंकर बाबू ने प्रश्न किया।

''अरे कुछ मत पूछो। आँखें मल-मलकर देख रही हूँ इतनी तेज धूप। किसी-किसी दिन न मालूम क्या हो जाता है।''

''काकी जी आप अपनी चाबियों का गुच्छा दीजिए। पेटी खोलूँगा।''

''लेकिन तुम्हारे पास जो है...''

''मेरा गुच्छा मिल नहीं रहा।''

काकी जी ने अलमारी खोलकर चाबी का गुच्छा निकालकर दे दिया और चली गईं।

शंकर बाबू पेटी की ओर बढ़ गए, और उसी बीच न मालूम क्यों फेलू भैया ने खलबट्टा उठाकर घुमा-फिराकर देखा।

''सर्वनाश।''

शंकर बाबू की चीख सुनकर लालमोहन बाबू चौंक उठे, सलीम अली की किताब हाथ से छूटकर गिर पड़ी।

''खाली बक्स और कुछ नहीं,'' फेलू भैया बोले।

शंकर बाबू का चेहरा फक्क, उनके मुँह से एक शब्द भी नहीं निकल रहा। ''उसे बंद कर दीजिए,'' फेलू भैया बोले, ''फिर चलिए नीचे चलें। सत्य उद्घाटित करने का समय आ गया है। मेरा असली परिचय सबको दे दीजिए और बता दीजिए कि मैं कुछेक प्रश्न करूँगा।''

समझ रहा हूँ कि शंकर बाबू को मन पर बड़ा काबू रखना पड़ रहा है, लेकिन पिछले वर्ष की चोरी और पेटी खोलकर आज जो अभी-अभी देखा उसे संक्षेप में सबको बताकर बोले, ''मेरे घर पर मेरा ही अतिथि होकर जो आया है–मेरा इतना नजदीकी आदमी, ऐसा काम कर सकता है, यह तो सपने में भी नहीं सोचा था। लेकिन ऐसी घटना घटी है इसमें कहीं कोई गलती नहीं, और इसी वजह से मैंने कलकत्ता के प्रसिद्ध जासूस प्रदोष मित्र को इसका निर्णय करने के लिए बुलाया है। वे तुम लोगों से कुछेक सवाल पूछेंगे। उम्मीद है कि तुम लोग उनके प्रश्नों का ठीक-ठीक जवाब दोगे?''

सब चुप। किसके मन में क्या प्रतिक्रिया हुई देखकर समझने का कोई तरीका नहीं।

फेलू भैया ने शुरू किया। पहला सवाल डॉक्टर सरकार से, और वह भी एकदम अप्रत्याशित।

''डॉक्टर सरकार आपके इस पानिहारी में कितने अस्पताल हैं?''

''एक ही है,'' डॉक्टर सरकार बोले।

''इसका मतलब हुआ आप कल रात जयंत बाबू को कहीं ले गए थे और कल रात वहीं से फोन किया था?''

''एकाएक यह सवाल क्यों, पूछ सकता हूँ?''

''क्योंकि आज सुबह मैं उस अस्पताल में गया था, जंयत बाबू वहाँ नहीं गए।''

डॉक्टर सरकार हँसे, ''कल रात मैंने अस्पताल से फोन किया था यह तो मैंने शंकर बाबू से कहा नहीं।''

''फिर कहाँ से किया था?''

''अपने घर से। कल रास्ते में ही जयंत बाबू को होश आ गया था। तब समझ आया चोट गहरी नहीं है, कांकशन नहीं हुआ। फिर भी सोचा एक बार जाँच कर लूँ, इसीलिए अपने घर ले गया था। वहीं सोचा रात को घर रखकर सुबह पहुँचा दूँगा।''

''अब जयंत बाबू से एक सवाल,'' फेलू भैया बोले, ''आपने कल पेटी खोलने के लिए जो चाबी ली थी, वह तो आपके हाथ में ही थी।''

''हाँ, लेकिन चक्कर खाकर गिरने के बाद हाथ से गिर पड़ी होगी।''

''गिर पड़ती तो आसपास ही कहीं पड़ी होती लेकिन आसपास कहीं भी नहीं थी।''

''वह मैं क्या जानूँ। चाबी आप लोगों को मिली या नहीं मुझे क्या मालूम? आप कहना क्या चाहते हैं, सीधे-सीधे स्पष्ट कहिएगा।''

''डॉक्टर से एक और सवाल पूछना चाहता हूँ। उसके बाद स्पष्ट कहूँगा। डॉक्टर सरकार हिमोग्लोबिन नामक एक तत्त्व है आप उसके बारे में जानते ही होंगे।''

''क्यों नहीं जानूँगा।''

"साधारण लोगों को उसके रंग और खून के रंग में अंतर समझ नहीं आता यह भी निश्चय ही जानते होंगे।"

डॉक्टर सरकार ने खाँसकर सिर हिलाकर, 'हाँ' कह दी।

"तो फिर अब बताऊँ कि मेरा क्या विश्वास है?" फेलू भैया बोले सबकी आँखें फेलू भैया पर गड़ी हुई थीं। मेरा विश्वास है कि जयंत बाबू बेहोश नहीं हुए, बेहोश होने का नाटक किया–डॉक्टर सरकार के साथ मिलकर। क्योंकि उनका इस घर से चले जाना जरूरी था।"

"नॉनसेंस" (बकवास) जयंत बाबू चीख उठे, "क्यों, चला क्यों जाऊँगा?"

"ताकि आधी रात को छुपकर फिर लौट सकें।"

"फिर लौट सकूँ?"

"हाँ, उत्तर की ओरवाले फाटक से घुसकर, पीछे की सीढ़ियों से अपनी माँ के कमरे में जाने के लिए।"

"मिस्टर मित्तिर आप कुछ बढ़ा-चढ़ाकर बातें कर रहे हैं। आधी रात को माँ के कमरे में जाऊँगा, और माँ को पता नहीं लगेगा? माँ रात को अधिक से अधिक तीन घंटा सोती हैं–यह तो आपको मालूम है?"

"वैसे तो नहीं सोतीं, लेकिन सोने की दवा देने पर? मान लीजिए कल जब डॉक्टर साहब उन्हें देखने गए तब उनके दूध भात में कुछ मिला दिया हो तो।"

जयंत बाबू और डॉक्टर सरकार का डोंट केयर (कुछ परवाह नहीं) भाव क्षण-प्रतिक्षण कम होता जा रहा है।

"यह समझ रहा हूँ।" फेलू भैया कहते गए–"आप लोगों को लौटना पड़ा क्योंकि एक साल पहले जो कच्चा काम किया था इस बार वैसा करने से अब काम नहीं चलता। शंकर बाबू की पूरी योजना बेकार कर आधी रात को चोरी करने की जरूरत थी। वह चोरी कब पकड़ में आती इसका कोई ठिकाना नहीं। हाँ, चाबी आपके पास नहीं थी। इसीलिए आपने अपनी माँ की अलमारी से दूसरी चाबी निकाली। उस वक्त आप मेरे मित्र की कविता सुनकर कुछ विचलित हो गए थे। इसीलिए शरीर पर एक चादर डालकर आप दरवाजे के सामने आकर यह दिखाने के लिए खड़े हुए कि आपकी माँ जाग रही है, सबकुछ बिलकुल ठीक है। इसीलिए हमारे मन में यह विश्वास दृढ़ करने के लिए आपने खलबट्टा कूटना शुरू किया। इतने पर भी मुझे संदेह हुआ क्योंकि खलबट्टे में

कुछ कूटने से एक दूसरी तरह की आवाज आती है, पर यह आवाज एकदम दूसरी तरह की थी, यह खाली-खाली-सी आवाज थी ।"

"सब समझा, मिस्टर मित्तिर," जयंत बाबू बोले । "लेकिन इसके बाद ?"

"इसके बाद चाबी से पेटी खोली ।"

"आप किस अपराध के लिए हमें दोषी ठहरा रहे हैं, मिस्टर मित्तिर ?– बेहोश होने का बहाना करने के लिए ? अपनी माँ को नींद की दवा देने के लिए ? रात को लौटकर दूसरी चाबी निकालकर पेटी खोलने के लिए ?"

"इसका मतलब आप स्वीकार करते हैं कि आपने यह सब किया है ? इनमें से किसी के लिए भी सजा नहीं दी जा सकती आप जानते हैं ? असली बात क्यों नहीं बता रहे हैं ?"

"घटनाएँ तो दो घटी हैं जयंत बाबू, एक नहीं । पहले पहली घटना की बात खत्म कर लूँ–एक साल पहलेवाली चोरी की ।"

"उस घटना की बात आप कैसे करेंगे, मिस्टर मित्तिर ? आप क्या अंतर्यामी हैं ? आप उस वक्त यहाँ थे कहाँ ?"

"मैं नहीं था यह तो ठीक ही है, लेकिन दूसरे लोग तो थे । जिन्होंने चोरी की थी उनका एकदम नजदीकी आदमी । उनमें से किसी एक को क्या पता नहीं लग सकता ?"

शंकर बाबू बोले । वे बड़े उत्तेजित थे । "ये आप क्या कह रहे हैं, मिस्टर मित्तिर ? चोरी हुई है यह मालूम होगा लेकिन मुझे नहीं बताएगा, मेरा इतना नजदीकी आदमी ?"

फेलू भैया ने अब मैजिशियन कालीनाथ बाबू को देखा, "कल रात आपने किस विपत्ति की बात सोचकर मुझे जासूसी न करने की सलाह दी थी बताएँगे, कालीनाथ बाबू ?"

कालीनाथ बाबू ने हँसकर कहा, "अप्रिय सत्य उद्‌घाटित करना विपत्ति नहीं तो क्या है ? शंकर के मन की बात सोचकर देखिए तो सही ।"

"नहीं, कोई विपत्ति नहीं," दृढ़ स्वर में शंकर बाबू बोले, "बहुत दिनों तक बात दबाकर रखी है । अब सत्य उद्‌घाटित हो जाना ही अच्छा है । तुम्हें कुछ मालूम हो तो बताओ, कालीनाथ ।"

"लगता है उनके लिए यह आसान नहीं, मिस्टर चौधरी," फेलू भैया

बोले, "क्योंकि चोर पकड़ में आता तो वे भी मुसीबत में पड़ते। एक साल तक उन्होंने चोर का नाम हजम कर रखा।"

"ब्लैकमेल।"

ब्लैकमेल, शंकर बाबू। उसे वे नहीं मानेंगे, चोर भी नहीं मानेगा। हालाँकि कालीनाथ बाबू को शायद चोर के साथी का नाम नहीं मालूम था, उन्होंने एक आदमी को ही देखा था। लेकिन मेरा विश्वास है कि इस लगातार ब्लैकमेलिंग के कारण ही शायद दूसरी चोरी की जरूरत पड़ी। और इसीलिए..."

"गलत। गलत"—जयंत बाबू चीख उठे।

"पेटी से जो निकालना था वह पहले ही निकाल लिया गया है। बनवारी लाल की एक भी चीज अब पेटी में नहीं है। पेटी खाली है।"

"इसका मतलब मेरे दूसरे सभी अभियोग सच हैं?"

"लेकिन कल रात की कुकीर्ति किसने की, यह क्यों नहीं बता रहे?"

"वह भी बताऊँगा, लेकिन उसके पहले आपकी स्पष्ट स्वीकारोक्ति की जरूरत है। आप बताइए जयंत बाबू—डॉक्टर सरकार और आपने—दोनों जनों ने मिलकर पिछले साल बारह स्वर्ण मुद्राओं में से एक स्वर्ण मुद्रा निकाली थी या नहीं?"

जयंत बाबू का सिर चकरा गया, डॉक्टर सरकार भी हाथों पर हाथ धरे बैठे रहे।

"मैं स्वीकार करता हूँ," जयंत बाबू बोले। फेलू भैया ने पॉकेट से टेपरिकार्डर निकाला और चलाकर मुझे पकड़ा दिया।

"मैं भैया से क्षमा चाहता हूँ। वह मुद्रा डॉक्टर सरकार के ही पास है, वह लौट दी जाएगी। हम दोनों को पैसे की जरूरत थी। एक के बजाय पूरी बारह स्वर्ण मुद्राएँ बेचने पर लगभग सौगुना ज्यादा दाम मिलता, इसीलिए..."

"इसीलिए बाकी ग्यारह स्वर्ण मुद्राएँ लेने की बात सोची थी?"

"स्वीकार करता हूँ, लेकिन चोर और भी है मिस्टर मित्तिर। जो आदमी ब्लैकमेलिंग कर सकता है..."

"वह आदमी चोरी भी कर सकता है," फेलू भैया बोले। "लेकिन उन्होंने चोरी नहीं की।"

"फिर ?" शंकर बाबू ने सवाल किया।

"उन्हें हटाया है प्रदोष मित्र ने।"

बाकी सारा माल फेलू भैया ने अपने कमरे से लाकर मेज पर रख दिया। सब भौचक्क रह गए।

"यह रही बनवारी लाल की बाकी संपत्ति", फेलू भैया बोले, "खोजने पर जब चाबी नहीं मिली और खून के बदले हिमोग्लोबिन देखकर मन में बेहद संदेह हुआ। इसीलिए जब आपको सँभालते हुए पकड़कर नीचे ला रहा था, तब बाध्य होकर मुझे जेबकतरे की भूमिका निभानी पड़ी। भाग्य अच्छा था कि चाबी आपकी दाहिनी पॉकेट में थी। बाईं पॉकेट में होती तो नहीं मिलती। आपको ले जाने के बाद हम लोग जाकर बैठक में बैठे तभी मौका पाकर मैं बैठक से उठ आया और पेटी खोलकर चीजें निकालकर अपने कमरे में रख आया। मुझे मालूम था कि विपत्ति की आशंका है। यह लीजिए अपनी चाबी, मिस्टर चौधरी। इसके बाद क्या करना है आप ही निश्चित करिए; मेरा काम यहीं खत्म।"

लौटते हुए लालमोहन बाबू के मुँह से एक और कविता सुनी। इसे भी बैंकुठ मल्लिक ने लिखा है। नाम है 'जीनियस'।

अवाक प्रतिभा किछु, जन्मेछे ए भावे
एदेर मगजे कि जे छिल ताफे कबे ?
दाविची आइन्स्टाइन खना, लीलावती
सवारेई स्मरि आमि, सवारे प्रनति।

(लियोनार्दो दा विंची, आइन्स्टाइन, किवदंतियों में प्रसिद्ध ज्योतिष विद्या की विदुषी खना[1] और लीलावती[2] जैसी प्रतिभाओं ने किस प्रकार जन्म लिया, इनके दिमाग में क्या था किस दिन पता लगेगा; इन सबको मैं स्मरण करता हूँ, सबको प्रणाम करता हूँ।)

● ● ●

---

1. खना : ज्योतिषाचार्य वराहमिहिर की पत्नी।
2. लीलावती : गणितज्ञ भास्कराचार्य की पुत्री; इसी नाम का ग्रंथ।